오십,

나는 이제
다르게
읽는다

오십, 나는 이제 다르게 읽는다

도스토옙스키부터 하루키까지,
우리가 몰랐던 소설 속 인문학 이야기

박균호 지음

갈매나무

일러두기

1. 외국 인명과 지명 표기는 국립국어원 외래어표기법을 따랐습니다. 다만 책명의 경우 한국어판본의 표기를 따르는 등 예외를 두었습니다. 예) 《까라마조프 씨네 형제들》
2. 국내에 번역된 책은 한국어판본 제목을 따랐고, 소개되지 않은 작품은 우리말로 옮겨 적고 원제를 함께 적었습니다.
3. 본문에서 발췌 인용한 부분은 해당 출판사의 허가를 받아 실었습니다.

글을 시작하며

딸아이는 어렸을 때 내가 들려주는 이야기를 정말 좋아했다. 언제나 잘 시간이 되면 내 옆에 누워 이야기를 졸랐다. 이야기의 종류는 다양했다. 나 어렸을 적 살았던 시골 이야기, 어디 책에서 읽은 자투리 이야기, 심지어 군대 이야기까지. 아빠가 들려주는 이야기라면 모두 열광했다. 매일 밤 이야기를 들려주다 보니 내 이야기 창고는 금방 바닥이 드러났고 나는 매일 머리를 쥐어짜며 창작의 고통을 겪어야 했다. 영특한 딸아이는 오늘 한 이야기가 전에도 했던 것이며, 때로 몇 가지 이야기는 짜깁기한 것임을 금방 알아차렸을 텐데 그래도 손뼉을 치고 감탄사를 연발하며 들었다. 심지어 내 말솜씨가 그다지 뛰어난 편이 아니었는데도, 신기한 마술이라도 구경하듯이 이야기마다 열중했다.

이야기를 싫어하는 사람은 드물다. 이야기는 인간의 본능이기도 하다. 심지어 노래 경연 대회에서도 자신만의 독특한 이야기가 있는 참가자가 주목을 받는다. 사람들이 자신의 인생을 소설에 비유하는 것도 이야기를 좋아하는 본능에서 비롯한다. 세상 사람들은 결국 자신만의 이야기를 하고 있으며 그 이야기 속에서 살아간다.

• • •

소설은 가장 공을 들여 만든 정교한 이야기이다. 게다가 단순히 이야기만 담고 있지 않다. 작가가 소설에 자신의 삶을 녹여내면서 동시대 사회의 역사, 사건, 문화, 생각을 모두 담기 때문이다. 그래서 소설은 아주 풍성하고 생생하다. 역사학자나 사회학자가 연구한 몇백 년 전 사회의 모습보다 당대의 소설가들이 묘사한 사회의 모습이 더 생생한 이유다. 소설은 문학 장르로서 이야기뿐만 아니라 사회의 다양한 이야기를 품는다.

이렇게 재미난 소설에 나이 오십의 경륜이 더해지면 세상에 없던 새로운 서사가 태어난다. 우리는 누구나 소설 같은 생애를 살아오지 않았는가. 자신이 살아온 인생이라는 소설의 눈으로 청년 시절 읽었던 소설을 읽으면 전혀 다른 이야기가 펼쳐지기 마련이다.

오십이라는 나이는 급하게 삼켰던 청춘의 독서를 되새김질하기에 좋은 시절이다. 새로운 소설을 만나는 것도 즐겁지만, 빛바래고 홑이불처럼 사각거리는 옛 책을 꺼내놓고 그 책을 처음 읽었을 때의 설렘과 감동을 추억하는 일은 더욱 행복하다. 그리고 줄거리를 따라가기 급급해 미처 살피지 못한 소설에 얽힌 뒷이야기, 배경 이야기를 파헤치고 찾아보는 시간은 또 얼마나 즐거운가. 그러고 보면 소설은 당대 사회 문화의 특징적인 요소가 총집결된 결정체가 아닌가. 소설은 단순히 줄거리로만 읽기에는 아깝다. 좋아하는 드라마 주인공이 입은 옷과 가방이 어느 회사 제품인지 궁금해서 찾아보는 것처럼 소설 속에 등장하는 사건과 인물의 탄생 배경을 알아가는 과정은 무척 흥미롭다.

이 책에서 다룰 도스토옙스키의 《죄와 벌》을 예로 들어본다. 우리는 이 소설에서 주인공 로댜의 범죄와 처형이라는 이야기뿐만 아니라 당시 러시아 사회와 인간의 심리를 다룬 다양한 이야기를 읽어낼 수 있다. 당시 러시아의 수도였던 상트페테르부르크에 있는 주인공의 하숙집, 거리, 다리 등은 오늘날에도 고스란히 남아 있으며, 주인공 로댜를 추적하는 예비 판사의 수사 기법은 오늘날 경찰에게도 좋은 참고 자료다. 그뿐인가, 마치 소설가 자신이 살인을 저지른 경험이 있는지 궁금할 정도로 살인자의 심리가 생생하고 뛰어나게 묘사된다.

우리의 국민 소설 《춘향전》도 읽는 각도에 따라 다양한 이야기를 제공한다. 《춘향전》에는 춘향과 이 도령의 애절한 사랑 이야기뿐만 아니라 당시 조선 사회의 공고한 신분제도에 반발하는 민중의 분노가 담겨 있고, 벼슬아치의 행태도 지금 현실에서 일어나는 일처럼 생생히 느껴진다.

또 무라카미 하루키의 《해변의 카프카》는 추리를 해가며 읽어야 하는 탄탄한 전개도 재미나지만, 작가가 즐긴 음악과 책이 끝도 없이 등장하며 호기심을 자극한다. 글 속의 음악을 들으며 책을 읽다 보면, 소설이라는 장르가 주는 즐거움에는 텍스트가 전부가 아니라는 사실을 실감한다. 《해변의 카프카》를 읽으면서 우리는 하루키가 영위했던 낭만의 시대를 공유한다.

• • •

이렇듯 소설은 이야기를 누리는 즐거움과 함께 역사, 사회, 법, 종교, 그리고 한 시대를 관통한 문화를 읽는 즐거움도 누리게 해준다. 좋은 소설 한 권을 읽는다는 것은 뛰어난 인문학 서적 여러 권을 읽는 것과 같다. 나는 이런 경험을 '소설 인문학'이라고 부르기로 했다. 소설을 읽음으로써 자연스럽게 소설의 배경이 되는 시대의 이야기를 접하는 즐거움이 '소설 인문학'이다. 인문학도 따지고 보면 '사람 살아가는 이야기'가 아니겠는가.

이 책에 등장하는 20권의 소설에는 당대 사람들의 세상살이가 생생하게 녹아 있다. 그 이야기와 함께라서 나는 딱딱하고 어렵다고 생각한 인문학책들도 재미나고 쉽게 만날 수 있었다. 이제 그 즐거움을 독자들과 나누고자 한다.

차례

1부

역사의 단면을 다룬 벽돌책 도전하기

러시아 사실주의 문학, 시베리아를 담다

《죄와 벌》, 표도르 도스토옙스키

《까라마조프 씨네 형제들》, 표도르 도스토옙스키

《시베리아 유형의 역사》, 한정숙

《죽음의 집의 기록》, 표도르 도스토옙스키

드미트리 표도르비치 카라마조프, 로댜 로마노비치 라스콜니코프, 카튜샤. 이 세 인물의 공통점은 무엇일까? 이들은 러시아를 대표하는 대작가 도스토옙스키와 톨스토이의 작품에 등장하는 캐릭터이면서 시베리아 유형소에 복역한 죄수들이다.

드미트리 표도르비치 카라마조프가 20년 만에 수전노이자 호색한인 아버지 표도르 파블로비치 카라마조프를 찾아가면서《카라마조프가의 형제들》은 시작된다. 퇴역 장교인 드미트리는 재산 문제를 담판 지으러 아버지를 찾지만, 아버지가 탐을 내는 그루센카에게 반해버린다. 드미트리는 아버지에게서 돈을 받아내 그루센카와 결혼하고 싶어 하지만 아버지 표도르는 아들을 조롱한다. 재산과 여자를 사이에 두고 부자간의 갈등이 극에 치닫고 어느 날 표도르는 변사체로 발견된다.

표도르가 숨겨 두었던 돈도 없어졌기 때문에 살해 동기가 분명했던 드미트리는 가장 유력한 용의자가 된다. 범인은 표도르의 사생아이자 집안의 종이었던 스메르댜코프이지만, 드미트리는 결국 누명을 쓰고 시베리아 유형에 처한다.

《죄와 벌》의 주인공인 가난한 대학생 로댜는 탐욕스러운 부자에게 돈을 빼앗아 가난한 사람에게 나눠주는 것은 죄가 아니라는 신념을 지녔다. 로댜는 자신의 신념을 실현하고자 전당포 노파와 그 여동생을 살해하지만 자수한다. 그리고 8년의 유배형을 선고받아 시베리아로 떠난다.《부활》의 주인공 카튜샤도 억울하게 누명을 쓰고 시베리아 유형지로 향한다. 특히 이 소설은 3부에서 죄인들이 시베리아 유배지로 향하는 가혹한 여정을 다룬다. 러시아 문학을 대표하는 대문호의 대표작 주인공들이 모두 '시베리아 유배'라는 결말을 맞는다는 사실이 흥미롭다. 시베리아 유배지는 러시아인에게 어떤 의미일까?

19세기 시베리아 유배지를 다룬 이야기는 적지 않다. 도스토옙스키 자신도 시베리아 유배지에서 4년을 복역했으며 당시의 경험을 토대로《죽음의 집의 기록》을 남겼다. 그러나 이 소설은 작가 개인의 경험을 소설가의 풍부한 감수성으로 기술했기에 유형소를 체계적이고 객관적으로 다룬 자료라기에는 미흡한 감이 없지 않다.《죄와 벌》과《카라마조프가의 형제들》의 두 주인공이 시베리아 유형을 떠나면서 소설이 끝나는 점도 아쉽다. 시베리아 유형지에는 또 다른 세상과 이야기가 존재하기 때문이다.《죄와 벌》과《죽음의 집의 기록》을 한 권의 소설로

였었으면 어땠을까 하는 생각도 해본다. 다행히 한정숙 교수가 쓴《시베리아 유형의 역사》로 우리는 그 궁금증을 해소해볼 수 있다. 세상에서 가장 유명한 소설의 주인공인 로댜와 드미트리, 카튜사가 겪었을 유배 생활을 들여다보기로 하자.

유배와 기회의 땅, 시베리아의 남자들

시베리아는 원래 러시아인이 거주하던 지역이 아니었다. 몽골인, 위구르인을 비롯한 아시아계 민족이 살았는데 이들은 대개 수렵이나 유목으로 생계를 유지했다. 통일된 국가나 지도자가 없었고 주로 샤머니즘을 신봉했다.

황금을 찾아 서부를 개척한 미국처럼 러시아는 '부드러운 황금', 즉 모피를 손에 넣고 싶은 강렬한 욕망에 이끌려 시베리아 벌판으로 향했다. 백인이 지나간 서부에 버펄로와 원주민의 씨가 마른 것처럼 러시아인이 지나간 시베리아는 모피 동물이 전멸했다. 모피 동물이 사라지자 다음 목표는 금, 은, 구리와 같은 지하자원이었다. 러시아인에게 시베리아는 모피와 지하자원을 조달하는 식민지에 불과했다. 시베리아에는 러시아의 침략을 막을 토착 무장 세력이 없었으며 러시아의 시베리아행을 견제할 외부 국가도 없었다.

표트르 1세는 시베리아를 러시아의 영토로 합병했고 예카테리나 2세는 1763년 시베리아 통치를 전담하던 시베리아 행정청을 러시아 중앙

행정체제로 대체했다. 시베리아가 공식적으로 러시아의 영토가 된 것은 이 당시였다. 시베리아는 러시아의 오랜 영토가 아닌 셈이다.

러시아 유형제도가 법적으로 명시된 시기는 대체로 16세기라고 한다. 하지만 유형제도가 명문화된 후에도 그 시행은 드물었고 17세기 전반까지만 해도 중범죄는 주로 사형으로 다스려졌다. 그러다가 1649년 '전국주민회의법전'에 드디어 '시베리아 유형'이 공식적으로 등장했다. 지주에게 속한 농노가 마음대로 이동할 수 있는 권리를 빼앗고, 시베리아라는 지역을 유배지로 삼는 법안이 마련된 것이다.

러시아 정부 입장에서 시베리아 유배형은 여러 가지로 유익했다. 우선 죄수를 이용해서 시베리아라는 광활하고 척박한 땅을 사람이 살 만한 땅으로 개척할 수 있었고, 무엇보다 시베리아가 러시아 정부의 통제하에 있는 지역이라고 공포하는 셈이었기 때문이다. 또 러시아 권력체제를 비판하는 도스토옙스키 같은 위험인물을 사회에서 격리할 수 있었다. 이런 이유로 러시아 정부는 17세기 중반부터 사형보다 시베리아 유배형을 더 애용했다. 이때부터 시베리아는 20세기 러시아 혁명 때까지 유배의 땅으로 각인되었다.

말하자면 러시아와 시베리아의 관계는 제국주의가 팽창하던 시절 영국과 호주의 관계와 비슷했다. 한 나라라기보다 죄인들을 수용하는 유배지와 본국의 관계에 가까웠다. 게다가 시베리아에 유배된 죄수는 '월급을 주지 않아도 되는 공짜 노동자'로 인식되었다. 19세기가 지나고 시베리아 지역에 필요한 요새 건설과 토목 사업이 어느 정도 완성

되자 시베리아 유형은 확연히 줄어들었다.

시베리아가 유형의 땅이기만 한 것은 아니었다. 가난한 사람에게는 기회의 땅이기도 했다.《죄와 벌》에서 유배지로 떠난 로댜의 친구 라주미힌도 그런 사람이었다. 라주미힌은 8년의 형기로 시베리아 유형소에 가게 된 친구 로댜를 따라 시베리아로 이주할 계획을 세운다. 3~4년 동안 열심히 돈을 모아서 생활 기틀을 마련한 다음, 땅은 비옥하지만 혹독한 날씨 때문에 인력과 자본이 부족한 시베리아로 가려는 결심이었다. 가난하지만 젊고 열정적인 사람에게 시베리아는 기회의 땅이었다. 그리고 군주체제에 저항하는 혁명가에게는 훈장과 같은 통과 의례이기도 했다. 군주제와 농노제를 비판했던 도스토옙스키뿐만 아니라 레닌, 스탈린, 트로츠키 또한 시베리아 유형을 거친 '시베리아의 남자'였다.

"돈은 주조된 자유다"

번역서가 500쪽이 넘는 장편 소설《죽음의 집의 기록》은 죄수가 형을 선고받고 시베리아 유형소로 이동하는 경로는 언급하지 않는다. 그러나 톨스토이가 쓴《부활》에는 여주인공 카튜사가 5,000베르스타 верста를 이동했다고 나와 있다. 1베르스타가 1.0668킬로미터이니 카튜사가 시베리아 유형지에 도착하기까지 여정이 무려 5,334킬로미터에 달했다는 계산이 나온다. 그런데 귀족 중심의 정치범과 평민 중심의 형사범은 이동 과정에 큰 차별이 있었다. 카튜사를 보호하려고 애

쓴 네흘류도프의 석지 않은 노력 덕분에 카튜사는 형사범의 대열에서 정치범의 대열로 끼어들 수 있었다. 정치범은 주로 마차로 이동했고 형사범은 오직 걸어서 5,000킬로미터를 이동해야 했다는 점만으로도 정치범과 형사범의 다른 처우가 드러난다. 형사범의 무리에 끼어 있다가 정치범의 대열로 합류하게 된 카튜사는 '굉장히 기쁘고 행복한' 죄수였다.

반면 가난한 대학생이었던 로댜는 형사범의 경로를 따라 이동했을 테고 귀족이자 정치범이었던 실존 인물 도스토옙스키는 마차를 타고 상대적으로 수월히 시베리아로 향했을 것이다. 도스토옙스키는 불과 한 달 만에 유형지인 옴스크에 도착했다. 귀족이기에 가능한 일이었다. 1827년에서 1847년 사이 시베리아 유형수는 총 15만 9,755명이었는데 그 가운데 정치범은 443명, 즉 전체의 0.25퍼센트에 지나지 않았다. 카튜사는 몸을 팔기도 했던 윤락녀였으니 그가 정치범의 대열에 낀 것이 얼마나 큰 행운인지 알 수 있다.

죄수들은 하루에 대략 25킬로미터를 이동했으니 최종 유배지에 도착하는 데에만 반년이 걸리는 셈이다. 형사범보다 일찍 도착하긴 했지만 한 달 만에 유형소에 도착한 도스토옙스키가 3일 동안 노역에 나가지 않은 이유를 알만하다. 신참자를 대우해서라기보다 인간 육체의 한계를 고려해서가 아니었나 생각된다. 시베리아의 추위 속에서 한 달 이상을 여행한다는 것 자체가 목숨을 위협하는 일이었을 터다.

시베리아 유형소에는 변기 담당 죄수가 있었다. 그는 밤새 사용한 변기를 치우고 죄수들이 사용할 물을 준비하며 옥사를 청소하는 임무를 맡는 대신 노역에서 제외되었다. 죄수들은 언제나 물이 부족해 물을 국자로 떠 입속에 가득 머금은 다음 조금씩 뱉어내는 방법으로 세수를 해야 했다. 도스토옙스키는 이 경험으로 인간이 적응하지 못할 환경은 없다고 단언했다.

도스토옙스키가 지옥에 들어왔다고 느낀 수용소의 목욕탕은 가로 세로가 모두 열두 걸음에 불과했다. 그 안에서 80명 넘는 죄수들이 고성과 욕설을 내뱉으며 목욕을 했다. 도스토옙스키는 시베리아 유형소 생활을 두고 "돈은 주조된 자유다"라고 절규했다. 자유가 박탈된 죄수에게 돈이 주는 자유는 더욱 간절했다. 돈만 있다면 19세기 시베리아 유형소에서도 '황제 노역'이 가능했다. 담배와 술을 살 수 있었고, 고기가 섞인 사식도 사 먹을 수 있었으며, 대낮에도 술에 취해 비틀거릴 수 있었다. 반면 돈이 없는 죄수는 비참했다. 지옥을 연상케 하는 열악한 환경에서 그나마 목욕다운 목욕을 하려면 여분의 뜨거운 물과 비누조차도 돈을 주고 사야 했기 때문이다. 돈이 없으면 제 몸을 씻을 충분한 온수와 비누조차도 마련할 수 없었다.

죄수들은 노역 난이도와 환경에 따라 분류된 광산 노동, 요새 구축, 공장 노역을 해야 했다. 광산 노동이 가장 고된 노역이었고 상대적으로 노동 강도가 낮은 직물 공장 노역은 주로 여성 죄수들이 맡았다. 고된 노역을 하는 와중에 죄수들은 각자 특기를 살려서 돈벌이에 여념이 없었다. 그들은 죄수이자 목수, 칠장이, 자물쇠공이었으며 고리대금업자이기도 했다. 그들에게 '주조된 자유'는 신앙이자 목숨이나 다름없었다. 유형 생활의 모든 과정이 돈이 있으면 더 안락했기 때문이다.

태형을 선고받은 죄인도 있었는데, 의사의 소견에 따라 한꺼번에 맞을지 나눠서 맞을지 결정했다. 일반적으로 1,500대까지는 한꺼번에 맞았고 그 이상은 여러 번 나눠서 맞았다. 도스토옙스키의 관찰에 따르면 다음 날 태형을 맞을 걱정에 잠을 이루지 못했던 죄수들조차 막상 집행하는 순간이 오면 거짓말처럼 의연한 태도를 보였고, 맞고 나서도 앓는 소리조차 내지 않았다.

태형을 맞을 때도 '주조된 자유', 즉 돈이 위력을 발휘했다. 태형을 선고받은 죄수는 형을 집행하는 형리에게 무슨 수를 써서라도 뇌물을 줬다. 심지어 형리가 돈이 많아 보이는 죄수에게 뇌물을 요구하기도 했다. 사실 형리에겐 아프지 않게 약하게 때릴 권한이 없었다. 그러나 죄수들은 태형을 맞는다는 공포와 형리의 은근한 협박에 못 이겨 뇌물을 바쳤다. 도스토옙스키는 태형과 관련하여 흥미로운 장면을 목격했는데, 수천 대의 태형을 의연하게 맞은 죄수가 치료를 위해 피를 뽑을 때는 극도의 공포와 긴장에 시달리는 모습이었다. 그는 이것이 뭔가 중요하고 주의를 기울여야 할 일에서는 침착하다가도 할 일 없이 빈둥거릴 때는 화를 내고 우울해하는 사람과 비슷하다고 생각했다.

유형 속에서도 삶은 계속된다

카튜사는 자기성찰을 통해 지난날의 잘못을 반성하고 내면이 성숙하며 동료 유형수인 시몬손을 진심으로 사랑해 결혼한다. 러시아 당국은 이들의 결합을 환영했는데, 사실 그 속내는 이러했다. 당시 러시아 정부는 시베리아 개발에 부족한 인력을 채우기 위해 가벼운 범죄자도 가차 없이 시베리아 유형을 보냈다. 이들은 일정 기간을 복역하면 시베리아에 정착하고 국가 농민으로 살아갈 수 있었는데, 정착할 때 농지와 농기구 그리고 세금 면제 혜택까지 부여받았다. 죄수에서 건실한 농부로 거듭나고 시베리아에 정착하려면 우선 가정을 이루어야 했는데, 문제는 시베리아가 원래 여성이 부족한 지역이라는 사실이었다.

그래서 러시아 정부는 유형수의 가족이 죄수를 따라 시베리아로 이주하겠다는 의사를 표명하면 이주 비용을 지원하기도 했다. 카튜사와 같은 여성 유형수는 희소성 덕분에 다양한 선택이 가능했다. 동료 유형수와 결혼을 할 수도 있었고 심지어는 일반인 남성과 결혼도 가능했다. 그러나 남자 유형수와 마찬가지로 여자 유형수도 그리 경쟁이 치열한 배우자 후보는 아니었다. 가령 남편을 살해한 유형수가 인기 있는 배우자 후보이기는 어려웠을 뿐만 아니라 여자 유형수에 대한 시베리아 주민의 인식이 대체로 부정적이었기 때문이다. 따라서 러시아 정부의 '죄수 가족 만들기' 정책은 대체로 실패로 돌아갔다. 유형수가 행복한 가정을 이루는 경우는 드물었고 대부분 독신으로 살다가 죽었다.

어쨌건 러시아 당국의 유형제도를 이용한 시베리아 개발 사업은 20세기에 이를 때까지 계속되었다. 도스토옙스키나 톨스토이, 그리고 안톤 체호프에 이르기까지 많은 지식인이 시베리아 유형제도를 비판했지만 광활한 시베리아를 개발하는 데에는 '월급을 주지 않아도 되는 공짜 노동자'의 인력이 절실했던 탓이다.

《카라마조프가의 형제들》의 드미트리는 동생들의 도움을 받아 유형소에서 탈출할 계획을 세운다. 미국에서 돈을 마련해 신분 세탁을 한 다음 러시아로 되돌아온다는 과감한 계획이었다. 소설에서는 뒤 내용이 이어지지 않지만, 드미트리는 이 탈출 계획에 성공했을까? 결론부터 말하자면 성공했을 확률이 높다. 드미트리가 시베리아 유형지로 끌려간 즈음인 19세기 전반에는 한 해에 대략 8,000명이 시베리아 유형소에 수용되었는데 그중 약 1,000명이 탈출에 성공했다고 한다. 유형소는 가혹하고 비인권적이었지만 죄수들의 감시 체계에는 허술했다. 또 드미트리처럼 시베리아를 탈출해 미국으로 건너간 죄수들도 상당수였다.

19세기에서 20세기로 넘어가던 시기는 대탈출의 시대였다. 탈출이 유행처럼 번져서 죄수들끼리 탈출 순서를 정하는 시스템을 마련했을 정도였다. 그러나 탈출 또한 돈이 많이 드는 일이었다. 뇌물로 입막음을 해야 했고 긴 여행을 할 교통수단도 마련해야 했다. 탈출을 시도한 사람도 많았고 다시 잡혀 온 사람도 많았는데, 다시 잡혀 온 죄수에게는 가혹한 태형과 형기 연장이라는 혹독한 벌이 기다리고 있었다.

상트페테르부르크의 르포르타주가 된 소설

《뻬쩨르부르그 이야기》, 니콜라이 고골

《상트페테르부르크》, W. 브루스 링컨

고골, 도스토옙스키, 푸시킨에겐 러시아를 대표하는 대문호라는 사실 이외에 또 다른 공통점이 있다. 세 작가는 표트르 대제가 유럽의 문화를 흡수하고 황제의 위엄을 과시하기 위해 건설한 계획도시 상트페테르부르크의 시민이었다. 또 상트페테르부르크의 화려함과 웅장함보다 어두운 면을 조명한 작가이기도 하다.

찌는 듯이 무더운 7월 초의 어느 날 해질 무렵, S골목의 하숙집에서 살고 있던 한 청년이 자신의 작은 방에서 거리로 나와, 왠지 망설이는 듯한 모습으로 K다리를 향해 천천히 발걸음을 옮기고 있었다.

그는 다행히도 계단에서 여주인과 마주치는 것을 피할 수 있었다. 그의 작은 방은 높은 5층 건물의 지붕 바로 아래에 있었는데, 방이라기보다는 벽장 같은 곳이었다.*

《죄와 벌》은 이 첫 문장으로 역사상 가장 완벽한 도입이라는 극찬과 명성을 얻었다. 'S골목'은 상트페테르부르크 스톨랴르니 골목을, 'K다리'는 코쿠시킨 다리를 말한다. 우선 상트페테르부르크라는 명칭의 뜻을 알아둘 필요가 있다. 상트페테르부르크는 이 도시를 건설한 황제인 '표트르의 도시'라는 의미이며 네 차례에 걸쳐서 이름이 바뀌었는데, 제정 러시아 시절에는 '페테르부르크', 1914년에는 '페트로그라드', 1924년 레닌 사망 후에는 그를 기리는 의미에서 '레닌그라드'로 불리다가 최근 다시 '상트페테르부르크'라는 이름에 정착했다.

도스토옙스키는 유형 생활을 제외한 대부분의 성인기를 상트페테르부르크에서 보냈다. 도스토옙스키의 아버지는 돈이 들지 않는다는 이유만으로 아들을 일찌감치 상트페테르부르크에 있는 공병학교에 진학시켰다. 형과 함께 이 신도시에 처음 도착한 도스토옙스키는 거대한 수도원, 도로, 정부 관공서를 보고 넋을 잃었다. 그렇게 처음 상트페테르부르크 땅을 밟은 도스토옙스키는 유형 생활을 비롯해 본인이 원하지 않았던 시기를 제외하면 이 도시에서 살다가 이 도시에서 죽었다. 도스토옙스키는 모스크바에서 태어났지만 그를 작가로 키운 곳은 상트페테르부르크였다.

---

* 표도르 도스토옙스키, 《죄와 벌》, 홍대화 역, 열린책들, 2009, 11쪽

도스토옙스키는 대부분의 일생을 가난하게 살았고, 상트페테르부르크에 44년을 거주하는 동안에도 가난과 빚에 쫓겨 스무 번이나 이사를 했다. 도스토옙스키가 1864년 8월 말부터 1867년까지 거주하며《죄와 벌》을 집필했던 센나야 광장 근처의 메산스카야 거리 7번지는 빈민가였으며, 그야말로 매춘과 온갖 범죄의 온상지였다.《죄와 벌》의 소재 또한 1865년 1월《목소리》지에 보도된 신문 기사가 모티브였다. 도스토옙스키는 '치스토프'라는 점원이 도끼로 한 가정집의 요리사와 노파 두 사람을 살해한 기사를 읽고 아이디어를 얻었다.

소설의 소재뿐만 아니라 무더운 날씨, 혼잡한 거리, 악취, 먼지, 술 취한 사람들, 창녀촌, 집세를 내지 못해서 전전긍긍하는 가난한 사람들, 도저히 사람이 거주할 수 없다고 생각되는 좁은 방, 자신의 딸이 몸을 판 돈으로 싸구려 보드카를 마시며 인생을 한탄하는 하급 관리 같은 도시의 어두운 모습을 서술한 대목은 작가의 상상이라기보다 그 당시 상트페테르부르크의 이면을 조명한 르포에 가깝다. 한마디로《죄와 벌》은 첫 문장의 '찌는 듯이 무더운' 날씨를 포함해 1860년대 상트페테르부르크의 모습을 그대로 재현한 신문 기사라고 해도 틀리지 않다. 그리고 러시아 역사 전문가인 W. 브루스 링컨이 쓴《상트페테르부르크》에는 당대 러시아 문호들이 자신의 문학에 담은 상트페테르부르크의 실제 모습이 소설처럼 펼쳐진다.

푸시킨의 눈에 비친 상트페테르부르크

"인생이 그대를 속일지라도 슬퍼하거나 화내지 말라"고 노래한 푸시킨은 도스토옙스키와 톨스토이를 낳은 러시아 문단의 선배이자 상트페테르부르크의 주민이었다. 푸시킨은 '페테르부르크 이야기'라는 부제를 단 대서사시 《청동 기마상》에서 이 거대 신도시를 건설하는 일에 희생된 하층민과 하급 관리의 고달픈 삶을 지적했다. 물려받은 재산도 없고 수입도 쥐꼬리인 주인공 예브게니의 유일한 소망은 돈을 모아 집을 마련한 다음 사랑하는 파라샤와 결혼하는 것이었다.

희망찬 앞날을 꿈꾸며 잠든 사이 대홍수가 나는 바람에 그의 꿈은 산산이 무너진다. 대홍수가 약혼녀와 집을 모두 휩쓸고 지나가 버리고, 망연자실한 그가 할 수 있는 일은 상트페테르부르크 건설을 명령한 표트르 1세의 동상을 바라보며 주먹을 불끈 쥐고 "어디 두고 보자"라고 내뱉는 것뿐이었다. 그러나 예브게니는 황제의 청동 기마상이 자신을 추적하는 환영에 시달리다가 결국 네바강에서 시체로 발견된다. 《청동 기마상》은 늪지대에 수도를 건설한 황제를 찬양하기보다는 대홍수가 자주 발생했던 지역에 고스란히 노출된 평민의 열악하고 고달픈 삶을 드러냈고, 상트페테르부르크를 둘러싼 괴담을 활용해 대공사에 희생된 서민들을 부각했다.

상트페테르부르크는 애초에 기후와 지역 특성을 전혀 고려하지 않고 네바강 삼각주 늪지대에 건설한 도시다. 핀란드만에서 흘러오는 역류 때문에 수시로 바닷물이 범람했으며, 거의 2~3년마다 대홍수가 발생했고, 빠르면 9월부터 내리기 시작한 눈이 이듬해 5월까지 내렸다. 《청동 기마상》에 등장한 대홍수도 실제로 1824년에 발생한 대홍수를 배경으로 하는데, 수질이 매우 나빴던 탓에 온갖 전염병이 창궐하기도 했다. 이렇게 입지 조건이 좋지 않은 늪지대에 새로운 수도를 건설한 것은 아마도 유럽으로 향하는 항로와 인접한 곳이었기 때문이리라는 설이 유력하지만, 여전히 정확한 이유는 알 수 없는 미스터리로 남았다.

1682년 열 살의 나이로 루스 차르국의 차르에 오른 표트르 대제는 서구 문화를 적극 수용한 한편, 새로운 수도를 건설해 러시아 제국을 탄생시키고 초대 황제가 되었다. 그는 1703년 네바강 하구 늪지대에 요새를 구축했고, 이 요새를 토대로 새로운 수도를 건설하기로 했다. 발이 푹푹 빠지는 늪지대가 궁전과 호화스러운 관공서가 가득 찬 휘황찬란한 도시로 변모하기 위해서는 수십만 명의 농노와 죄수들의 희생이 필요했다. 작업 환경은 말로 표현할 수 없을 만큼 열악했으며 노동자들은 거의 맨손으로 땅을 파고 말뚝을 박아야 했다.

수도 건설에 최대 15만 명의 노동자가 목숨을 잃었다고 하니 노동의 강도가 얼마나 심했는지 짐작이 된다. 상트페테르부르크의 화려한 도심은 농노와 죄수들이 5미터 길이의 참나무 말뚝을 깊숙이 박아서 만들었다. 또한 그들은 맨손으로 파낸 흙을 자신의 옷을 찢어서 만든 보자기로 날라야 했다.

한마디로 상트페테르부르크는 인간의 뼈 위에 건설된 도시였다. 따라서 상트페테르부르크는 건설 당시부터 괴담이 난무했다. 도스토옙스키가 5년 동안 다녔던 공병학교는 원래 성이었는데, 매일 자정이 되면 이 성을 처소로 삼았다가 40일 만에 암살된 황제 파벨 1세의 유령이 손에 촛불을 들고 나타난다는 괴담이 나돌았다. 이렇듯 도스토옙스키의 소설《분신》에서 주인공의 의식이 분열되며 나타난 분신과《청동 기마상》에서 주인공을 추적하는 청동 기마상의 환영은 상트페테르부르크 건설의 어두운 면을 대변한다.

'청동 기마상'의 위용과 공포

그렇다면 청동 기마상은 누가 왜 만들었을까? 그 주인공은 1762년 남편인 표트르 3세를 쿠데타로 무너뜨리고 여제의 자리에 오른 예카테리나 2세다. 그녀는 원래 프로이센 출신으로 훗날 표트르 3세라 불리는 홀슈타인 공작과 결혼했다. 이 부부는 사이가 좋지 않았고 남편 표트르 3세는 무능했다. 예카테리나 2세는 표트르 3세가 전쟁 때문에 수도를 비운 사이 귀족들의 지지를 받아 반란을 일으키고 남편을 쫓아내 여제의 자리에 올랐다. 그녀는 집권 동안 러시아의 영토를 확장하며 세력을 넓혔지만, 애초에 귀족의 지지를 받아 여제의 자리에 오른 만큼 민중을 위한 정책을 펼 수 있는 처지가 아니었고, 농노제를 더욱 공고화한 탓에 죽을 때까지 농노들의 미움을 샀다.

여제의 치세 기간은 농노들의 반란으로 점철되었다. 게다가 문제의 청동 기마상은 1773년부터 1775년까지 지속되었던 푸가초프 농민 반란을 진압하고 세워졌다. 여제는 자신이 상트페테르부르크를 건설한 표트르 황제의 후계자임을 대내외에 공표하고 입지를 다질 욕심으로 표트르 황제 청동 기마상을 건립하기로 했다. 독일에서 러시아로 시집온 불안한 출신과 남편을 쫓아내고 황제의 자리에 오른 정통성 문제를 불식하기 위해서는 위대한 표트르 황제의 권위를 빌릴 필요가 있었다. 적들에게는 두려움의 대상이었지만 자국민에게는 자상한 아버지라는 이미지로 남았던 표트르 대제와의 연관성을 찾는 일은 분명 정통성과 권위 문제를 해결하는 데 효과적이었다.

데카브리스트 광장에 자리 잡은 청동 기마상은 한눈에도 웅장하고 역동적이다. 표트르 대제가 탄 말이 앞발을 치켜들도록 하기 위해선, 오로지 말 다리와 꼬리만으로 하중을 지탱하도록 하는 고도의 조각 기술과 설계가 필요했다. 예카테리나 2세는 프랑스의 조각가 팔코네에게 이 기마상을 제작하게 했는데 공사 기간으로 무려 16년이 소요되었다. 아울러 이 위대한 작업을 맡은 팔코네에게는 매년 2만 5,000프랑의 보수와 호화스러운 저택 및 모든 편의가 제공되었다.

늪지대에서는 높이 9미터, 무게 1,360톤의 돌을 구할 수 없었기 때문에 청동 기마상의 기단으로 사용할 거대한 돌은 핀란드에서 옮겨 와야 했다. 핀란드에서 러시아로 이 거석을 옮기는 일은 18세기 당시의 토목공학기술과 장비로는 도저히 불가능했다. 그러나 팔코네가 핀란드에서 발견한 이 돌이야말로 기단으로 제격이라고 고집하는 바람에 여제는 이 돌을 옮기는 데 필요한 모든 지원을 아끼지 말라는 훈령을 내렸다. 1768년 가을에 시작된 거석 옮기기 프로젝트는 1770년 9월이 되어서야 끝났다. 그리고 마침내 1782년 청동 기마상이 완성되었을 때 총인원 1만 5,000명의 엘리트 호위 연대가 행진하는 요란한 기마상 헌정식이 거행되었다.

푸시킨은 청동 기마상과 같은 대공사에 동원된 하층민의 고통을 두고 "참으로 공포스러운 시대"라고 시로 읊었다. 러시아 제국 11대 황제 니콜라이 1세는 푸시킨이 이 불순한 서사시를 온전히 출판하도록 내버려 두지 않았다. 니콜라이 1세는 푸시킨을 시종보로 등용하고 표트르 대제 치세 역사를 쓰도록 지시했는데 푸시킨은 표트르 대제를 찬양하지는 못할망정 비판해 황제의 분노를 샀다. 1834년 발표된《청동 기마상》은 결국 푸시킨 생전에는 출간이 금지되었다.

1837년 겨울 미모의 아내를 둔 한 남자가 상트페테르부르크의 한 카페에서 레모네이드를 주문했다. 당시 서른여덟 살이었던 이 사내는 최후의 레모네이드를 마신 다음 아내와 추문을 일으킨 한 장교와 결투에 나섰다. 글만 쓰는 시인이 전쟁터를 누빈 군인을 이길 수는 없었다. 시인은 결투에서 패배했고 숨을 거두었다. 이 시인이 바로 푸시킨이다. 흥미로운 사실은 푸시킨의 아내에게 추파를 던진 사내가 한둘이 아니었는데 니콜라이 1세도 그중 한 명이었다고 한다. 심지어는 푸시킨을 시종보로 임명한 이유가 그의 실력보다 미모의 아내가 궁중 행사에 참여하길 바란 황제의 속셈이라는 설이 있을 정도다. 어쨌든《청동 기마상》은 푸시킨이 결투로 어이없이 세상을 일찍 뜨는 바람에 예상보다 빨리 다소 '유화된' 판본으로나마 출간되었다.

고골이 고발한 상트페테르부르크

희곡 대본을 썼을 뿐만 아니라 연출까지 했던 극작가 아버지를 둔 고골은 고등학교 시절부터 시와 산문을 잡지사에 기고한 문학 영재였다. 아무런 희망도 없이 아버지 손에 이끌려 상트페테르부르크에 있는 공병학교에 입학한 도스토옙스키와 달리 고골은 관리로 출세하려는 목적으로 상경했다. 그러나 돈과 인맥 없이는 출세할 수 없는 현실에 부딪혀 외국으로 도피하며 방황을 하다가 결국 다시 상트페테르부르크로 돌아온다.

어린 시절을 보낸 우크라이나를 다룬 글로 문단의 주목을 받긴 했지만, 고골이 작가로서 중요한 전환점을 맞이한 건 상트페테르부르크에 관한 산문을 쓰기 시작하면서였다. 고골만큼 상트페테르부르크를 세밀히 관찰하고 여러 작품을 발표한 작가는 드물다. 고골은 상트페테르부르크에서 낭만을 완전히 제외하고 러시아 역사에서 그곳이 차지하는 중요성을 제거해버렸다. 즉 상트페테르부르크를 러시아라는 국가가 장차 이뤄나가야 할 바람직한 모습이 아닌 절대로 가지 말아야 할 길이라는 관점에서 바라보았다. 푸시킨과 마찬가지로 고골에게도 상트페테르부르크는 무서운 도시였다. 관광으로 찾은 외부인에게는 아름다울 수 있지만, 하루하루를 전쟁처럼 버텨나가면서 살았던 하층민들은 도시를 건설할 때 희생되었던 수많은 노동자와 죄수들과 다를 바 없이 비참한 삶을 살았다.

상트페테르부르크를 배경으로 하는 〈광인 일기〉, 〈초상화〉, 〈네프스끼 거리〉, 〈외투〉, 〈코〉에서 고골은 자신이 경험하고 관찰한 도시 하층민의 뼈아픈 고통을 사실적으로 묘사했다. 〈네프스끼 거리〉는 그중에서도 백미다. 19세기에 상트페테르부르크의 중심가 네프스끼 거리는 이미 런던, 로마, 파리의 중심가보다 훨씬 더 웅장하고 화려했다. 그러나 고골은 "오, 이 네프스끼 거리를 믿지 마라! 나는 그 거리를 지날 때 외투로 항상 몸을 꼭 감싸고, 도중에서 마주치는 대상들에게 일체 눈을 돌리지 않으려고 한다. 모든 것이 기만이고 모든 것이 꿈이며 모든 것이 겉보기와는 다르다!"[*]라고 상트페테르부르크의 화려함 속에 숨은 이면을 고발했다.

이 소설의 주인공인 화가 피스카료프는 네프스끼 거리를 걸으면서 아름답게 꾸민 한 여인에게 반해 따라가다가 여인이 창녀임을 알게 되고 충격을 받는다. 그리고 겉으로는 화려한 상트페테르부르크가 사실은 속임수와 허상으로 가득 찬 곳이라는 현실을 깨닫는다. 고골은 네프스끼 거리가 철저하게 이중성을 지녔다고 생각했다. 사람들은 마치 진열장에 전시된 상품처럼 멋을 내고 걸어 다니지만, 거리는 뒷골목의

---

* 니콜라이 고골, 《뻬쩨르부르그 이야기》, 조주관 역, 민음사, 2002, 281쪽

어두운 면을 속이고 있었다.

〈외투〉에는 고골 자신이 상트페테르부르크에서 경험한 하급 관리 생활의 실상이 고스란히 드러난다. 고골은 하급 관리 시절 겨울 외투를 살 돈이 없어 80루블을 주고 산 여름 외투로 간신히 겨울을 견뎠다. 명색이 관리인데 겨울 외투 살 돈조차 없다는 사실이 이해되지 않을 수 있다. 그러나 〈외투〉에 나와 있듯 당시 하급 관리의 월급은 400루블 정도였는데 겨울 외투는 150~200루블을 줘야 구할 수 있었다. 일 년 중 반이 겨울인 상트페테르부르크에 사는 하층민에게 겨울 외투는 매우 각별한 재산이었다. 추위는 상트페테르부르크 서민들의 가장 큰 적이었다. 〈외투〉의 주인공이 무려 6개월 동안 모은 돈으로 겨우 새 외투를 장만하자 관청의 동료는 그를 축하하고 파티까지 열어준다. 그러나 새 외투를 강도에게 빼앗기고 마는데, 너무나 분해서 어렵게 찾아간 경찰 고위 관리는 오히려 그를 싸늘하게 힐난할 뿐이다. 카리스마 있는 사람의 싸늘한 말은 그 자체로 공포심을 자아내기에 충분하다.

얼마 전 누군가 아내의 차에 눈에 금방 띄는 흠집을 내고 그냥 갔다. 마침 학기 중이라 내가 직접 블랙박스를 열고 범인을 잡지 못해 아쉬웠지만 늦게나마 블랙박스를 설치한 보람을 느꼈다. 사실 블랙박스 그놈이 덩치는 작지만 은근히 운전할 때 시야가 신경 쓰이고, 상시 가동이라 배터리가 많이 소모된다. 그 불편을 감수한 보상을 이제야 받은 것이다.

블랙박스를 설치하자고 나를 설득해놓고선 정작 사용 방법을 잘 모르는 아내를 전화로 훈계한 다음 녹화된 영상을 유심히 확인하라고 지시했다. 얼마나 분통 터지는 일인가. 나는 불과 한 달 전 후진하다가 경차의 범퍼에 낸 흠집을 자진 신고한 다음 물경 80만 원의 보상을 해주지 않았던가.

다음 날 아내에게서 전화가 왔다. 범인이 몬 차량을 확인했다는 소식이 아니었다. 녹화 영상을 오래 쳐다보았더니 눈이 아프더라는 불평과 함께 흠집이 난 부분은 흠집 제거제를 사용하니 대충 복원이 되었다고. 그러니까, 남의 차를 들이박고 그냥 도망친 나쁜 사람을 검거할 생각이 없단다. 그걸 거면 블랙박스는 뭐하러 설치했냐고 타박을 주려던 찰나에 "그건 그렇고"라는 아내의 싸늘한 말이 들려왔다. "그건 그렇고"는 내가 가장 무서워하는 아내의 말이다. 무슨 말이 나올지 모르겠으나 어쨌든 나를 꾸짖으려는 전조 단계가 분명했다.

예감은 적중했다. 아내는 잡으라는 범인은 잡지 않고 엉뚱하게 남편을 잡았다. 이어진 말은 이랬다.

"내가 말이야, 영상을 쭉 돌려 보고 당신과 내가 차 안에서 주고받은 대화를 분석해봤는데 항상 당신이 먼저 화를 내고 짜증을 내더란 말이지." "앞으로 조심해. 한 번만 더 나한테 먼저 짜증 내고 화내면 그냥 두지 않을 테야. 알겠어?"

일본 앞잡이 형사가 순박한 조선 사람을 협박하던 영화 속 말투 그대로였다. 한 차례 파르르 떤 다음 그러겠노라고 대답했다.

어쨌든 고골의 소설에서 주인공은 외투를 잃고 너무 상심한 나머지 시름시름 앓다가 죽고 만다. 얼마 뒤 외투를 찾아주지 않고 호통만 친

관리에게 유령이 나타난다. 유령은 외투를 당장 내놓으라고 호통을 치고 놀란 고위 관리는 외투를 벗어 던지고 집으로 도망친다. 고골은 가난한 사람들의 비참한 삶을 동정하는 한편 당시의 빈부격차를 비판했다. "우리는 모두 고골의 〈외투〉에서 비롯되었다"라던 도스토옙스키의 극찬이 결코 과찬이 아니다.

우리는 모두 고골의 '외투'에서 비롯되었다

상트페테르부르크의 또 다른 가난한 영혼 도스토옙스키에게도 겨울 외투는 매우 각별했다. 훗날 도스토옙스키의 두 번째 아내가 된 안나는 어느 날 찾아온 장래 신랑감을 보고 소스라치게 놀란다. 도스토옙스키가 살을 에는 듯한 추위에도 여름옷을 입고 덜덜 떨면서 자신을 찾아왔기 때문이다. 이유인즉슨 당시 도스토옙스키의 군식구, 즉 형수와 조카 그리고 의붓아들이 그에게 용돈을 요구했는데 없다고 하자 가차 없이 그의 겨울 외투를 전당포에 맡겨 버렸다는 것이다. 안나는 도스토옙스키에게 다시는 그런 어리석은 짓을 하지 않겠다는 약속을 받고서야 눈물을 펑펑 흘리면서 그를 안아주었다.

고골이 하급 관리로 고생하던 시절 상트페테르부르크에는 약 4만 명의 공무원이 궁핍한 생활을 면치 못하고 있었다. 당시 수도였던 상트페테르부르크는 정치 문화의 중심지였기 때문에 전국에서 공부깨나 했다는 지식인이 대거 모여들었다. 그러나 공직은 한정되어 있으니 고골과 같은 대부분의 식자층은 〈외투〉의 주인공처럼 관공서의 필경사로 일하면서 쥐꼬리만 한 월급을 받았다. 월급을 받아봐야 대부분 식료품과 하숙비에 썼고, 심지어는 식권 한 장을 혼자 사기 부담스러워 시내에서 가장 저렴한 식당의 식권 한 장으로 두 명이 나눠 먹는 경우도 흔했다. 이런 형편이니 〈외투〉의 주인공이 자신의 낡고 낡은 외투를 도둑맞고 거의 미칠 지경이 된 것은 당연하다. 하급 관리가 겨울 외투를 한 벌 장만하자면 몇 달을 굶주리면서 아껴야 했다. 도스토옙스키나 고골 같이 교육을 어느 정도 받은 지식인도 사정이 이랬다. 이 둘이 특별히 재수가 없었다기보다, 교육을 받았어도 재산이 없던 많은 사람이 그들처럼 살았다.

고골은 많은 작품을 발표하며 러시아 전제주의 정치를 비판한 진보주의 문인으로 인식되었다. 그러나 진보주의 비평가 벨린스키는 고골에게 보내는 공개서한에서 고골이 전제주의를 옹호한다고 비판했다. 도스토옙스키는 페트라솁스키 클럽이라는 독서 모임에서 이 공개서한을 회원들 앞에서 낭독했다. 이 사실은 당시 모임에 잠입했던 비밀경찰에 의해 당국에 보고되었고 정부를 비판하는 지식인들을 벼르고 있던 황제 니콜라이 1세는 이들을 거짓 사형 집행으로 혼내주기로 했다. 결국 사형 집행은 취소되었지만, 도스토옙스키는 4년간 시베리아에서 유배 생활을 해야 했다.

포도를 찾아 남부로 떠난 농부들이 분노한 까닭은

《분노의 포도》, 존 스타인벡

《1929, 미국대공황》, F.L Allen

《분노의 포도》는 1,000쪽이 넘는 대작이지만 하루 이틀 만에 읽기 어렵지 않은 책이다. 그만큼 몰입도가 높은데 이 소설의 줄거리라고 해봐야 미국이 대공황의 늪에 빠져 허둥대던 1930년대에 주인공인 톰 조드 가족이 소작하던 땅을 빼앗기고 66번 고속도로를 지나 일자리가 넘친다는 캘리포니아로 향하는 여행 중에 겪는 일이 전부다. 그런데도 독자들이 이 책에서 눈을 떼지 못하는 이유는 이 책이 가진 뛰어난 상황 묘사, 당시 사회를 겨냥한 날카로운 문제의식 덕분이다. 책의 미국 초판본 표지 사진에서도 볼 수 있듯이 얼핏 초라한 마차로밖에 보이지 않는 트럭에 가재도구를 싣고 온 가족이 위태롭게 의지하면서 서부로 향한 톰 조드 가족과 그들의 농토에 무슨 일이 생긴 것일까? 왜 그들은 대대로 살아온 땅에서 쫓겨나 66번 도로를 타고 서부로 향했을까? 미국인들은 이 소설의 중요한 무대인 66번 도로에 어떤 추억을 간직하고 있을까? 1차 세계대전 후 대공황의 늪에 빠졌던 미국의 1930년대를 다룬 F. L. Allen의 《1929, 미국대공황》은 톰 조드 가족이 캘리포니아로 이주하기까지의 배경을 더 깊숙이 이해하도록 해준다.

광란의 시대를 열다, 더스트볼과 트랙터

우리말로 황진黃塵이라고 하는 더스트볼Dust Bowl은 미국의 전통적인 곡창 지대이며 지금도 미국과 세계의 식량을 생산하는 미국 중남부 지역에 몰아닥친 모래 폭풍이다. 톰 조드 식구가 대대로 소작하며 살아온 오클라호마주는 더스트볼의 대표적인 피해지역이다. 1935년 4월 14일 오클라호마주에 무려 300만 톤의 겉흙이 덮쳤다. '블랙 선데이'라고 불리는 이 대재앙을 기점으로 더스트볼이라는 말이 일반적으로 사용되었다.

더스트볼은 우리가 어렵지 않게 볼 수 있는 모래바람이 아니고 모래 폭풍에 가까운 재해였다. 대낮인데도 칠흑 같은 어둠이 덮쳤고 농토와 농작물은 말라비틀어져 갔다. 무엇이든 움직일 때마다 흙먼지가 일어났고 잡초조차도 뿌리만 남고 너덜너덜해졌다. 해는 솟았지만 낮은 오지 않았다. 농부들은 그저 망연자실할 뿐 달리 할 수 있는 일이 없었다. 《분노의 포도》 속 오클라호마의 농부들처럼 세상을 담요처럼 덮어버리는 모래 폭풍을 피해 새로운 희망을 찾아 고향을 떠날 수밖에 없었다.

더스트볼은 트랙터라는 또 다른 괴물을 몰고 왔다. 더스트볼은 농지를 모래로 덮었고 트랙터는 소작농들의 가계를 부숴버렸다. 당시 대부분의 농지는 은행의 소유였는데, 더스트볼의 여파로 농지의 수익성이 떨어지자 은행은 농지를 다른 지역 투기꾼에게 매각하거나 용도를 변경했다. 무엇보다 트랙터를 도입했는데, 이는 결국 소작농이 더는 필요 없어졌음을 의미했다. 트랙터 한 대가 12가구에서 14가구의 노동력을 발휘하니 소작농을 둘 필요 없이 트랙터 운전사에게 일당 3달러만 주면 그만이었다. 트랙터의 등장과 함께 전통적인 방식으로 농사를 짓던 소작농들은 집도 일자리도 잃게 되었다. 소작농들은 모래 폭풍이 불어왔을 때처럼 트랙터의 침투도 그저 멍하니 지켜볼 수밖에 없었다.

미국 소작농이 고향을 떠난 이유로 먼저 앞서 말한 더스트볼이라는 자연재해와 트랙터라는 농기계의 등장을 꼽을 수 있지만, 미국에서 시작해 세계 곳곳에 번졌던 대공항의 여파를 잊어선 안 된다. 1929년에 시작된 미국 대공항은 그야말로 미스테리였다. 아직도 원인이 무엇이었다고 꼬집어서 말하지 못할 만큼 그 원인은 여전히 미궁이다. 다양한 분석이 나왔지만 모두가 인정하는 정설이 없다는 이야기다.

더욱 이상한 점은 대공황이 발생하기 전의 10년은 유례없는 경제 호황이었다는 사실이다. 미국은 영국을 제치고 세계 1위 경제 부국으로 떠올랐고 채무국에서 채권국으로 신분이 상승했다. 1차 세계대전으로 풍비박산이 난 유럽과 달리 미국은 전쟁 피해가 거의 없었고 오히려 전쟁 덕분에 경제 호황을 누렸다. 이 당시 미국 경제의 활황은 피츠제럴드가 《위대한 개츠비》에서 잘 대변했다. 1920년대에 포드의 대량생산체제로 자동차가 널리 보급되었고 장거리 여행이 용이해지자 주택 건설, 철강, 가전, 토목 등 산업 전반이 부스터 엔진을 단 것처럼 발달했다. 또 냉장고, 세탁기, 진공청소기, 토스터 등 집안일을 빠르고 효율적으로 만들어준 가전제품이 활성화됨에 따라 여성의 사회 참여가 급격하게 증가했다. 물질의 풍요와 미래에 대한 장밋빛 전망으로 미국인은 너도나도 욜로, 즉 오늘을 즐기자는 주의에 빠져들었다. 고로 점잖게 자리에 앉아서 조용히 관람하는 클래식보다 편하게 술을 마시면서 즐기는 재즈가 전성기를 구가하기도 했다.

당시 유행을 좀 안다는 호텔은 음악 반주를 오케스트라에서 재즈 밴드로 재빨리 교체했다. 생산과 효율성을 중요시하는 시대 정신에 방해가 된다는 이유로 금주법이 시행되었지만, 역설적이게도 1920년대는 미국 역사상 술이 가장 많이 소비된 시대였다. 《위대한 개츠비》의 주인공도 밀주 사업으로 큰돈을 벌지 않았는가. 모두가 향락을 추구하는 시대였던지라 금주법이 제대로 작동하지 않았다. 미국 역사상 처음으로 남녀가 나란히 앉아 술을 마시는 풍습이 출현했고, 부모는 자식을 원하는 대로 통제할 수 없다는 공포심에 사로잡혀 뜬눈으로 밤을 보내기도 했다. 숙녀에게 금기로 생각되었던 화장을 하고 보란 듯이 미니스커트를 입는 여성도 늘어났다. 1920년대 화장품 제조업자와 미용실 경영업자는 사업을 운영하는 데 전혀 어려움이 없었다. 부모가 아무리 립스틱과 루주는 부적절하다고 훈계를 해도 여성들은 당연하게 화장을 하고 얼굴을 가꿨다. 1921년 유타주에서 발목 위로 3인치 이상 올라가는 치마를 입으면 벌금을 부과한다는 법안이 논의되던 와중에도 치마 길이는 갈수록 짧아졌다. 무릎까지 내려오는 치마는 더 이상 여성들의 선택지에 없었다.

공장을 차리면 물건이 팔리고 주식에 투자하면 누구나 돈을 버는 시대였다. 100만 원을 주식에 투자하면 은행이 1,000만 원의 주식 투자 자금을 빌려주는 시대이기도 했다. 하지만 어느 시대에나 그렇듯, 모두가 부를 누린 것은 아니었다. 밀, 옥수수, 면화를 재배하던 농부들은 불우한 계층에 속했고, 소작농은 더욱 불우했다. 부패하기 쉽지만 빠른 수송이 가능하고 다양한 제품으로 가공이 가능했던 우유 산업은 활황을 누렸지만, 밀과 옥수수는 외국과의 싸움에서 밀리고 말았다. 더불어 여성들이 점차 면으로 만든 의류를 멀리하면서 오클라호마 농부들과 톰 조드 가족의 비극이 가중되었다.

옥수수를 재배하던 농부들도 자구책으로 농기계를 도입해 생산성을 높이려 애썼지만 공급 과잉으로 고통이 가중될 뿐이었다. 이때부터 농부들은 농촌을 떠나 캘리포니아로 향하기 시작했다. 한편 자동차 산업이 번성하여 욕조가 갖춰지지 않은 집에 사는 노동자조차 자동차는 보유한 경우가 많았다. 자동차가 욕조의 보급을 앞선 것이다. 그나마 톰 조드 가족이 66번 도로를 따라서 대이동을 할 때 발이 되어준 낡은 트럭이나마 있었던 것도 욕조보다 자동차가 흔했던 시대 배경 덕분이었다.

대공황과 캘리포니아 드림

그러나 10년간의 화려한 경제 활황에 점차 어두운 그림자가 드리웠다. 우선 빈부격차가 심해졌고 무엇보다 더 많은 수익을 내기 위해서 생산 설비를 앞다투어 늘이다 보니 급기야 생산이 수요를 앞지르고 말았다. 실업률이 무려 30퍼센트에 도달했는데, 이 수치가 얼마나 대단한지는 IMF 당시 우리나라 최고 실업률이 7퍼센트였다는 사실로 체감할 수 있다. 당시 실업자의 현실은 찰리 채플린의 영화 〈모던 타임즈〉에 적나라하게 드러난다.

1929년 10월 24일 목요일부터 10월 29일 화요일까지의 주식 대폭락은 광란의 시대를 마감하고 불황의 시대를 연 신호탄이었다. 1929년 9월 3일 381.17이었던 다우 존스 산업평균지수는 10월 24일 장이 마치자 299.47로 내려앉으며 고점 대비 무려 20퍼센트나 폭락했다. 영민한 몇몇은 폭락장이 닥치기 전 곧 늑대들이 오리라고 경고했지만 안타깝게도 거짓말로 치부되었고, 투기 자금이 판을 치던 주식 시장은 속절없이 무너졌다. 은행은 파산했고 10월 24일에만 열한 명의 투자가가 자살했다는 소문이 돌았다.

10월 24일 대공황의 포문을 연 주식 대폭락에는 여러 가지 원인이 있었고 정확하게 어느 하나를 지목하기 어렵다. 다만 후대의 경제학자들은 수요를 앞지른 과잉 생산을 가장 큰 원인으로 꼽았다. 또 당시엔 소수의 부자가 대부분의 주식을 보유하는 등 빈부격차가 극심했는데,

이들이 주식을 한꺼번에 팔려고 하자 그 주식을 받아줄 매수자가 존재하지 않았던 것도 주식 폭락의 원인이었다.

사실 1920년대 미국 경제 호황은 '빌린 돈'의 영향이 컸다. 가전제품이나 자동차를 할부로 구매할 수 있어 돈이 없는 사람도 자동차를 샀고, 빌린 돈으로 바삐 주식을 사기도 했다. 생산업자들은 외상으로 얻은 구매력은 길게 이어지지 못한다는 사실을 간과했다. 경제 호황을 이끈 두 공신은 경제 불황을 선도한 주역이 되었다. 미국의 아름다웠던 10년은 1929년 10월 사망했다. 장부에만 존재하던 주식의 가치는 사라졌고 쥐꼬리만 한 월급을 아껴 주식에 투자한 가게 점원, 청소부, 유리창닦이는 얼마 되지도 않는 투자금마저 날렸다. 주가 폭락은 은행의 연쇄 파산으로 이어졌다.

풍요하게 살던 도시의 많은 부자가 졸지에 빚으로 고통받는 처지로 전락했고 은퇴 후에 여유롭게 주식 투자를 하며 노후를 즐기던 투자자들도 다시 기나긴 저축의 여정을 시작해야 했다. 1930년 여름, 가뭄은 농민들에게 더욱 잔인한 시련을 안겨주었다. 농민들은 경제 활황기에도 소외된 몇 안 되는 계층이었는데 경제 불황이 닥치자 가장 혹독하게 고통받았다. 불황을 타개할 목적으로 루스벨트 대통령이 내놓은 뉴딜 정책이 농업에 많은 투자를 한 것은 당연했다.

하지만 경작을 제한하고 정부가 보상해줌으로써 농산물의 가격 안정을 꾀하는 농업 정책은 땅을 가진 지주에게만 도움이 되었을 뿐 소작농들은 일자리를 잃고 고향을 떠나야 하는 처지로 내몰렸다. 즉 농업을 촉진하려던 국가 정책이 오히려 소작농을 농촌에서 추방하는 결과를 초래했다. 오클라호마주의 톰 조드 일가처럼 일자리를 잃은 소작농들은 캘리포니아에서 온 달콤한 거짓말로 점철된 구인 광고 전단만 믿고 무작정 서부로 향했다. 결과적으로 소작농은 도시의 값싼 노동자로 전락했고, 미국 사회는 더욱 깊은 불황의 늪으로 빠져들었다. 《분노의 포도》에서 톰 조드 일가가 끝까지 서부에 정착하지 못하는 이유다. 서부로 모여든 농부들을 기다리던 것은 또 다른 노동력 착취와 굶주림뿐이었다.

도망치는 사람들의 길 66번 도로

톰 조드 가족은 66번 도로를 타고 더스트볼, 천둥 같은 트랙터 소리, 태풍과 가난을 탈출한다. 66번 도로는 서부 개척 시대에는 금광을 쫓는 사람들의 길이었고, 대공황 시기에는 일자리를 잃고 굶주린 사람들이 포도와 오렌지를 찾아 나선 길이었다. 66번 도로는 시기마다 이주민이 운전하는 차로 가득했다. 이들은 누구나 성실하게 노력하면 성공할 수 있다는 희망으로 여정을 떠났지만, 불행하게도 66번 도로는 꿈의 허상과 냉혹한 현실로 그들을 인도했다. 존 스타인벡은 66번 도로를 "마더 로드Mother Road"라고 불렀지만, 어머니의 길을 따라간 수많은 농부는 대부분 냉대와 멸시에 시달렸다. 서부 사람들은 갑자기 몰려든 농부들을 부랑자로 취급하고 경계했다. 그런데도 66번 도로는 미국인에게 각별한 의미가 있는 모양이다. 66번 도로는 냇 킹 콜의 노래

〈Route 66〉으로도 유명한데, 노래에서도 드러나듯 미국인에게 이 도로는 도피의 길이 아닌 자유의 길로 남아 있다. 1926년쯤에 완공된 66번 도로는 남부의 농촌을 북부의 산업 도시와 서부의 캘리포니아로 연결해주었다. Route 66 표지판은 미국 가정뿐만 아니라 우리나라의 카페나 재즈 바에서도 흔히 볼 수 있을 정도로 유명하다. 대공황 시절 가난하고 굶주린 사람들의 탈출구였던 66번 도로는 미국인이 가장 사랑하는 도로이다.

시카고에서 시작하는 이 도로는 서부의 샌타모니카까지 전장 4,000킬로미터를 자랑한다. 66번 도로의 영광은 짧았는데, 66번 도로보다 훨씬 넓고 쾌적한 도로가 속속 등장했기 때문이다. 급기야 1985년 66번 도로는 고속도로에서 지정 해제되고 지도에서 삭제되는 수모를 겪는다. 다른 도로에 병합되는 등 우여곡절을 겪다가 이 도로에 향수가 짙던 미국인들의 바람대로 2003년 완전히 복원되었고, 미국인들은 여전히 이 도로를 이용한다.

66번 도로는 도로라기보다 차라리 문화재에 가까울 정도로 이 도로를 향한 미국인의 향수와 애착은 대단하다. 최초의 대륙 횡단 도로라는 의미보다 미국의 산업 발전을 시도한 도로라는 의미가 더 크게 남아 있기도 하다. 대공황 당시 66번 도로를 타고 서부로 이동한 인구는 서부 개척 시대 골드러시 때보다 훨씬 많았다. 자연스럽게 도로 주변에 숙박 시설, 식당, 주유소 등의 편의 시설이 촘촘히 들어섰다. 따라서 도로 주변 지역의 경제가 활성화되는 부수 효과도 있었다. 미국인들은 그 시절의 꿈과 활기를 간직하는 것이다.

66번 도로는 완주하는 데 빨라야 일주일, 느긋하게 주변의 풍경과 문화를 즐기려면 2주나 걸리는 길고 불편한 도로다. 따라서 톰 조드 형제처럼 스스로 자동차를 수리할 수 있는 실력을 갖춰야 무리 없이 이 도로를 여행할 수 있다. 그러나 미국인들이 기억하고 추억하는 66번 도로는 황금기였던 1920년대 고급 차들이 오가고 새로운 즐거움과 꿈을 찾아서 서부로 이동하던 시절의 기억이자 미국이 전 세계 제조업의 80퍼센트를 차지하던 산업화 시대의 기억이지, 오렌지와 포도를 찾아 낡은 트럭에 온 가족이 위태롭게 이동하던 소작농들을 기억하는 데에는 소홀하다.

신의 공간은 중세에 어떻게 변모했는가

《수도원의 비망록》, 조제 사라마구

《수도원의 역사》, 최형걸

“인간은 삶이 두려워 사회를 만들었고 죽음이 두려워 종교를 만들었다”라는 영국의 사회학자 스펜서의 말에 공감한다. 나는 사람이 죽으면 전원 공급이 중단된 컴퓨터나 다름없다고 생각한다. 물론 사후 세계의 존재도 믿지 않는다. 그러나 역설적이게도 자연을 초월하는 절대적인 힘을 완전히 부정하지는 않는다.

얼마 전 쫄깃한 음식을 먹다가 깜짝 놀란 일이 있다. 이십 년 전쯤 대공사를 한 치아 두 개가 내 눈앞에서 쑥 빠져버렸다. 맛난 음식을 먹다가 입안에서 누런 치아가 갑자기 빠져 나오는 장면을 목도하고 나니 다리에 힘이 풀리다 못해 후들거렸다. 놀란 마음은 둘째 치고, 앞으로 치과에서 치료를 받느라 고역을 치를 생각에 눈앞이 캄캄했다. 사람이 이렇게 약한 존재다.

치아 두 개가 빠졌다고 다리가 후들거릴 정도로 공포에 사로잡히는 인간은 결코 절대자의 힘을 무시하지 못할 운명인가 보다. 사후 세계를 신봉하고 절대자를 찬양하는 사람에게 공감하지는 않지만, 나도 가족끼리 사찰에 가면 가족의 안녕과 발복을 기원하며 머리를 조아리고 정성껏 절을 한다. 절을 하면서 돌아가신 부모님, 아내와 딸, 누나와 여동생들의 얼굴과 이름을 떠올리느라 애쓴다. 한 명이라도 빼면 그 사람이 복을 받지 못할지도 모른다는 생각에 필사적으로 가족의 얼굴과 이름을 차례대로 떠올린다.

아무리 과학이 발달하고 우주의 신비가 밝혀져도 인간 세상에 종교가 절대로 사라지지 않는 이유는 인간이 스스로 나약한 존재라는 것을 너무나도 잘 알기 때문이다. 나 같은 비종교인은 늦잠을 마음껏 잘 여유를 포기하고 휴일 아침부터 차려입고 종교 활동에 가는 모습을 이해할 수 없지만, 그들은 종교 활동을 함으로써 마음의 평안을 얻고 또 한 주를 살아갈 힘을 얻는다고 한다.

휴일에 참여하는 종교 활동에 만족하지 않고 아예 자신의 세속적인 삶을 모두 포기하고 하느님에게서 평안을 얻고자 하는 사람도 있다. 우리는 그들을 수도사라고 부른다. 또 수도사들이 모여 살면서 하느님에게 더 가까이 가려고 애쓰는 곳을 수도원이라고 부른다.

수도원, 사랑의 시작이자 끝이 된 공간

《수도원의 비망록》은 포르투갈의 주앙 5세가 재위하던(1706년~1750년) 시절을 배경으로 수도원 건립과 당시 사람들의 종교 생활을 다룬 소설이다. 소설의 실제 배경인 마프라 수도원은 어느 수도사가 자식을 얻으려고 노력하던 주앙 5세에게 수도원을 건립해주면 자식을 낳게 해주겠다고 약속하면서 지어졌다.

조제 사라마구는 수도원 자체의 웅장함이나 역사적 중요성보다는 수도원을 건설하느라 희생된 민중의 이야기를 서술하는 데 초점을 맞췄다. 주앙 5세가 일으킨 전쟁에서 왼쪽 팔을 잃은 발타자르와 종교 재판에서 마녀로 지목된 여인의 딸인 블리문다의 애절한 러브 스토리라고 볼 수도 있지만, 이들 사랑의 시작과 끝이 수도원의 설립과 마녀 재판이라는 점에서 이 소설은 18세기의 종교와 수도원 건립을 비판한 역사 소설로 봐야 한다. 이렇듯 훌륭한 르포르타주에 가까운 소설《수도원의 비망록》은《수도원의 역사》(최형걸)와 같은 책을 곁들이면 그 시대를 더욱 생동감 있게 느낄 수 있다.

오늘날에도 관광객의 탄성을 자아낼 수밖에 없는 마프라 수도원의 건립은 18세기 포르투갈을 뒤흔든 대공사였다. 수사의 예언대로 주앙 5세는 그토록 원하던 자식을 얻게 되지만, 이는 우연이라고 봐야 한다. 당시 주앙 5세는 식민지인 브라질에서 나온 금과 다이아몬드로 엄청난 부를 축적했고 종교계에 아낌없이 썼다. 1693년 브라질에서 대형 금맥이 발견되었고, 주앙 5세가 제위에 오르기 몇 해 전인 1699년 처음으로 브라질 금이 포르투갈의 수도 리스본에 도착했다. 그리고 주앙 5세 치하에 포르투갈은 식민지를 쥐어짠 재정으로 역사상 가장 평화롭고 풍요로운 시대를 누리게 된다. 이 당시 포르투갈은 브라질에서 금을 비롯해 담배, 사탕수수 등을 들여오는 한편 아프리카 노예 무역으로 엄청난 부를 축적했다. 수도 리스본은 유럽에서 가장 부유한 도시였으며 굶어 죽는 사람이 드물었다.

주앙 5세는 나라의 재정을 주로 궁전을 화려하게 장식하고 자신의 권위를 자랑하는 데 소비했다. 거대한 마프라 수도원 건축은 당시 포르투갈 경제 구조의 단면을 여실히 보여준다. 그리고 교회는 끊임없이 신의 축복이라는 이름으로 왕에게 기부를 요청했을 텐데, 《수도원의 비망록》에서도 마프라 수도원 건립이 교회의 세속적 욕심과 재산을 탐하는 마음에서 비롯되었다는 것을 읽어낼 수 있다. 우선 왕에게 수도원 건립을 제의한 수사는 수도원이 건설되면 반드시 프란시스쿠 수도회의 종단에서 운영해야 한다고 요구한다. 수도회가 재산을 배타적으로 소유했다는 사실이 드러나는 대목이다. 또 수도원의 위치를 결정하는 일에서도 농작물을 경작할 수 있는 토지와 물을 확보하려는 등 경제성을 철저히 고려한다.

또 수도원을 건립하면 더 많은 장례와 세례가 치러질 테고 더 많은 수입을 거둘 수 있으리라는 사실도 중요했다. 주앙 5세는 교회를 지원하고 수도원을 건립함으로써 왕권 지지 기반을 다지는 한편 자신의 업적을 길이 남겼으며, 교회는 더 많은 재산을 확보했다. 반면 수도원 건립에 동원된 민중에겐 오직 고통과 희생만 따랐을 뿐이었다. 물론 일꾼에게는 노임이 지급되었고 신앙심이 두터운 일꾼은 자신의 손으로 수도원을 건립한다는 자긍심을 가지고 일했겠지만, 대다수는 자신이 노예나 다름없는 존재라고 인식했다.

뒤엉킨 정교政教가 불러온 재앙

마프라 수도원은 설립 배경이 어떻든 주앙 5세의 가장 큰 발자취로 인정받는다. 마프라 수도원은 18세기 당시에는 포르투갈 역사상 가장 거대한 건축물이었고, 수많은 외국의 예술가들을 데려와 작업한 덕에 화려한 예술품으로 가득했다. 포르투갈은 이웃 나라 스페인에 비해 웅장한 건물이 별로 없었지만, 압도적인 위용을 자랑하는 마프라 수도원만큼은 여타 건축물을 능가했다. 2019년 유네스코에 등재된 마프라 수도원은 복도가 하도 길어서 왕이 부르면 신하가 달려가는 데 하루가 걸린다는 농담이 있을 정도였다. 실제로 주앙 5세는 마프라 수도원을 궁전으로 사용하기도 했는데 왕이 머물던 북쪽에서 왕비가 거처하던 남쪽까지 복도의 길이가 무려 232미터로 유럽에서 가장 긴 왕궁 복도라고 한다.

주앙 5세는 수도원 공사에 자원을 아끼지 않았다. 땔감, 돌, 타일, 인부만 포르투갈에서 조달하고 건축가는 독일에서, 목수와 석수는 이탈리아에서, 목재는 북유럽 국가에서 들여오며 그만큼 최고로 웅장하고 화려한 건물을 구축하고자 했다. 마프라 수도원은 1717년에 착공해 1750년에 완공되었는데, 주앙 5세는 헌당식 날짜를 정하는 일에도 왕의 권위를 드러내고자 했다. 당시 교회에는 수도원 완공을 일요일에 맞추는 관습이 있었는데, 왕은 여기에 자신의 생일을 더했다. 즉 자신의 생일인 10월 22일이 어느 해에 일요일이 되는지 계산한 후 그날에 맞추어 수도원을 완성하도록 지시했다.

그러나 이 완공 날짜는 공사의 여건이나 인부들의 상황을 전혀 고려하지 않았다. 당시에는 유례없던 거대한 건물을 건축하는 대공사였으니 그 어려움은 이루 말할 수 없었을 테다. 더구나 애초에 80명의 수도사를 수용할 규모로 계획된 수도원을 주앙 5세가 느닷없이 300여 명으로 확대하면서 공사는 더욱 어려워졌다. 《수도원의 비망록》은 거인이 건축해야 할 규모를 개미처럼 작은 인간에게 맡겼으면 충분한 공사 기간을 주었어야 했다고 비판한다. 겨우 50여 채의 건물이 있던 수도원 공사 현장 인근 마을은 공사가 시작된 후 무려 500여 채의 건물이 새로 들어섰다. 거대한 돌을 운반하는 데에만 황소 200마리와 황소처럼 일해야 하는 수많은 인부가 동원되었다. 하지만 거석 옮기기는 당시 기술로 감당하기 어려운 과제였고, 많은 인부와 황소가 희생되었다. 말 그대로 산 자와 죽은 자의 전쟁터였다.

공사 기간을 앞당기기 위해서 주앙 5세는 나라 안의 모든 지사에게 수단과 방법을 가리지 않고 인부를 마프라로 보내라고 명령했다. 당연히 지원자는 거의 없었고 지사들은 군사를 끌고 다니면서 인부를 잡아들이는 데 혈안이었다. 저녁이 되면 그날 잡아들인 인부를 마치 짐승처럼 일렬로 묶거나 노예처럼 족쇄를 채웠다. 어떤 변명이나 뇌물도 통하지 않았다. 많은 인부가 짐승처럼 마프라로 끌려가다가 병과 굶주림으로 죽었다.

동방의 느슨한 은둔자들

세속을 떠나 하느님에게 자신의 삶을 바친 수도사의 흔적은 세상 곳곳에 남아 있다. 그중에도 이집트 초기 수도원과 수도사의 역사가 매우 중요한데 오늘날까지 그 형태가 고스란히 남아 있기 때문이다. 콘스탄티누스 황제가 기독교를 공인하자 로마에서 선교 활동을 하던 수도사들은 새로운 형태의 순교를 찾아 이집트로 넘어갔다. 초기 이집트 수도사들은 일반적으로 천막이나 자기 손으로 지은 오두막, 폐허가 된 성채, 동굴 등에서 생활했다. 당연히 기도와 명상을 가장 중요한 일과로 생각했지만, 이들은 일하지 않는 자 먹지도 말라는 성경의 가르침대로 육체노동을 당연한 의무로 여겼다.

이집트 수도사들은 담요, 광주리, 밧줄과 같은 생필품을 직접 만들어 판매하거나 다른 물건으로 교환하며 생활했다. 즉 이집트 수도원은 인간 세상과 완전히 단절하는 고립을 추구하지 않았으며 차라리 느슨한 은둔을 선택했다고 볼 수 있다. 이들은 자신보다 더 명망이 있는 선배 수도사에게 가르침을 받았고 이런 식으로 여러 제자를 거느린 수도사는 오늘날의 수도원장과 비슷한 지위를 가졌다. 또 초반에 구전되던 스승의 가르침과 지침은 훗날 기록물로 전해지면서 수도원 규범으로 자리 잡았다. 이 당시에 이미 수도사는 모름지기 같이 먹고 같이 일하고 같이 예배를 드리면서 검소하게 살아야 한다는 관념이 있었다.

《수도원의 비망록》의 배경인 마프라 수도원을 비롯한 서양 수도원의 원형은 4~5세기경이다. 수도사들은 금욕을 고수하며 은둔 생활을 했다. 서양에서 수도원은 로마와 이탈리아 지역에서 시작해 금세 대부분의 유럽 지역까지 확대되었다. 이탈리아에선 로마의 귀족들이 수도원을 설립하는 데 주도적인 역할을 했으며, 수도사가 된다는 것은 곧 신분 상승을 의미했기 때문에 수도사를 지망하는 사람이 많았다. 당시엔 로마가 유럽의 중심이었으니 로마의 수도원 문화는 유럽의 다른 지역으로 쉽고 빠르게 퍼졌다. 동방에서 기원한 수도원 문화는 서양으로 넘어가면서 서양 고유의 문화와 합쳐졌는데, 아일랜드 수도원과 몬테카시노 수도원이 그 시작이었다.

금욕과 묵상부터 세속의 권력까지

섬이라는 지역 특성상 여타 유럽의 수도원과 다른 독특한 문화가 발전한 아일랜드 수도원은 극단적인 금욕을 실천했다. 종일 침묵을 지키기가 일쑤였고 자주 금식을 하는 한편 얼음물에서 몇 시간 동안 기도

하기도 했다. 스스로 고통을 가하며 신앙을 키우는 전통은 후대에도 고스란히 전해졌다. 가령 중세 때 횡횡했던 마녀와 죄수 화형식 또한 신앙심을 키우는 계기가 되었다. 화형을 당하는 끔찍한 장면을 직접 지켜보고 지독한 악취를 피하지 않는 일은 기독교인으로서 마땅히 수행해야 할 고행이었다. 황소를 잔인하게 죽이는 투우 경기 또한 아무런 죄책감이나 두려움 없이 관람했다. 그리고 수도원에선 잘못을 저지르면 체벌을 받는 것이 당연하다고 여겼다. 사람은 사랑받기 위해 태어난 존재가 아니라 고통받기 위해서 태어난 존재였다.

완전무결한 삶을 추구했던 아일랜드 수도사들은 어떠한 허물도 용서하지 않았다. 아무리 작은 잘못이라도 늘 회개했을 뿐만 아니라 상급자에게 죄를 고백하는 전통을 세웠다. 이 전통이 오늘날 가톨릭교회에서 행하는 고해성사의 기원이다. 아일랜드 수도원의 또 다른 특징은 배움을 향한 열정이 남달랐다는 점이다. 아일랜드 수도사들은 제대로 된 교인이 되려면 반드시 성경과 기독교 저작을 읽고 묵상을 해야 한다고 생각했기 때문에 그리스어와 라틴어 공부에 전념할 수밖에 없었다. 이들은 고대 문헌을 읽는 수준을 넘어 필사로 기록하는 열정을 발휘했는데, 이런 노력 덕분에 서양의 고대 학문이 문서로 정립되었고 훗날 이웃한 영국의 문화가 융성하는 데 기여했다.

아일랜드 수도원이 학문과 고해성사의 기틀을 마련했다면 몬테카시노 수도원은 수도원 규칙의 초석을 다졌다. 서양의 수도원은 규칙을 중요하게 여기기 때문에 몬테카시노 수도회의 역사가 곧 서양 수도회의 역사라는 인식은 결코 과장이 아니다. 서기 529년 몬테카시노 수도원의 원장이었던 누르시아의 베네딕트는 과거에 여러 지역에서 쓰인 규칙서들과 당시에 유명했던 〈스승의 규칙서〉를 기초로 73장으로 구성된 규칙을 만들었는데 이 규칙이 오늘날 서양 수도원 규칙의 원형인 〈베네딕트의 규칙서〉이다.

〈베네딕트의 규칙서〉는 우선 수도원을 원장 중심으로 운영할 것과, 규칙 준수, 가난, 독신을 지킬 것을 서약하고 수도사가 된 후에는 기도와 명상과 함께 육체노동 및 학문에 힘써야 할 것을 명시했다. 그리고 수도사는 공동체 생활을 해야 하며, 재산도 공동으로 소유하고 검소하게 살도록 규정했다.

《수도원의 비망록》에 자세히 묘사된 대로 종교 재판은 화형을 집행하고 죄인을 나라 밖으로 추방할 권한이 있었고 심지어 종교학 박사 학위를 받은 신부조차도 종교 재판에 넘겨질까 봐 두려워했다. 종교기관인 동시에 세속적인 정치 권력을 가진 기관으로 성장한 교회는 금방 타락의 길로 접어들었다.

바로크, '뒤틀린 진주'의 변신

《수도원의 비망록》의 배경이 된 18세기는 서구에서 바로크 시대로 분류된다. 포르투갈어로 '뒤틀린 진주'라는 뜻인 바로크는 18세기 후반 신고전주의가 유행하면서 이전 시대를 구분하고자 생겨난 말이다.

사실 바로크는 화려하기만 하고 새로운 가치는 창조하지 못한 이전 시대에 반발하는 의도로 만들어진 말이었다. 하지만 세월이 갈수록 새로운 가치와 문화 양식을 내포하는 단어로 변모했다.

18세기 서구 사회에는 기존의 가톨릭에 대항해 새로운 교단인 개신교가 탄생했고 종교가 더 이상 국가를 귀속하지 못했다. 겉으로는 종교에 맞선 인간의 승리였지만, 신이 가진 절대성에 의지해 안정을 추구하려는 인간의 욕구는 여전히 건재했다. 첨단 과학이 발달한 현대에도 종교가 여전히 건재하듯이, 종교 개혁으로 신과 인간 존재의 관계가 바뀌었음에도 바로크 시대 사람들은 웅장하고 화려한 건축물을 쌓아 올리며 절대자에 대한 추종을 표현하고자 했다. 따라서 바로크 시대에는 종교 미술과 건축이 발달할 수밖에 없었으며,《수도원의 비망록》에서 주앙 5세가 수도원을 크고 화려하게 건축하려던 욕심에도 이런 배경이 있었다. 주앙 5세는 수도원을 거대하게 건설함으로써 교회와 교황의 권위를 넘어서는 위용을 자랑하고자 했다.

한편 예수회는 가톨릭에 새로운 고민거리를 던졌다. 예수회는 아시아 선교를 선도했는데 피被선교지의 토착 문화를 어디까지 받아들일지 합의가 필요했다. 당시 중국, 일본, 인도 등 각지에서 선교 활동을 했던 마테오 리치, 요한 아담 샬 폰벨, 프란시스코 사비에르와 같은 수도사들은 고민 끝에 대체로 아시아 토착 문화를 수용하는 쪽으로 가닥을 잡았다. 그래서 인도에서는 힌두교의 풍습을, 중국에서는 제사를 허용했다. 그러나 이러한 조치는 다른 종파의 반발을 샀다. 예수회보다 늦게 아시아 선교를 시작한 도미니크 수도회와 프란시스 수도회는 아시아 토착 문화를 받아들인 예수회를 교황 인노켄티우스 10세에게 고발했고 1645년 교황은 토착 문화 수용을 금지했다. 예수회도 반발하며 교황에게 청원했고 인노켄티우스 다음으로 임명된 교황 알렉산데르 7세는 다시 토착 문화 수용을 허락했다. 그러나 1692년 이를 철회했고 가톨릭은 상당 부분 진척되었던 중국 선교를 멈추고 철수했다.

근대 유럽은 중세 시대에 교회에 예속되었던 과거에 화풀이라도 하듯 교회와의 독립을 주요 과제로 삼았다. 중앙집권적인 국가 권력을 유지하기 위해서라도 수도원이 나랏일에 나서지 못하도록 축소하고 해체해야 했다. 그러나 18세기 이후 산업화와 세계대전, 그리고 자본주의라는 대변혁을 거치면서, 조심스럽지만 수도원이 재조명되고 있다. 인간 사회가 복잡해지고 미래가 불분명해질수록 절대자를 믿고 의존하게 되는 것은 자연스러운 일이다. 또 수도사의 검소한 삶과 가난한 자에게 봉사하고 그들을 구제하는 일의 가치도 새롭게 조명을 받는다. 종교 개혁 이후 수도원에 회의적이었던 개신교도 그 필요성을 인식하고 공동체 활동에 호의적인 시각을 가지게 되었다.

로맨스 소설에 가려진 노예들의 삶

《맨스필드 파크》, 제인 오스틴

《노예선》, 마커스 레디커

《맨스필드 파크》는 번역본이 700쪽에 이르는 대작이다. 특별한 서사나 사건 없이 시골 귀족의 일상생활이 이어지는지라 독자에 따라서 지루할 수도 있다. 그렇다고 영화만 보고 원작 소설을 읽은 척하면 큰일이다. 원작 소설의 줄거리는 대충 이렇다.

주인공 패니 프라이스는 가난하고 자식이 많은 집에서 태어나 대지주인 이모부 토마스 경의 저택으로 보내진다. 이모 집에 얹혀사는 처지이니 어쩔 수 없이 눈칫밥 신세인 데다가 타고난 성격이 수동적이고 나서길 싫어한 탓에 패니는 이모들의 구박과 무관심 속에서 자란다. 예쁘고 교육을 잘 받은 부잣집 사촌들도 패니를 무시하지만, 이모부의 둘째 아들이자 그녀의 사촌인 에드먼드만이 그녀를 배려하고 보살펴준다. 결국 버트럼 이모의 두 딸이자 패니의 사촌인 마리아와 줄리아가 불륜과 도피 행각으로 부모를 크게 실망시키고 오래전부터 에드먼드를 사랑했던 패니는 그와 결혼에 성공한다는 이야기다.

한편 1999년에 개봉한 퍼트리샤 로제마 감독의 영화 〈맨스필드 파크〉는 원작 소설과 다른 점이 사뭇 많다. 원래 영화라는 장르가 원작 소설을 고스란히 담아내지 못하는 물리적인 한계가 있지만 로제마는 자신만의 해석을 곁들인 정도를 넘어 원작 소설을 난도질했다는 평까지 들었다. 우선 가장 눈에 띄는 대목은 패니를 거두고 키운 이모부 토마스 경에 관한 내용이다. 원작 소설에서는 가부장적이어도 가족을 소중히 여기고 패니를 진심으로 아끼는 캐릭터이지만 영화에서는 남미의 안티과에 있는 자신의 농장에서 일하는 노예를 학대하고 성폭행하는 사디스트로 묘사된다. 또 소설에서 패니를 기꺼이 자신의 저택에 받아주고 보살핀 둘째 이모는 마약 중독자로 변모했다.

하지만 영화 〈맨스필드 파크〉는 나름의 가치와 의미를 지닌다. 영화는 토마스 경의 행태를 적나라하게 드러내면서 소설에서 거의 다루지 않은 노예 무역을 조명했다. 원작 소설은 토머스 경과 그의 장남 톰이 사업 문제로 안티과 현지에 장시간 체류하다가 영국으로 돌아왔을 때 패니가 토머스 경에게 노예 무역에 대해 질문하는 정도로 그치지만, 영화는 노예 문제를 전면에 내세우면서 소설이 미처 다루지 못한 당시 사회의 부조리를 보여준다.

원작 소설에서 대놓고 언급하지는 않지만, 토머스 경이 경영했던 안티과의 사업체는 분명 노예의 노동력으로 운영하는 농장이었으며, 패니도 노예 문제에 대해서 이모부의 의견을 묻는다. 제인 오스틴이 주로 연애, 결혼, 재산을 주제로 소설을 썼던 점을 고려하면《맨스필드 파크》는 간접적으로나마 노예 문제를 다뤘다는 점에서 이례적인 작품이다.《맨스필드 파크》가 집필된 당시 노예 무역은 어떻게 이뤄졌고 작중 인물 토머스 경은 어떤 경로로 노예를 얻었을까?

제인 오스틴을 위한 변론

제인 오스틴은《맨스필드 파크》에서 노예 무역이라는 단어를 단 한 번 사용했을 뿐 노예 무역의 구체적인 실태나 개인적인 생각은 이야기하지 않았다. 그래서 후대 비평가들은 이 책을 제인 오스틴은 노예들의 고난에 관심이 없었고 노예제도를 예사롭게 받아들였다는 방증이라며 비판한다. 과연 제인 오스틴은 노예제도를 당연하게 생각하고 노예 해방에 관심이 없었을까? 이 문제에 답을 찾으려면 소설의 배경이 된 시대를 자세히 들여다봐야 한다.

소설에서 시골의 신사 계급이면서 남미 안티과에 있는 농장의 수입으로 풍요롭게 사는 토머스 경은 농장의 수입이 줄어들자 본인이 직접 문제를 해결하겠다며 장남과 함께 안티과로 떠난다. 그들이 떠난 해는 1806년이었으며 따라서 그가 운영하던 안티과 농장은 매우 저렴한 노예 노동력으로 운영되었을 것이다.

토머스 경이 갑자기 안티과 농장으로 갈 수밖에 없을 만큼 농장의 수

입이 감소한 이유는 무엇이었을까? 1806년 영국 의회가 노예 매매를 금지하는 법안을 통과시켜 노예의 값싼 노동력으로 운영되던 농장이 경영난에 부딪혔기 때문이다. 즉 1814년《맨스필드 파크》가 출간되기 이전부터 노예 문제는 영국 사회의 큰 쟁점이었다. 그런데 영국인들은 노예제도를 대체로 반대하면서도 서인도 제도 식민지에서 나오는 면이나 설탕 같은 생산품을 애용하는 이중적인 태도를 보였다. 어쨌든 토머스 경이 1년을 예상했지만 실제로는 2년 동안이나 안티과에 머문 이유는 노예 수급 부족 문제를 해결하고 가격이 폭락한 면이나 설탕 위주의 농사에서 생산품을 다각화하는 조치를 취해야 했기 때문이었을 것이다.

이 당시 토머스 경의 농장이 있던 서인도 제도는 영국 사회의 부패의 온상이었다. 영국 시민들은 서인도 제도의 농장 대다수가 노예를 혹사시켜 운영한다는 사실을 알고 있었다. 제인 오스틴은 노예 문제를 간과하지 않았다. 우선 식민지에 농장을 소유했던 토머스 경이 의회의 일원이기도 했다는 설정 자체가 노예제도를 간접적으로 비판한다고 볼 수 있다. 이는 곧 영국 저택의 호사스러운 삶이 결국 노예들의 고혈로 유지되었음을 시사한다. 또 소설에서 패니를 괴롭히고 무시하는 노리스 이모의 이름은 당시 악명 높았던 노예 상인의 이름과 같다. 패니가 안티과에서 갓 돌아온 토머스 경에게 던지는 질문도 노예제도를 문제 삼은 부분이라고 볼 수 있다. 즉 패니는 이미 노예 매매가 법으로 금지됐는데도 여전히 노예를 이용해서 농장을 경영하는 이모부의 행태를 간접적으로 따진 것이다.

이렇듯 《맨스필드 파크》에서 간접적으로만 드러난 노예 무역과 농장체제가 궁금해졌고, 그렇게 찾아본 마커스 레디커의 《노예선》은 선장과 선원, 노예의 시각에서 이를 심층적으로 분석하고 있다.

아프리카 노예 무역에 관한 가장 큰 오해

유럽인들이 아프리카에 침략해 자유민이던 흑인들을 강제로 끌고 갔다는 생각은 노예 무역에 관한 가장 큰 오해다. 유럽의 노예 상인들은 대부분 서아프리카 노예 시장에서 이미 노예 신분으로 팔려 온 흑인을 구매했다. 노예도 농산물이나 공산품처럼 무역으로 거래되었으며, 아프리카에는 노예를 유럽 상인에게 판매하는 상인이 존재해 이들을 주축으로 노예가 유럽으로 수출되었다. 대략 7세기부터 《맨스필드 파크》의 배경인 19세기에 이르기까지 900만 명 이상의 아프리카 노예가 고도로 발달한 노예 시장에서 매매되었다. 유럽 상인들은 개인 상인에게 노예를 구매하기보다는 노예를 체계적으로 거래하고 편의를 제공하는 아프리카의 권력자와 거래하기를 원했다.

아프리카 부족은 강한 국가로 성장하기 위해서 이웃 부족을 정복할 총기와 화약이 필요했다. 콩고는 화약을 사용해 이웃 부족을 정복한 다음 포로를 노예로 판 돈으로 다시 총기를 사들이며 하나의 국가로 성장했다. 노예 매매가 활발했던 서아프리카 지역에는 노예를 상시 보유하며 매매와 운송까지 담당하는 시장이 따로 존재했다. 노예를 대량으로 소유한 아프리카 상인들은 유럽 국가들과 골고루 거래를 이어나갔다. 17~18세기 무렵 중앙집권 국가를 세워 서아프리카를 호령한 아샨티족은 노예 매매를 국가 건설의 토대로 삼은 대표적인 예다.

1780년, 그러니까 조선 정조의 신하 박지원이 청나라 건륭제의 칠순 축하 사절단으로 열하를 방문하던 시기에 아샨티족은 절반이 화승총으로 무장한 8,000명의 정예 군대를 보유했다. 아샨티족에게 노예 매매는 금 발굴보다 더 큰 수익을 가져다주었다. 아샨티족은 유럽 노예상에게 안정적이고 신뢰할 만한 파트너였다. 제인 오스틴이 착하고 여린 패니를 괴롭히는 못된 노리스 이모의 이름을 따온 노예 무역상 로버트 노리스는 서아프리카 부족 간 전쟁이야말로 노예의 주된 공급원이라고 주장했고 이 주장은 대체로 사실로 판명되었다.

노예를 포획해서 판 돈을 국가 발전의 토대로 삼았던 아샨티족이나 폰족이 다른 부족을 침략하는 전쟁을 벌이던 시기에 노예 매매는 더욱 성황을 이뤘다. 이 당시 노예 매매를 반대했던 사람들은 아프리카 부족 간 전쟁이 애초에 유럽의 노예상이 해안가에 나타나면서 빈번해졌다고 주장했다. 즉 노예를 획득할 수단으로 전쟁을 활용했다는 것이다. 전쟁이 시작되면 지역 상인들은 노예선의 선장에게 총기를 배급받아 전쟁터를 누비면서 포로를 잡아들였다. 물론 이렇게 잡아들인 포로들은 애초에 무기를 공급해준 노예선 선장에게 독점으로 팔렸다. 한마디로 노예선이 아프리카 해안에 나타나지 않았다면 노예를 잡아들일 목적으로 전쟁을 벌이지 않았으리라는 주장이다.

전쟁의 뒤를 이은 노예 공급로는 범죄였다. 19세기까지 아프리카 사회는 절도, 간통 같은 범죄를 저지른 사람을 모두 노예형에 처했다. 물론 당시 유럽 국가들도 아메리카 신대륙이나 호주로 범죄자를 추방하긴 했지만, 노예의 신분을 부과하지는 않았다. 그러나 법적인 절차가 무너진 아프리카 사회는 웬만한 범죄에 모두 노예형을 선고한 다음 아프리카 노예 상인에게 팔거나 유럽의 노예선에 직거래로 팔아 수익을 창출했다.

해안에서 약간 떨어진 내륙에서도 노예가 거래되었다. 해안에서 거래된 노예는 법적인 절차에 따라 노예가 된 경우가 대부분이었지만, 내륙에서 거래된 노예는 부족 간 전쟁으로 노예가 된 경우가 많았다. 그러나 어떤 사정으로 노예가 되었는지는 노예선의 선장에게 전혀 중요하지 않았다. 또 영악한 유럽 노예 상인들은 순진한 아프리카 주민들을 달콤한 거짓말로 속여 노예선에 태우기도 했다.

노예만 속아서 노예선에 탄 게 아니었다. 노예선에 어쩔 수 없이 탄 선원들도 많았다. 애초에 선원들이라고 해서 사람을 짐승처럼 다루고 매일 시체를 바다에 던져야 하는 노예선 생활이 즐거울 리 없다. 노예선은 노예뿐만 아니라 선원들에게도 매우 열악하고 위험한 직장이었다. 노예선이 취항하려면 우선 선원을 모집해야 했는데 노예 상인들은 '무분별하게 흥청망청 놀기 좋아하는' 영국 선원들의 특징을 이용했다. 상인, 선장, 그리고 악랄한 중개인들은 출항에 앞서 리버풀의 밤

거리를 쏘다닌다. 그리고 눈에 보이는 선원들을 꼬드겨 자신들이 관리하는 술집에 보낸 다음 술과 매춘부를 제공한다. 술집 주인들은 선원들이 정신없이 취하도록 분위기를 몰아가고 술을 무한정 내온다. 술에 취해 정신없이 밤을 보낸 선원들은 아침이 되면 자신이 술값 때문에 빚쟁이가 되었음을 알아차린다.

그러면 술집 주인들이 술꾼들에게 조용히 거부할 수 없는 제안을 한다. '선원 고용 계약서'에 서명을 하고 선금을 받아 술값을 해결하든가 아니면 경찰에게 끌려가서 감방에 가든가 양자택일을 하라고 다그친다. 물론 목숨을 잃을 위험이 있는 노예선을 거부하고 기꺼이 감방에 가는 선원들도 있지만, 그 순간부터 그들은 그 어떤 함선에서도 일자리를 얻을 수 없게 된다.

술값 때문에 어쩔 수 없이 노예선을 탄 선원들의 장래는 어두웠다. 항해 초기에는 다른 함선과 다름없이 대우받고 식량을 배급받았다. 그러나 항해가 좀 더 진행되고 여차하면 탈출하겠다는 의지가 희박해질 만큼 육지와 멀어지면 매질이 시작되고 식사와 물의 양이 눈에 띄게 줄었다. 노예선은 애초에 충분한 식량과 물을 싣지 않았다. 돈을 받고 팔 수 있는 상품이 그 자리를 차지했다. 노예선 선원들은 물이 부족해 매일 새벽 이슬을 빨아 먹어야 하는 극한의 상황에 시달리며 가혹한 노동을 했기 때문에 병으로 많이 죽었고 선장에게 맞아 죽기도 했다.

어떤 면에서 노예선 선원들은 노예보다 더 불리한 처지였다. 선장에게 노예는 그래도 살려서 항구까지 데려가야 할 경제적인 이유가 있었다. 노예가 무사히 항구까지 도착해야 돈을 벌 수 있었기 때문에 선장에게는 선원들의 식사보다 노예들의 식사가 더 중요했다. 노예 상인의 수익은 오로지 선장이 얼마나 많은 노예를 산 채로 항구에 내려놓는지에 달려 있었다. 노예선 선장과 의사들은 노예들이 건강한 상태를 유지해 좋은 가격에 팔릴 수 있도록 운동을 시켜야 한다고까지 생각했다. 그래서 매일 노예들을 갑판 위로 모아 춤을 추게 했다. 음악에 맞춰 춤을 춘다기보다는 대체로 항해사들이 좌우에 서서 채찍을 휘두르며 억지로 춤 동작을 강요했다. 만약 노예가 춤 운동을 거부하거나 성의 없이 무기력하게 추면 항해사들은 여지없이 채찍을 휘둘렀다.

노예들의 무도회와 노예선의 눈물

형벌로 노예가 되었건 전쟁 때 잡혀서 노예가 되었건 일단 노예가 되면 맞서 싸우거나 도망치는 것 말고는 방법이 없었다. 노예 상인들은 노예를 여러 명씩 사슬로 묶고 총으로 무장한 보초를 세워 도주를 막으려고 애썼다. 또 노예들이 탈출하지 못하도록 무거운 통나무를 노예들의 무리에 얹어두거나 입을 막는 장치를 개발해 노예들이 도움을 요청하지 못하도록 조치했다. 노예 매매는 대부분 값싼 노동력을 얻기 위해 존재했으므로 대부분의 노예가 젊은이였다. 설사 다른 부족과의 전쟁에서 패하더라도 나이가 많은 사회 지도층 인사들은 노예로 팔리는 경우가 드물었다. 전쟁에서 이긴 부족은 나이가 많은 지도층 인사부터 죽여 향후 반란을 예방했기 때문이다. 또 노예 상인들도 일을 부리기 힘든 늙은 노예는 구매하지 않았다.

노예로 팔려 노예선을 타게 되면 사람이 아닌 화물로 취급되었다. 노예들은 마치 물건처럼 사슬로 온몸이 결박당한 채 촘촘히 옆으로 누워야 했다. 악취와 전염병은 노예들을 질식하게 했고 약 8개월간의 항해는 '죽음의 향연'에 가까웠다. 고향에 있는 가장 천한 종보다 가혹한 대우를 받았던 노예들은 차라리 죽음을 택해 바다에 뛰어들기도 했지만 이마저도 성공 확률이 매우 낮았고 '노예의 삶보다 죽음을 선택한' 죄로 가혹한 채찍질을 당했다.

오랜 항해로 지친 선원들은 육지가 보이면 환호했지만, 노예들은 그 환호에 동참하지 못했다. 자신의 미래를 예측할 수 없었기 때문이다. 항구에 도착하기 열흘 정도 전부터 노예선은 노예를 팔 준비에 들어갔다. 우선 노예들을 묶은 족쇄를 풀어서 피부의 손상을 회복시켰고 면도를 시키는 한편 몸에 야자유를 발라 윤기를 냈다. 그러나 말쑥해진 외관과 달리 그들의 미래는 가혹했다. 〈맨스필드 파크〉의 토머스 경처럼 농장을 운영하는 주인들이 항구에서 그들을 기다리고 있었다. 영국 식민지 농장주들은 노예를 가장 완벽하게 수탈하는 시스템을 구축한 잔인한 사람들이었다. 〈맨스필드 파크〉에 등장하는 영국 신사 숙녀들은 노예들을 수탈해서 나온 수익으로 화려한 저택에서 우아하게 차를 마시며 무도회를 즐겼다.

노예들은 일단 육지에 도착하면 상인과 농장주들에게 다시 팔렸다.

이때 노예들은 백인들이 자신을 잡아먹는다고 생각해 극도의 공포에 시달렸다. 또 노예들은 8개월 동안 같은 노예선을 타며 서로를 위로하고 인연을 맺은 동지들과 영원히 뿔뿔이 헤어져야 한다는 사실을 가장 고통스러워했다. 농장에 도착한 노예들은 하루에 열여덟 시간씩 일을 했고 그들이 생산한 설탕은 농장주들에게 엄청난 수익을 가져다주었다. 노예를 사는 데 치른 돈은 일 년이면 회수되었다.

《춘향전》 속 놓쳤던 고전의 여러 얼굴

《춘향전》, 송성욱 옮김

《한국의 과거제도》, 이성무

《조선 시대 과거제도 사전》, 원창애 외 5명

《춘향전》을 모르는 한국 사람은 없다. 가히 국민 소설이라는 훈장을 달아주어도 부족하지 않은 작품이다. 《춘향전》은 숙종 즉위 초기를 배경으로 하며 대체로 정조 시대에 형성되어 개화기를 중심으로 19세기에 대유행했다. 《춘향전》은 아직도 드라마, 뮤지컬, 연극 등 다양한 장르로 재해석되는 등 식지 않는 인기를 자랑하며 여전히 국민 소설의 자리에 굳건히 올라 있다.

반면 《춘향전》을 원전原典에 가까운 형태로 읽은 독자는 그리 많지 않다. 대학 강의실에서 성춘향과 홍길동 중 실제로 존재했던 인물이 누구냐는 질문에 대부분의 학생이 성춘향을 선택했다는 일화는 우리가 이 소설을 제대로 알고 있지 못하다는 방증이다. 어쩌면 우리는 성춘향을 너무나 사랑한 나머지 그를 실존 인물이라고 믿고 싶은지도 모른다. 남원의 광한루에 걸려 있는 성춘향의 초상화를 비롯한 여러 유적을 보고 있노라면 누구라도 성춘향이 실재했던 사람이라고 착각할 테다.

유명세만 있을 뿐, 한국의 독자는《춘향전》을 동화나 요약본으로 읽거나 국어 교과서에서 인용한 일부분만을 접한 경우가 대부분이다. 그런데도 이 소설을 잘 안다고 생각하곤 하는데 기실 나도 이 소설의 완판본인《열녀춘향수절가》84장본의 현대 역판을 읽고 그동안 전혀 생각지 못했던《춘향전》의 면모를 많이 알게 되었다.

우선 춘향은 은퇴한 기생 월매가 '빌어서' 낳은 자식이라는 점이다. 내 고향 경상도 산골에서 '빌어서 낳은 자식'이라 함은 명산대찰名山大刹을 찾아 부처님께 자식을 낳게 해달라고 빌고 빌어서 낳은 자식을 말한다. 월매는 기생을 그만두고 성가라는 양반과 살림을 차렸지만 마흔이 넘도록 자식을 두지 못했다. 이를 원통하게 생각한 월매가 목욕재계하고 유명한 산과 절을 찾아 천신만고 빈 끝에 낳은 자식이 바로 춘향이다. 춘향은 비록 기생의 딸이었으나 월매에게는 하늘이 내린 선물이나 다름없었고 월매는 춘향을 금이야 옥이야 하며 키웠다.

그리고 이 도령이 암행어사가 되어 남원을 수소문할 때 이미 고을 아관이 이 도령의 정체를 눈치챘다는 사실이다. 이 도령이 고을 원님이나 아관을 감쪽같이 속이고 기습한 줄 알았는데, 비록 행색이 초라하긴 했으나 용모가 범상치 않았던 이 도령이 암행어사일지도 모른다는 이야기가 아관들 사이에 돌았다고 한다. 그래서 관헌들은 장부를 급하게 엉터리로라도 꾸미는 등 대비를 하고 이 도령은 '그놈들 참 귀신이군'이라면서 아관의 눈치 빠름에 감탄하기까지 한다. 더구나 남원에는 이미 이 도령이 출두하기 전에 암행어사가 오리라는 소문이 흉흉했다. 다만 춘향의 수청에 집착하던 변 학도만이 눈치를 채지 못했을 뿐이다.

원전에 가까운 《춘향전》을 읽다 보면 우리 조상들의 해학적이고 절묘한 글솜씨와 애절한 사랑 이야기에 가슴이 울린다. 이 도령의 부친이 한양으로 관직을 옮기는 바람에 졸지에 연인과 헤어지게 된 춘향의 대사가 그렇다. "우리 도련님이 '가네 가네' 하여도 거짓말로 알았더니 말 타고 돌아서니 참으로 가는구나"* 또 춘향이 수청을 거부하고 매질을 한 대씩 맞을 때마다 이 도령을 향한 그리움을 설토하고 자신의 정절을 다짐하는 시처럼 아름다운 구절은 국문학의 백미라고 생각한다.

《춘향전》의 여러 얼굴

《춘향전》은 19세기 민중의 로망이 담긴 판소리계 소설이다. 비록 기생의 딸이기는 하나 결혼도 하지 않은 남녀가 1년 동안이나 자유롭게 성행위를 즐긴다는 설정, 장래를 촉망받는 명문가의 자제와 기생의 딸이 신분에 구애받지 않고 연애를 하는 설정, 결국 기생의 딸이 사대부 집안의 정실부인이 된다는 설정은 모두 조선 시대에는 상상도 할 수

* 《춘향전》, 송성욱 역, 민음사, 2004, 87쪽

없었다. 철저한 신분 사회에서 살아가던 조선의 민중들은 《춘향전》을 돌려 읽으며 카타르시스를 느꼈으리라. 그러니까 《춘향전》은 독자에 따라 연애 소설로 읽히기도, 신분 사회를 비판하는 풍자 소설로 읽히기도 한다는 매력이 있다.

가령 나의 경우는 사회 비판 소설로 읽었다. 앞서 말했다시피 춘향은 이미 풍족한 삶을 누리던 월매가 명산대찰을 찾아 빌고 빌어 낳은 자식이다. 그런데 이 도령은 무턱대고 월매의 집을 찾아간 밤 춘향과 혼인을 하겠다고 선언한다. 이제 겨우 열여섯 살짜리 소년이 예순이 넘은 춘향의 노모를 '춘향이 어미'라고 지칭하며 하대한다. 사실을 말하자면 나도 '빌어서 낳은 자식'이다. 종가에 시집가 줄줄이 딸만 낳은 우리 어머니는 명산대찰까지는 아니더라도 뒷간 장독대와 집 뒷동산에 있는 거대한 정자나무 아래서 빌고 또 빌었으리라. 얼마나 마음고생이 심했는지 나를 가지시고도 혹시 또 딸인가 싶어 점쟁이를 찾아가 성별을 물으셨다고 한다. 다행히 아들이라고 해서 안심을 하긴 했는데, 듣자 하니 어머니는 점쟁이 할머니와 새끼손가락을 수십 번도 더 걸며 내가 아들임을 재차 확인하고 싶으셨다고 한다.

다시 돌아가서 《춘향전》은 어렵게 얻어 귀하게 키운 춘향도 따지고 보면 양반 가문 아들이 하룻밤에 혼인을 선언하고 동침할 수 있는 여자에 불과하다는 신분제도의 폐단을 고발한다. 비록 이 도령이 춘향과 혼인을 하겠다고 선언하지만, 월매도 춘향도 애초에 춘향이 정실부인이 되리라고는 생각지도 못한다. 지체 높은 집안의 규수와 혼인하더라도 자신을 그저 첩 정도라도 여겨주면 다행이라는 생각밖에 하지 못한다. 춘향이처럼 '빌어서 낳은 자식'으로서 이런 끔찍한 시대가 있냐는 분노가 들지 않을 수 없다.

과거 시험, 인생 역전의 꿈

춘향을 만나기 전 이 도령의 연애는 따로 언급되지 않는다. 그러나 다른 등장인물의 말을 빌려 그가 바람둥이라는 사실을 쉽게 알 수 있다. 술과 담배도 즐긴다. 게다가 여자에게 한번 빠지면 유학 경전을 암송하다가 자신도 모르게 '춘향의 입과 내 입을 마주 대고 쭉쭉 빠는' 장면을 상상할 정도로 심지가 굳지 못하다. 물론 타고난 천재인 이 도령은 글은 이백李白이요 글씨는 왕희지王羲之였지만 춘향을 데리고 살 욕심으로 과거 급제를 작정한 지 얼마 지나지 않아 꿈을 이룰 만큼 과거가 만만한 상대였는지는 의문이 생긴다. 여기서 조선 시대 과거제도를 다룬 이성무의 《한국의 과거제도》와 한국중앙연구원에서 출간한 《조선 시대 과거제도 사전》를 보면서 이몽룡이 치렀던 과거 시험의 종류와 당시 과거제도 관행을 살펴보고 싶어진다.

춘향과 자유연애를 즐겼던 이몽룡은 식솔을 이끌고 남원을 떠나 한양으로 이동하라는 부친의 지시를 받고 떨어지지 않는 발걸음을 간신히 떼 한양으로 향한다. 그리고 과거 합격에 집념을 불태운다. 과연 얼마 뒤에 나라에 경사가 있어 태평과太平科를 실시할 때 응시한다. 이몽룡이 응시했다는 태평과는 어떤 시험일까? 조선의 과거에는 3년에 한 번씩 치루는 식년시式年試와, 나라에 특별한 경사가 있을 때 열리는 별시別試가 있었다. 물론 가장 중요한 과거 시험은 식년시였다. 식년시는 시험 일시가 정해져 있었고 지방의 수험생들도 대거 참여해 경쟁률이 높았다. 반면 별시는 정해진 계획 없이 수시로 치렀기 때문에 정보에 어둡고 이동에 시간이 오래 걸리는 지방 수험생들은 참가하고 싶어도 할 수 없는 경우가 많았다. 그래서 별시는 자연스럽게 수험 정보가 빠른 수도권 학생에게 유리했고 응시자가 식년시에 비해 적어 경쟁률이 낮았다.

이몽룡이 응시한 태평과는 당연히 식년시가 아니고 별시였다. 말 그대로 연이어 풍년이 든 태평한 시기를 기념하여 열린 별시다. 당시 이몽룡의 부친은 왕의 총애를 받는 신하로 한양에서 내근직으로 근무했다. 따라서 당연히 수험 정보는 누구보다 빨리 얻었을 테다. 이몽룡은 원래 천재이기도 하지만 금수저 집안에서 태어난 덕도 톡톡히 본 셈이다.

비록 별시가 식년시만큼 경쟁률이 높지는 않았어도 만만한 시험은 절대로 아니었다. 가령 임금이 성균관 문묘에 가서 제사를 지낸 후 치르는 별시의 일종인 알성시謁聖試를 살펴보자. 알성시는 식년시처럼 세 번의 시험을 거치지 않고, 단 한 번의 시험으로 급제자를 뽑는다는 점이 매력적이었다. 더구나 평생 한 번 보기도 힘든 왕과 문묘를 직접 볼 수 있다는 매력도 있었다. 알성시는 대부분 수도 한양에 있는 문묘에서 치렀기 때문이다.

알성시는 성균관 유생만을 상내로 시험을 치를 때도 있었고 전국의 유생에게 시험에 응시할 기회를 부여하기도 했는데 후자의 경우 시험장이 야단법석이 되었다. 일정한 수준을 갖춘 식자만 초청해서 치르는 대회가 아니었기 때문에 청운의 꿈을 품은 유생이라면 모두 엉덩이가 들썩이기 마련이었다. 더 큰 문제는 시험장 주변에 수험생만 몰려든 것이 아니라는 점이었다. 과거를 치르자면 대략 20년 정도의 수험 생활이 기본이었는데 그동안 생계를 유지할 만한 경제적인 여건이 되었다는 뜻이니, 과거를 보러 오는 사람은 대개 종을 거느리기 마련이었다. 그러니까 수험생이 3만 명이라면 시험장 주변에는 수험생이 거느린 하인들까지 10만 명 이상이 들이닥쳤다. 심지어 하인을 열 명이나 거느리고 시험장에 나타난 양반도 있었다고 한다.

그렇다고 너도나도 시험장에 도착한다고 과거를 볼 수 있는 것은 아니었다. 오늘날처럼 시험을 치기 전에 원서를 미리 제출해야 했다. 과거를 치르기 전에 수험생으로 등록하는 과정을 녹명錄名이라고 불렀는데, 지역별로 녹명을 담당하는 관리가 있어 한양까지 원서를 내러 갈 필요가 없었다. 녹명하려면 오늘날의 이력서처럼 자신의 신원을 증명해줄 인적 사항과 가문 정보를 기재해야 했는데, 이는 무자격자가 과거에 응시하는 일을 방지했다. 시험 당일에는 당연히 녹명책에 기록된 명단을 확인하고 시험장에 들여보냈다. 오늘날 치러지는 각종 시험과 놀랍도록 비슷한 방식이다.

꼼수가 횡행했던 시절

과거 시험에 수만 명의 수험생이 인생 역전을 바라보고 몰려드는 바람에 사람이 깔려 죽기도 했다. 그 대표적인 경우가 숙종 12년인 1686년에 치러진 병인알성시丙寅謁聖試인데 무려 8명이나 인파에 깔려 죽었다. 과연 《춘향전》에도 이 도령이 치른 시험장의 분위기를 알 만한 구절이 나온다. 이 도령이 시험장에 입장하니 수없이 많은 선비가 한꺼번에 임금에게 절을 하더라는 대목이다. 이 도령의 장원급제가 숙종 때의 일이니 어쩌면 이 도령의 시험 동기 중에도 앞다투어 시험장에 들어가려다가 압사한 사람이 있을지도 모르겠다.

사건의 재발을 방지하고자 신하들은 초시에 합격한 사람만이 문묘에서 시험을 보도록 하자고 여러 번 건의했다. 사고도 사고지만 과거를 주관하는 관리에게도 시험장 관리가 무척 어려웠기 때문이다. 한꺼번에 3만 명이 시험장에 들이닥치는 시험장을 엄격하게 관리하기란 당연히 불가능하다. 그뿐인가, 3만 명의 시험지는 어떻게 채점할 텐가? 《춘향전》에는 관리들이 이 도령의 답안을 보고 잘 쓴 문장에 점을 찍고 동그라미를 치는 장면이 나오지만 실제로 그 시험지가 3만 명분이라면 잘된 구절을 표시하기는커녕 제대로 훑어보기도 어렵다. 그러니 채점이 형식적이고 졸속이었다. 더구나 시험을 치른 당일 합격자 발표를 해야 했으니 채점자로서는 정말 극한 직업이 아닐 수 없다.

관리를 몇 단계의 시험을 거쳐 선발한다면 그나마 실력을 좀 더 정확하게 파악할 수 있었을 텐데, 한 번의 시험으로 관리를 선발하는 체제는 시험장 관리가 어려웠을 뿐만 아니라 부정행위를 양산했다. 수험생에겐 한 번에 성공할 수 있는 절호의 기회이지 않은가. 별시는 시험 과목 수가 적고 시관試官과 가까운 사람은 시험에 응시할 수 없는 상피제相避制도 적용되지 않았다. 더구나 시험장 분위기가 어수선해 부정행위에 최적이었다. 그래서 수험생이 몰린 알성시에는 유독 부정행위가 심했고 그 종류와 수법은 책 한 권으로도 부족할 만큼 다양했다.

답안지의 주인을 바꾸는 정도는 기본이었으며, 원래는 누구의 답안지인지 시험관이 알지 못하도록 했지만 갖은 편법으로 답안지 주인을 알렸다. 시험을 감독하는 관리와 인맥이 닿는 사람이 절대적으로 유리했다. 《춘향전》의 이 도령은 시험장에서 문제를 보자마자 '익히 보던 문제'임을 간파하고 재빨리 답안지를 작성해 제일 먼저 답안지를 제출한다. 이상하지 않은가? 인생을 가르는 중요한 시험에서 익히 연습하던 문제가 나왔다니, 얼마나 큰 행운인가.

원래 시험 문제를 내는 시관들은 전날 입궐하고 보안을 위해 시험이 끝날 때까지 갇혀 있어야 했다. 그러나 당시 시험지 유출은 굉장히 흔했고, 실제로 숙종 38년에 치러진 식년시에서 시관이 친구의 아들과 지인에게 시험 문제를 미리 알려준 사실이 들통나 수십 명이 처형당했다. 물론 이 도령이 부정행위를 한 증거는 없지만 조선 후기로 갈수록 시험 문제를 미리 빼돌리는 부정행위가 횡행한 것은 사실이다.

답안지를 가장 먼저 제출한 이 도령의 전술도 매우 훌륭했다. 답안지를 가장 먼저 제출하려면 답안 작성도 빨리 끝내야 했지만, 가능한 한 앞자리를 차지해야 했다. 그래야 문제도 빨리 보고 답안지도 빨리 제출할 수 있지 않은가. 조선 시대 과거장에서 앞자리를 차지한다는 것은 씨름의 샅바 싸움에서 이기는 것과 비슷했다. 채점해야 할 시험지가 너무 많아 채점관들은 먼저 제출한 수험생의 시험지 앞부분만 대충 읽고 등수를 매기기 일쑤였다. 그래서 수험생들은 앞부분은 신경 써서 쓰고 뒷부분은 대충 여백만 메꾸는 경우가 많았다. 어차피 채점관들이 뒷부분은 유심히 살펴보지도 않는다는 사실을 알았기 때문이다. 요약하자면 앞부분만 훌륭하게 쓰고 뒷부분은 대충 써 답안지를 가장 먼저 제출한 수험생이 급제할 확률이 높았다.

물론《춘향전》의 이 도령은 이 두 가지 필요조건을 모두 갖추었다. 이 도령이 꼼수로 합격했다는 말이 아니다. 다만 이 도령은 답안지도 훌륭했지만, 당시 급제하는 요령도 잘 지켰다고 말하고 싶다.

위에 열거한 부작용을 막기 위해서 초시를 시행하자는 신하들의 건의는 과거제도가 없어질 때까지 받아들여지지 않았다. 이유는 단 하나, 초시에 낙방한 선비는 문묘 구경 기회를 박탈당하기 때문이었다.

끝날 때까지 끝나지 않는 벼슬의 길

어쨌든 이 도령이 아무리 총명하고 허벅지를 바늘로 찔러가면서 공부를 했다지만 불과 몇 달 전만 해도 자유연애를 즐기던 자가 별시에 장원급제하는 일은 삼국지에 수시로 등장하는 '백만 대군'만큼이나 과장되었다고 생각한다. 조선의 과거는 그런 식으로 공부해서는 합격할 수 없었다. 더구나 이 도령은 장원급제하자마자 암행어사로 임명되는데 이는 기생이 정경부인이 되는 것만큼이나 사실과 다르다. 상식적으로 공부만 하던 서생이 갑자기 관리로 일할 수 있을 리 없다. 과거에 존재했던 사법 시험만 해도 그렇다. 사법 시험에 합격했다고 당장 판사나 검사로 임용되지는 않으니 말이다. 2년간 사법 연수원을 다닌 다음 시보를 거치면 그제야 성적에 따라 판사나 검사로 임명된다.

조선 시대라고 다를 바 없다. 과거에 합격하더라도 당장 벼슬을 하지는 못했다. 권지權知라고 하는 수습 직원 상태로 얼마간 대기하다가 자리가 나면 발령을 받았다. 더구나 암행어사는 임금을 대신해서 탐관오리를 엄벌하는 자리니 임금은 최소한 몇 년간의 경력을 갖춘 젊은 관리를 지명했다. 즉 아무리 장원급제자라 하더라도 바로 암행어사 자리를 주지 않았다. 이 도령이 과거에 급제하고 경력을 쌓아 암행어사가 되기까지 대략 10년의 세월이 필요한데 변 학도의 임기는 3년에 불과하다. 따라서 《춘향전》의 이 도령이 급제하고 암행어사를 제수받아 변 학도를 응징하는 장면은 실제로 존재할 수 없다.

과거 시험에서 뽑는 인원을 정원定員이라고 하는데 식년시의 경우 문과는 33명을, 무과는 28명을 선발했다. 여기서 33명은 불교에서 말하는 하늘, 즉 33천天에서, 28명은 밤하늘 별자리 28숙宿에서 유래했다. 보신각종이 아침에는 33번을 저녁에는 28번을 울리는 이유도 여기에 기인한다. 그러나 별시는 정원이 따로 없었다. 특히 무과 별시는 전쟁이나 북벌을 이유로 한꺼번에 수천 명을 선발하기도 했다. 하지만 조선은 가난한 나라였다. 무슨 돈으로 한꺼번에 수천 명이나 선발한 무인을 관리로 임용할 수 있었겠는가. 애초부터 별시는 유생과 무인의 사기를 북돋울 목적이었고, 급제자의 수만큼 임용이 이루어지지 않았다.

조선 시대를 통틀어 한꺼번에 가장 많은 합격자를 배출한 때가 바로 이 도령이 관리로 활약했던 숙종 시절이었다.《춘향전》에서 월매가 춘향을 얻기 위해 부처님께 간절히 빌고 있을 때인 숙종 2년에 실시된 무과 별시에는 무려 1만 8,251명이 합격했다. 하지만 실제로 벼슬을 얻은 자는 소수였으며 대다수는 3~4년 허송세월하다가 결국 낙향했다. 과거에 합격하더라도 이 도령처럼 명문대가 집 자제로 연줄이 든든하거나 뇌물을 쓸 형편이 되지 않으면 결국 벼슬자리는 언감생심이었다.

지금까지 살펴본 것처럼 우리나라의 과거제도는 이 도령처럼 좋은 집안에서 태어난 자제에게 절대적으로 유리했고 이런저런 문제가 많았다. 그러나 전 세계를 통틀어 근세 시대에 시험으로 관리를 선발한 국가는 중국, 베트남 그리고 우리나라뿐이라는 사실은 자랑스러운 일이다.

칼 못 드는 사무라이의 비애, 에도부터 메이지까지

《고로지 할아버지의 뒷마무리》, 아사다 지로

《메이지의 도쿄》, 호즈미 가즈오

'꽃은 벚꽃, 사람은 무사'라는 일본 속담으로 알 수 있듯이 사무라이는 일본 역사의 중심이며 그 자체라고 해도 과언이 아니다. 그러나 일본 문화를 대표하는 사무라이도 에도 시대(1603~1867)에 평화가 이어지면서 점차 저물어갔다. '섬기는 자'라는 속뜻을 가진 사무라이는 충성과 의리를 대변하는 명예를 누렸지만, 봉건 시대가 쇠락하자 함께 사라져갔다. 전쟁으로 바람 잘 날 없던 남북조 시대나 전국 시대만 해도 사무라이는 우리가 상상한 모습 그대로 전쟁터의 화신이었지만 도쿠가와 이에야스가 오늘날의 도쿄인 에도를 본거지로 전국을 통일하고 에도 막부 시대를 열고부터는 사정이 조금씩 달라졌다.

17세기 초부터 19세기 말까지 이어진 에도 막부 250년은 더할 나위 없이 평화로웠다. 전쟁이 없는 시대에 사무라이의 효용 가치는 낮아질 수밖에 없었다. 가령 조선의 선비들은 과거제도가 있어 공부를 열심히 하면 출세할 수 있었지만, 벼락출세할 수 있는 제도가 없고 칼 쓰는 법 말고는 배우지도 못한 사무라이들은 그저 전쟁이 터져야 존재 가치를 인정받고 위세를 떨칠 수 있었다. 그러나 불운하게도 에도 시대는 세계사에 보기 드문 긴 평화의 시대였다. 출세할 방법이 없는 하급 사무라이들은 그저 세상을 원망하며 먹고살기에 급급했다. 권력과 부는 무사 계급의 최고봉인 쇼군과 지방에서 1만 석 이상의 영지를 부여받은 다이묘가 독점했다. 하급 사무라이들은 그저 고향을 떠나 도시에서 직장을 다니는 평범한 소시민에 불과했다.

영화 〈황혼의 사무라이〉는 우리가 상상하는 이미지와 사뭇 다른 사무라이의 삶을 그린다. 영화는 메이지 유신이라는 근대화의 물결이 다가오기 직전 막부 정권 말기를 배경으로 한다. 주인공 이구치 세이베이는 메이지 유신이 일어나기 직전까지 남아 있던 몇 안 되는 사무라이다. 아내는 병들어 죽었고 치매에 걸린 모친과 두 딸을 부양해야 해서 해 질 녘 퇴근 시간만 되면 집으로 향한다고 별명이 '황혼의 세이베이'다. 사무라이는 두 개의 검을 허리 양 옆에 차고 전쟁터를 누빈다고 생각하는 사람에게 세이베이가 하는 일은 다소 충격적이다.

세이베이는 주군의 창고지기로 일하면서 쥐꼬리만 한 급여를 받는다. 그리고 마치 무서운 감독 선생님의 감시 아래 숨을 죽이고 야간 자습을 하는 고등학생처럼 상사의 감시 아래 종일 서류를 만지다가 퇴근 시간이 되면 그제야 자리에서 일어난다. 급여만으로는 생계를 유지할 수 없이 두 딸과 함께 대나무로 새집을 만들어 파는 아르바이트까지 한다.

사실 세이베이는 가난할 수밖에 없었다. 에도 시대는 경제가 융성했지만 풍요로운 경제의 열매는 대상인이나 자경농민이 가져갔고 정작 지배 계층인 사무라이들은 가난했다. 에도 시대의 농민들은 똘똘 뭉쳐 세금이 지나치게 오르면 심심찮게 반란을 일으켰기 때문에 사무라이들은 함부로 세금을 거두지 못했다. 당시 농민을 겨냥한 여행 안내서가 활발히 출간되었다는 사실이 농민들의 풍족한 생활 수준을 증명한다. 반면 사무라이들은 주군에게 고용되어 쌀로 월급을 받는 직장인일 뿐이었다. 게다가 극심한 인플레이션으로 물가가 쌀값을 웃돈 탓에 사무라이들의 실질 소득은 감소했다. 그래서 영화는 먹고사느라 목욕도 하지 못한 채 힘겹게 살아가는 사무라이의 모습과 "칼의 시대는 끝났다"라는 대사로 사무라이 시대에 임박한 종말을 암시한다.

황혼의 사무라이

영화 〈황혼의 사무라이〉가 사무라이 시대 종말의 예고편이었다면 《고로지 할아버지의 뒷마무리》는 메이지 시대를 옹색하게 살아가는 사무라이의 생활을 본격적으로 적나라하게 보여준다. 이 소설은 메이지 유신이 막 시작되는 시기를 배경으로 한다. 1868년 3월 14일 어린 메이지 천황이 더 이상 꼭두각시가 되지 않고 직접 나라를 통치하겠다는 선언문을 읽어나간 순간 메이지 유신은 막을 열었다. 메이지 유신은 일본 근대화의 시작이기도 하지만, 12세기에서 17세기까지 대략 700년 동안 천황을 상징적인 존재로 두고 사무라이의 우두머리가 실질적으로 나라를 통치했던 쇼군 정치 질서가 붕괴한 시기이기도 하다. 한마디로 무사 계급의 수령인 쇼군이 통치하던 나라에서 천황이 직접 통치하는 나라로 바뀌었다. 천황이 실질적인 권한을 행사한다고 해서 메이지 유신을 '왕정복고'라고도 부른다. 호즈미 가즈오의 《메이지의 도쿄》는 메이지 45년간 도쿄가 어떻게, 얼마나 변화했는지 좋은 참고 자료가 된다.

도쿠가와 이에야스가 천하를 통일한 이후 250년간 평화를 누려온 에도 막부는 조선처럼 미국을 비롯한 서양 열강의 힘에 굴복해 강제로 통상 조약을 맺고 문호를 개방했다. 에도 막부가 연일 서양 국가에 굴복하고 강제로 수교를 맺자 결국 막부에 반대하는 세력들이 들고일어났다. 막부가 천황에게 아무런 상의 없이 멋대로 서양 나라와 굴욕적인 수교를 맺자 막부를 타도하자는 공분이 들끓었고 마침내 전쟁이 시작되었다.

막부의 사무라이들은 수적으로 우세했지만 오랜 평화에 익숙해진 나머지, 메이지 천황의 지휘 아래 근대화된 무기를 장착한 정부군에게 속절없이 패배했다. 영화 〈황혼의 사무라이〉의 주인공이자 최후의 사무라이 세대였던 세이베이 또한 막부 편에 서서 칼을 들고 싸우다가 반反 막부 군의 현대화된 무기에 속절없이 전사한다. 권력을 장악한 반

막부 세력은 실권이 없던 천황에게 통치권을 부여하는 '왕정복고'를 일궈낸다.

천황이 직접 나라를 통치하는 메이지 시대가 도래하면서 일본은 극심한 사회 변혁을 겪는다. 메이지 유신은 단순한 정권 교체라기보다 사회 혁명에 가까웠고, 이후 일본은 근대화와 제국주의로 나아가게 된다. 젊은 메이지 천황이 내세운 국가 시책은 '서양을 배우자'로 요약된다. 메이지 유신은 일본의 면면을 서양식으로 바꿨다. 메이지 유신은 일본에는 근대화라는 선물을 준 행운이었지만 조선에는 장차 일본에 나라를 빼앗기는 계기가 될 불운이었다. 일본은 메이지 유신을 거치며 치열하게 서양을 배우고 근대화를 이뤘다.

메이지 천황은 우선 공고하게 유지되던 사무라이 중심의 신분제를 철폐했다. 극소수의 고위층 사무라이가 칼을 차고 다니며 부와 권력을 독차지하던 시대를 끝맺고 무사들만 쓰던 성을 일반 백성에게도 허락했다. 사무라이의 특권을 상징하는 상투를 자르고 검을 차고 다니지 못하도록 금지한 폐도령廢刀令은 메이지 유신의 상징이다.

또한, 사무라이에게 지급되던 급여가 중단되었고 퇴직금이 일시금으로 지급되었다. 대기업 임직원이었던 사무라이가 졸지에 권고사직을 당한 것이나 다름없었다. 전직 사무라이들은 퇴직금을 밑천 삼아 사업을 하기도 했지만 대부분 실패했다. 평생 사무실에서 서류만 만지던 대기업 임원이 갑자기 권고사직을 당해서 치킨집을 하다가 퇴직금마저 날리는 상황과 비슷하다.

메이지, 평화 속 격변의 시절

《고로지 할아버지의 뒷마무리》는 메이지 유신 초기 새로운 시대에 적응하지 못하고 우왕좌왕하는 사무라이들의 현실을 세밀히 묘사한다. 메이지 유신 이후 막부에 충성하던 사무라이들은 무사 신분을 포기하고 농부나 상인이 되기도 했고 일부는 새 정부에 줄을 대고 자리를 얻었다. 새 정부에서 경찰이 되고 관리가 되어도 월급이 제대로 나오지 않아 가난에서 벗어나지 못한 전직 사무라이들이 과거 전투에서 적군을 살려준 대가로 받아둔 '목숨값' 증서를 들고 '수금'을 하러 다니는 모습은 가련할 지경이다.

에도 시대 말기 하급 무사인 세이베이가 아내의 장례를 치르기 위해 분신이나 다름없는 검을 팔아치우고 그 대신 볼품없는 목검을 차고 다니던 모습처럼 메이지 시대에 일자리를 잃은 무사들은 조상 대대로 간직해온 그림이나 골동품, 갑옷, 칼 따위를 팔아치웠다. 심지어 인력거꾼으로 전락한 사무라이도 있었다. 운이 좋게 신정부에 취업해도 평생 칼만 차고 세상을 지배했던 시절을 뒤로한 채 칼을 버리고 상투를 잘라야 했을 뿐만 아니라, 서양식 옷을 입고 홍차를 마셔야 했다.

새 정부가 어지러울 정도로 서양화를 추진하는 와중에, 전직 사무라이들은 서양식 생활에 익숙해지기 위해 눈물겹도록 노력해야 했다. 《고로지 할아버지의 뒷마무리》에 수록된 단편 〈동백사로 가는 길〉은 당시 사무라이들의 실태를 단적으로 보여준다. 과거 전투에서 큰 공을 세운 전직 사무라이가 사업가로 경로를 틀어 여행하던 도중 잠시 들른 역참에서 만난 젊은 매춘부가 몰락한 사무라이의 자식이었다는 설정은 당시 사무라이의 처지를 잘 보여준다. 검술 따위 필요 없는 시대에 많은 사무라이가 몰락하거나 노상강도로 돌변했고 그 자식은 술집 작부가 되었다는 소설의 줄거리는 과장이 아닌 현실이었다.

도쿠가와 막부를 무너뜨리고 들어선 메이지 신정부는 사회 전반에 서양을 추종하는 근대화를 추진했다. 그리고 제국주의 국가의 길에 들어섰다. 그러니 청일 전쟁과 일제 강점기는 메이지 유신에서 비롯했다고 볼 수 있다.

어쨌든 일본은 메이지 유신 이후 근대화의 일환으로 가스등을 설치했고 음력 대신 양력을 사용했다. 그래도 일본은 양력을 우리나라에 비하면 쉽게 채용한 편이다. 우리나라는 근대화도 일본보다 늦었지만 양력 또한 정말 힘들게 도입했다. 심지어 아직도 음력으로 설을 쇠고 차례를 지내는 집안이 많다. 그리고 1960년대생만 해도 음력으로 생일을 챙기는 사람이 많다. 우리나라는 세계에서 인터넷 보급이 가장 잘된 나라이며 웬만한 일상 속 업무가 디지털로 처리되지만 여전히 생일을 입력할 때 양력인지 음력인지 선택하도록 나뉜 경우가 잦다. 물론 나라에선 양력을 정착시키기 위해 많은 공을 들였다. 심지어 박정희 대통령 시절까지만 해도 신정만 휴일이었고 설은 휴일이 아니었다. 그러나 많은 공무원이 신정을 쇠는 척하고 설에 차례를 지낸 후 서둘러 출근했다. 결국 한국인의 음력 사랑은 나라도 어쩌지 못하고 설이 민족의 대명절로 살아남았다. 하지만 일본은 메이지 유신을 계기로 음력이 완전히 사라졌다. 심지어 추석도 양력으로 쇠는데, 그 날짜가 8월 15일이다. 추석 기분이 날 리가 없다. 마치 호주에서 보내는 크리스마스와 비슷하지 않을까.

지팡이를 찬 사무라이

무엇보다 당시 일본 관리나 군인들은 새로 도입된 요일과 시간 개념을 가장 어려워했다. 메이지 유신이 발발하기 얼마 전까지 일본은 10일 중 1일과 6일을 쉬었는데, 서양식 요일제로 바뀌면서 토요일은 오전까지만 일하고, 일요일은 쉬는 것으로 바뀌었다. 또 해가 뜨면 일을 하고 해가 지면 일을 끝내는 방식으로 살아왔던 일본인들은 아침 9시까지 출근하라는 지침에 시간을 맞추느라 애를 먹었고 1분이라는 시간이 어느 정도의 길이인지 가늠하기 어려워했다.

이때 등장한 것이 시계탑이다. 시계탑은 시민들에게 정확한 시간을 알려주고 관공서나 학교에서 정확히 시간 관리를 할 수 있도록 빠른 속도로 설치되었다. 우리나라의 학교에도 마치 학교의 상징물처럼 많이 설치된 시계탑의 기원이 바로 메이지 시대인 셈이다. 어설프게 맹목적으로 일상생활을 서양식으로 바꾸려고 노력했지만, 그동안 축적된 에도 시대의 습관은 쉽게 없어지지 않았다. 메이지 시대 초기는 에도 시대의 방식과 서양의 생활 방식이 적당히 섞인 모습이었다. 그리고 칼과 상투를 포기하고 서양식으로 차려입고 홍차를 마시는 사무라이의 변신은 메이지 유신의 상징이 되었다.

메이지 유신 초기 서양 문명에 익숙해지는 과정에서 우왕좌왕했던 전직 무사들의 노력은 헛되지 않았다. 메이지 시대 말기, 즉 1910년쯤에 이르자 일본 상류층은 유럽 귀족 못지않은 세련된 생활 양식을 갖추었다. 메이지 시대 말기를 배경으로 하는 미시마 유키오의 소설《봄 눈》에는 당시 귀족들이 '끽연용喫煙用 의상'까지 갖추고 흡연을 즐기는 모습이 나온다. 아무리 풍족한 귀족이라지만 담배를 필 때 따로 입는 의상이 있다니 놀라운 일이다.

사실 현대 한국의 소시민인 나도 끽연용 의상이 있기는 했다. 아내 몰래 가끔 담배를 피울 때 냄새에 유독 민감한 아내를 속이려면 고단한 위장을 해야 했다. 우선 차 트렁크에 목 끝까지 지퍼가 올라오는 허름한 잠바를 항시 넣어둔다. 거사를 치르기 전에 우선 장갑을 낀다. 물론 손가락에 담배 냄새가 남지 않도록 예방하는 용도다. 차에 도착하면 트렁크에 넣어둔 끽연용 잠바를 꺼내 입는다. 그리고 담배를 맛나게 피운 다음 역순으로 옷을 갈아입는다. 그리고 집에 돌아와서는 최대한 빠르게 욕실에 들어가 손을 씻고 마무리로 양치를 한다. 물론 메이지 시대 일본 귀족의 끽연용 의상과 비교하면 격이 한참 떨어지지만 그래도 담배 냄새를 물리친다는 목적은 같지 않은가.

전쟁터에서 죽음을 무서워하지 않던 무사들이 신정부 관리가 된 후 기념 촬영이 무서워 시내 순찰을 핑계로 도망치던 모습 또한 서양식 근대 문화에 적응하지 못해 허둥대던 무사들의 처지를 잘 보여준다. 전직 사무라이들에겐 사람의 얼굴이 종이에 고스란히 박혀 나온다는 사실이 칼을 들고 싸우는 전쟁터보다 무서웠다. 당시 사진관은 사진을 찍으면 수명이 단축된다는 소문이 돌아 애를 먹었다. 그러나 무엇보다 《고로지 할아버지의 뒷마무리》에 언급되는 개조 지팡이야말로 메이지 시대에 애매한 위치에 놓였던 무사들의 심정을 잘 대변한다.

사무라이들은 칼을 차고 다니지 말라는 새 정부의 명령, 즉 옛것을 버리고 새것을 받아들이자는 국가의 시책을 따라야 했지만 몸이 따라주지 않는 부분은 어쩔 수 없었다. 도무지 칼을 차지 않으면 허리가 허전해서 못 견디겠는 것을 어쩌겠는가. 그래서 나온 대체품이 이른바 개조 지팡이다.

대부분의 사무라이는 말 그대로 지팡이를 개조해서 속에 칼날을 넣어 다녔다. 평생의 습관을 버릴 수 없었고, 무엇보다 격변의 시대에 자신의 목숨을 지킬 수단이 필요했다. 개조 지팡이는 사무라이의 씁쓸한 처지를 상징하지만 내가 어린 시절 읽었던 만화에서는 종종 재야의 고수를 상징하는 무기로 등장했다. 얼핏 보면 지팡이를 들고 삿갓을 쓴 평범한 나그네이지만 위기가 닥치면 지팡이에서 칼날이 나와 침입자나 강도를 물리치는 장면처럼 말이다. 만화에서는 재야의 고수를 상징하던 개조 지팡이가 궁색한 사무라이들의 마지막 흔적이었다니 재미난 일이다.

메이지 유신과 함께 사무라이는 해체되고 권력도 박탈당했지만, 이

러한 변화가 평민에게 마냥 좋은 일은 아니었다. 물론 신분제가 폐지되면서 칼을 차고 으스대며 거리를 활보하던 사무라이들이 사라졌지만, 뜻밖의 문제가 나타났다. 우선 수도 에도에서 근무하던 사무라이 50만 명이 갑자기 각자의 고향으로 돌아가 버리자 단골을 잃고 장사를 그만두는 상인이 급증했다.

18세기 초, 그러니까 메이지 유신이 시작되기 전만 해도 런던과 파리보다 더 많은 인구 130만 명을 자랑하던 에도는 눈 깜짝할 순간에 50만 명의 소비자가 떠나면서 일자리를 잃은 노숙자로 넘쳐났다. 굶주림 끝에 자식을 버리는 부모도 드물지 않았다. 도둑과 소매치기가 활개를 치는 등 치안도 불안했다.

그뿐만이 아니었다. 에도 시대까지만 해도 오직 사무라이만이 전쟁터에 나가 싸웠다. 그러나 메이지 시대가 열리고 사무라이가 없어지자 이제 '모든 국민이 군인'이라는 원칙이 생겨났다. 이른바 징병제가 시행되어 이전까지 전쟁을 그저 남의 일로 여겼던 일반 평민들도 병역 의무를 이행해야 했다. 문제는 그때도 병역 의무가 공정하지 않았다는 점이다. 관리나 고등 교육을 받은 사람, 세금을 많이 낸 사람, 집안의 대를 이을 독자는 병역에서 제외되었다. 또 돈을 내면 병역을 면제받을 수 있었는데 돈이 없을 뿐더러 3년 동안 징집이 되면 생계를 유지할 수 없던 농민들은 급기야 반란을 일으키기까지 했다.

일본은 사무라이가 지배하는 나라에서 천황이 직접 지배하는 나라로 전환하면서 근대화의 기반을 다졌지만, 사무라이가 마냥 천덕꾸러

기이지만도 않았던 모양이다. 또 근대화와 제국주의의 문을 연 메이지 시대에 일어난 사회 현상이 우리나라 곳곳에서 데자뷔처럼 재현되었다는 점도 아이로니컬하다.

스스로조차 속고 속여야 했던 스파이의 삶

《추운 나라에서 돌아온 스파이》, 존 르 카레

《비밀정보기관의 역사》, 볼프강 크리거

참 한심하게 들리겠지만 요즘 저녁이 되면 빨리 내일이 왔으면 좋겠다고 생각한다. 왜냐고? 내일은 또 뭘 먹을까 하는 기대감과 설렘 때문이다. 그래봤자 내 아침은 삼립호빵에 곁들인 커피 또는 아내가 끓여놓은 뭇국이나 된장국에 말아 먹는 밥이다. 오늘 아침에도 어김없이 냄비에 뭇국과 밥을 비벼 먹었는데 반찬이라고는 풋고추로 만든 조림뿐이었다. 다른 반찬이 없지는 않지만 이것저것 차리기가 또 귀찮다. 간소한 아침은 간소한 대로 맛있다. 반찬을 쪽쪽 빨아가면서 아껴 먹었다.

밥을 먹고 나서 나름 문화인 흉내를 낸다고 드립백 커피도 마셨다. 귤도 먹고 심지어 양배추즙도 마셨다. 몇 단계에 걸쳐 아침을 먹긴 했지만, 성찬은 결코 아니다. 뭔가 뒷맛이 개운치 않아서 입맛을 다시며 서재로 들어가려는데 아내가 소파에서 느긋하게 내 루틴을 지켜보는 중이었다. 나를 지긋이 바라보면서 전화기를 주섬주섬 꺼내더니 하는 말이 이랬다. "자, 이제 브렉퍼스트를 시켜볼까?" 그러니까 햄버거에 커피를 곁들인 '브렉퍼스트'를 주문하겠다는 말이다. 조금 전에 냄비에 밥을 말아 먹으며 '브렉퍼스트'를 해결한 나로서는 자괴감이 들지 않을 수 없다.

면 단위 시골 학교 동창인 데다 같은 집에 사는데 저 사람과 나는 왜 이렇게 다른가? 타고난 품격의 차이인가? 아니면 강남 미용실과 나이트클럽을 주 무대로 삼던 아내의 대학 생활과 대구 근교의 75번 종점에서 막걸리와 함께한 나의 젊은 시절에서 다름이 비롯한 것인가? 어느 쪽이든 아내에겐 내가 감히 극복할 수 없는 뭔가가 있다.

도저히 이겨낼 수 없는 아내의 장벽은 영화를 볼 때도 유감없이 느껴진다. 평소 〈동물의 왕국〉이나 부탄, 티베트를 다룬 다큐멘터리를 좋아하는 나는 섬세한 설정, 치밀한 복선, 갑작스러운 반전이 어우러진 스파이 영화나 추리 영화의 줄거리를 미처 따라가지 못하고 이해하지 못할 때가 많다. 그럴 때면 어김없이 나보다 한 차원 높은 아내에게 매달릴 수밖에 없다. 아내에게 대체 어떻게 된 일인지 설명해달라고 부탁하게 된다. 사실 나뿐만 아니라 많은 관객이나 독자에게 스파이 영화나 소설은 더 이상 친숙한 존재가 아니다. 많은 영화가 그러하듯이 스파이 영화는 소설을 원작으로 하는 경우가 많은데 요즘은 스파이 소설 자체가 예전만큼 많이 출간되지 않는다. 스파이 자체가 사양 산업이기 때문이다.

《추운 나라에서 돌아온 스파이》는 동독과 서독이 철의 장막을 사이에 두고 대치하던 냉전 시대를 배경으로 하는데, 당시만 해도 스파이는 매력적인 직업이었다. 철의 장막 너머에서 무슨 일이 벌어지는지, 적이 어떤 생각을 하고 있는지 아는 데 스파이만큼 유용한 수단이 없었기 때문이다. 그러나 냉전 시대가 끝나면서 스파이가 목숨을 걸고 침투해야 할 상대가 거의 사라져버렸다. 이제는 북한이야말로 스파이 소설에 거의 유일하게 남은 소재라고 봐도 크게 틀리지 않다. 또 현대 국가들은 스파이 운영으로 얻는 이익에 비해 들이는 비용이 지나치다고 생각한다. 기술이 발달해 스파이 대신 통신 장비와 위성 추적 장치를 다양하게 활용할 수도 있다. 그래서 스파이 소설을 머나먼 과거의 유물로 치부하는 사람이 늘어났다.

스파이는 생각보다 가까이에 있다

현대 사회에는 스파이가 몸소 어렵게 침투해야만 하는 국가가 과거보다 현저히 줄어들었다. 그러나 인터넷이라는 새로운 영토의 등장을 간과해서는 안 된다. 현대의 범죄자들은 개인 이메일을 들여다보고 기관 홈페이지에서 중요한 정보를 빼간다. 인터넷의 확장으로 스파이가 활동할 수 있는 범위가 늘어났다. 또 과거에는 주로 국가기관이나 주요 인사가 스파이 활동의 목적이었다면 이제는 평범한 개인도 스파이 활동의 표적이다. 과거에는 국가가 스파이의 주요 고객이었다면 이제는 기업도 이윤을 챙기는 일에 스파이를 적극 활용한다. 《추운 나라에서 돌아온 스파이》의 주인공 리머스가 자신도 모르는 새에 국가의 의도대로 임무를 수행했던 것처럼 우리는 우리도 모르는 새에 기업의 상품 광고를 SNS 계정에 올린다. 이제 각자가 자신의 정보를 털어가려는 스파이에 맞서는 정보기관이 되어야 한다.

사이버 공격은 과거 스파이가 직접 적국에 침투했던 방식보다 훨씬 더 과감하고 치명적이다. 나라 안팎에 도사린 테러리스트나 악의에 찬 해커들은 교통시설, 공공시설, 에너지공급시설, 금융기관을 마비시킬 기회를 호시탐탐 노린다. 이런 사이버 테러에 대응하기 위해서라도 정보기관과 스파이의 능력은 꼭 필요하다. 미처 인식하지 못했을지라도 우리가 누리는 평화로운 일상은 국가 정보기관의 활동에 많은 부분 의지한다.

《추운 나라에서 돌아온 스파이》를 읽어본 사람이라면 누구나 냉전 시대에 강대국 스파이들이 얼마나 서로를 기만하고 속이고 얽혀왔는지 잘 알게 된다. 이 소설의 주인공 리머스는 영국 정보기관의 동독 정보 책임자인데 그가 관리하던 동독 공산당의 고위 간부가 철의 장막을 넘다가 동독군에게 사살당한다. 사살당한 사람은 겉으로는 동독 간부이지만 사실은 영국이 동독에 심어둔 영국의 이중 스파이였다. 이 사건으로 영국은 동독 정보망을 모두 잃고 동독 스파이 활동 책임자인 리머스는 본국으로 소환되어 한직으로 쫓겨난다.

정보국을 그만둔 리머스는 다른 직장 생활에 적응하지 못하다가 결국 상점 주인을 폭행해서 교도소까지 간다. 이때 동독의 정보기관이 그에게 접근해 거금을 줄 테니 영국의 정보를 넘기라는 제안을 한다. 리머스는 결국 영국의 정보를 동독에 팔아넘기는 첩자가 되는데 사실 이는 리머스를 동독에 이중 스파이로 안전하게 심어두려는 영국 정부의 계략에 따라 철저하게 계산된 작전이었다. 생활고에 시달리며 피폐해지는 모습 또한 동독을 끌어들이려는 연기였다.

리머스가 거금을 받고 넘긴 정보는 '문트'라는 동독 정보기관의 최고 권력자가 영국의 첩자라는 것이었다. 사실 문트는 이전에 리머스가 동독에서 책임지던 부하들을 몰살했다. 리머스는 이 기회로 문트를 제거하자는 영국 정보기관의 제안에 동의해 거짓 정보를 넘긴 것이었다. 그렇게 리머스는 동독 잠입에 성공한다. 그러나 영국 정보기관에는 리머스도 알지 못하는 은밀한 의도가 있었는데, 사실은 영국의 이중 스파이였던 문트를 향한 동독의 의심을 완전히 제거하는 것이었다.

결국 영국의 치밀한 작전이 성공해 영국이 동독에 심어둔 첩자인 문트는 동독으로부터 완전한 믿음을 얻고 문트를 의심하던 동독의 애국자가 혐의를 뒤집어쓰고 처벌받는 성공을 거둔다. 자신도 모르는 사이에 임무를 완벽히 수행한 리머스는 문트의 도움을 받아 동독을 탈출하게 된다. 리머스는 안전하게 장벽을 넘을 수 있었지만, 함께 탈출하던 애인은 문트의 정체를 알고 있는 민간인이라는 이유로 영국과 문트의 결정에 따라 총에 맞아 죽는다. 동독과 서독 사이에서 갈등하던 리머스는 애인이 죽은 동독 쪽으로 뛰어내려 애인과 함께 죽는다.

첩보원, 배신자, 허수아비의 비애

《추운 나라에서 돌아온 스파이》의 주인공이자 영국의 스파이인 리머스는 영국 정보기관이 부여한 임무를 충실히 수행한다. 스파이는 적국의 국가 비밀이나 주요 인사의 정보를 몰래 훔쳐 와서 본국에 보고하는 일을 한다. 리머스는 영국이 동독에 보낸 스파이며 문트는 동독 권력층 내부에 자리 잡은 배신자다. 그러나 문트는 동독에는 배신자이지만 영국에는 소중한 첩보원이다. 결국 스파이와 배신자는 명칭만 다를 뿐, 적국의 정보를 캐내서 자신을 파견한 나라에 보내는 같은 임무를 수행한다.

첩보원은 국가 비밀을 빼 올 수 있도록 적국의 권력기관에서 근무한다.《추운 나라에서 돌아온 스파이》의 첩보원 문트는 동독 정보기관의 최고 우두머리다. 적국 정보기관의 우두머리를 자국의 스파이로 삼는 작전은 주식 투자에서 흔히 말하는 고위험 고수익에 속한다. 최고의 정보를 손쉽게 빼낼 수 있지만, 영국의 첩자로 일하면서 조국의 정보를 빼내는 문트는 언제 어떻게 자신의 정체가 드러날지 전전긍긍할 수밖에 없다. 자신의 목숨을 지키기 위해 언제라도 영국을 배신해도 이상하지 않다. 어쩌면 동독은 정체가 탄로된 문트를 거꾸로 동독에 봉사하는 스파이로 삼을 수도 있다. 그러니 문트는 자신의 정체를 아는 사람을 절대로 살려둘 수 없는 노릇이다. 이 소설의 비극적인 반전, 즉 리머스의 애인이 동독을 탈출하기 직전에 문트에게 살해당하는 이유다.

냉전 시대에 스파이는 결국 국가기관의 의지에 따라 움직이는 장기말에 불과했다. 자신에게 어떤 임무가 부여됐는지조차 알지 못한 채 목숨을 걸고 적국에 침입해야 하며, 언제라도 상황에 따라 살해당할 수 있기 때문이다. 스파이는 마치 영화 실미도에 등장하는 부대원처럼 필요하면 썼다가 상황이 달라지면 언제든지 버려질 수 있는 카드였다. 리머스가 서독으로 향하지 않고 애인이 사살당한 동독 쪽으로 뛰어내리는 결말은 그가 국가 권력에 따라 움직이는 허수아비는 되지 않겠노라 반기를 들었음을 의미한다.

리머스를 살펴보더라도 스파이는 확실히 아무나 할 수 있는 직업이 아니다.《추운 나라에서 돌아온 스파이》에서 묘사된 스파이는 우선 프로 테니스 선수만큼 순발력을 갖추었고, 처음 만난 사람의 눈빛만 보고도 몇 년 전 보고받은 사람임을 간파해낼 만큼 기억력이 좋으며, 적의 공격을 받고 정신을 잃으면서도 자신을 공격한 무기가 무엇인지 호기심을 가진다. 그리고 몇 년이 지나도 자신이 겪은 일을 구체적으로 기억하는 총명함과 첫인상만 보고도 상대방의 대학과 직업, 사는 동네까지 추측할 수 있는 관찰력을 두루 갖췄다.

심지어 수십 년간 함께 산 아내조차도 남편을 석탄 위원회 직원으로 알 정도로 입이 무거워야 한다.《추운 나라에서 돌아온 스파이》의 저자 존 르 카레가 실제로 영국 정보국 요원이었으니, 약간의 과장은 있을지라도 아주 허황된 내용은 아니리라. 몇 년을 함께 근무한 동료의 차 번호는커녕 내 차 번호도 가끔 헛갈리는 나 같은 사람은 스파이가 될

자격이 없는 셈이다. 더구나 스파이에겐 여차하면 적을 한 방에 보낼 수 있는 권투 선수 같은 완력과 기민함이 필요하다. 나는 평생 누구와 싸워서 이겨본 적이 없는 전설의 전사다. 말로든 몸으로든. 그리고 출근하다가 겪은 재미난 일을 그날 저녁 아내에게 말하지 않고는 못 배기는 입이 가벼운 사람이기도 하다.

과학 소설이나 첩보 소설이 주로 과학이 발달한 선진국에서 활발히 집필되는 것처럼 고도의 작전 수행 능력이 필요한 첩보원은 주로 엘리트 출신이었다. 삼권 분립을 주창한 몽테스키외의 말에 따르면 첩보원 임무는 '진정한 신사'만이 수행할 수 있다. 근대부터 현대에 이르기까지 서양에서 첩보원을 관리하는 일은 주로 외교관, 장교, 장관과 같은 상류층 인사들의 몫이었다. 영국은 특정 대학, 특정 엘리트 모임에서, 미국도 특정 대학이나 특정 로펌 소속 직원 중에서 첩보원을 우선 선발했다. 물론 공산권 국가도 첩보원을 치밀하게 선발했는데 이들은 반대로 노동자 계급 출신에 사상적으로 배신을 할 확률이 극히 낮은 사람을 선호했다.

비밀정보기관의 음과 양

스파이의 역사는 우리가 아는 것보다 오래되었는데, 《비밀정보기관의 역사》(볼프강 크리거)는 스파이에 얽힌 기상천외한 이야기들을 다룬다. 고대에서 가장 유명한 스파이는 마케도니아의 알렉산드로스 대왕이 되겠다. 이집트 왕국을 필두로 페르시아 왕국과 그리스 도시 국가들은 모두 제국을 건설하고 유지하는 데 스파이를 애용했다. 전투에 앞서 스파이의 정보망으로 적진의 상황을 미리 파악했을 뿐만 아니라 대제국을 건설하고 나서도 스파이 활동에 큰 도움을 받았다. 우리는 수업 시간에 대제국 건설이라는 역사적 사건만 배울 뿐, 그 과정에서 스파이들이 얼마나 큰 역할을 했는지는 배우지 않는다.

마찬가지로 대제국이 몇백 년을 존속했는지는 배워도 그 대제국을 유지하기 위해서 스파이에게 얼마나 의존했는지는 배우지 않는다. 황제가 첩자를 적국에 보내 적진의 상황과 지리 정보를 몰래 빼 왔다는 사실은 어쩐지 뛰어난 지략과 용맹으로 주변 국가를 정복한 황제의 권위를 손상한다. 현대 역사가들은 당대의 역사가들이 이 사실을 충분히 인지하고 스파이의 활약을 기록으로 남기는 일을 게을리했으리라고 추측한다.

역사가들은 왕의 치세와 업적을 기록으로 남기기에도 시간이 부족했다. 오직 왕이 돋보이고 빛나야 하는 시대였다. 그러나 대제국을 건설한 왕들이 대개 사자나 신하를 지방에 보내 세금을 거두었을 뿐만 아니라 국경 지대의 상황과 민심 그리고 이웃 나라의 동태와 같은 정보를 끊임없이 수집했다는 사실을 잊어선 안 된다. 이런 정보는 제국을 유지하고 다스리는 데 큰 도움이 되었다. 첩보의 중요성을 너무나도 잘 알고 있을 뿐만 아니라 의심도 많았던 알렉산드로스 대왕은 심심찮게 병사들의 편지를 몰래 읽었다. 또 겉으로 보이는 병사들의 충성심을 믿지 못하고 병사들이 나누는 사적인 대화를 엿들으며 속마음과 사기를 파악하려 했다. 요즘으로 치면 개인의 이메일을 들여다보고 통화 내용을 도청한 것이다.

오늘날 미국 면적의 세 배에 달하는 대제국을 건설한 칭기즈 칸도 첩보를 적극 활용한 지도자였다. 다만 칭기즈 칸은 알렉산드로스 대왕처럼 군사들의 편지를 몰래 읽지는 못했다. 그는 글을 읽지도 쓰지도 못하는 문맹이었기 때문이다. 그러나 첩보를 활용하려는 열정은 알렉산드로스 대왕 못잖아서 비단길을 오가며 장사를 하는 상인들을 정보원으로 활용했다. 비단길 상인들은 칭기즈 칸에게 주변 국가의 정세를 상세히 제공했고 칭기즈 칸은 상인들에게 평온하게 장사를 할 수 있는 안전을 제공했다.

칭기즈 칸은 무자비한 학살자로 널리 알려졌지만, 그가 폴란드와 헝가리를 공격하기 전에 적을 염탐하고 정보를 모으기까지 몇 달을 기다린 인내심의 소유자라는 사실은 잘 알려지지 않았다. 칭기즈 칸이 특유의 용맹과 포악함만으로 대제국을 건설한 것은 아니었다. 칭기즈칸은 요즘으로 치면 초고속 인터넷망이라고 할 수 있는 우편 정류장을 촘촘히 구축했다. 우편 정류장의 간격은 말이 힘차게 달릴 수 있는 최대 거리를 계산해서 설정했으며, 칭기즈 칸은 이 우편 정류장망을 이용해 영토를 확장했고 통치에 필요한 지식과 정보를 습득했다.

첩보의 중요성을 높게 산 인물을 따지자면 중국의 손자를 빼놓을 수 없다. 손자는 병법의 창시자답게 별을 보고 점을 치는 방식으로 얻는 정보를 신뢰하지 않았다. 손자는 오로시 적군의 상태를 잘 아는 사람, 즉 스파이라는 소식통만이 믿을 만하다고 여겼다. 이런 정보야말로 전쟁을 수행하는 데 무엇보다 중요하니 첩보원에게 그 누구에게보다 많은 돈을 줘야 한다고 주장했다.

반면 루이 16세는 정보의 중요성을 인식하지 못했다. 과장을 조금 보태자면 프랑스 혁명은 국내 안전을 담당하는 관청의 게으름이 원인이었다고 말할 수 있다. 루이 16세가 얼마나 국내 정세에 어두웠는지 보여주는 사례가 있다. 프랑스 혁명을 상징하는 사건, 즉 바스티유 감옥이 민중들의 손에 무너지던 날 루이 16세는 일기장에 '아무 일도 일어나지 않았다'고 적었다. 프랑스 혁명은 어느 날 갑자기 일어나지 않았다. 충분한 조짐이 있었다. 만약 프랑스 국민의 굶주림, 국가 재정 파탄 같은 형세가 루이 16세에게 정확히 전달되었다면 역사는 다르게 흘러갔을 수도 있다. 루이 16세에게는 매우 불행한 일이지만 당시 프랑스 왕정에는 정보기관이 존재하지 않았다. 프랑스 최초로 조직화된 정보기관을 설립한 주역은 왕이 아닌 혁명가들이었다.

2부

복잡한 인간 내면의 소우주 이해하기

예술의 불멸하는 재료,
질투

《레베카》, 대프니 듀 모리에

《질투》, 피터 투이

《레베카》는 대프니 듀 모리에가 1938년 발표한 작품으로 질투라는 감정을 첨예하게 다룬 위대한 소설이다. 《레베카》는 뮤지컬, 영화, 연극, 텔레비전 드라마로 끊임없이 재생산되며 여전히 유명세와 인기를 자랑한다. 그중에서도 스릴러 영화의 거장 히치콕 감독이 1940년에 제작한 영화 《레베카》는 그해 아카데미 작품상을 받았다. 인터넷에서 레베카를 검색하면 원작 소설의 정보는 드물고 오히려 영화나 뮤지컬의 정보가 홍수처럼 쏟아진다. 출간된 지 80년이 지난 지금까지도 대중들은 《레베카》에 열광한다. 《레베카》를 향한 식지 않는 관심은 예술에서 질투라는 감정이 얼마나 매력적인 소재인지를 방증한다.

《레베카》는 '레베카 증후군'이라는 신조어를 탄생시키기도 했다. '레베카 증후군'은 사랑하는 사람의 전 연인이나 배우자에게 질투심을 느끼는 증상을 말한다. 《레베카》의 주인공은 600쪽에 이르는 긴 분량 동안 이름이 밝혀지지 않는다. 처음부터 끝까지 '나'로 지칭될 뿐이다. 주인공은 고아로 자라 귀부인의 하녀이자 말동무로 일하다가 졸지에 영국에서 가장 아름다운 저택을 가진 홀아비와 사랑에 빠져 결혼에 성공한다. 하지만 신혼여행을 마치고 남편의 저택에 입주한 순간부터 주인공은 하인들에게조차 무시를 당한다. 남편의 전 부인이자 이 소설의 제목인 '레베카'와 너무나 다른 인물이기 때문이다. 주인공을 보필하는 저택의 하녀는 레베카를 신봉하며, 시어머니는 주인공을 처음 본 자리에서 죽은 레베카가 보고 싶다고 난리를 피운다. '나' 주위의 많은 인물이 레베카가 아름답고 유머 감각이 넘치며 사교적인 인물이었다고 말한다.

레베카 증후군의 파괴력

본인이 레베카보다 예쁘지도 사랑스럽지도 않다고 생각하는 주인공은 레베카를 향한 끊임없는 질투심에 시달린다. 주인공이 보여주는 모든 언행이 레베카 증후군의 모범 사례이다. 우선 레베카 증후군은 주인공처럼 자존감이 낮은 사람에게서 흔히 나타난다. 주인공은 고아 출신인 데다가 귀부인의 손발 노릇을 하다가 우연찮게 귀족 남자와 결혼했기 때문에 늘 자신이 귀족의 삶과 어울리지 않는다는 걱정을 달고 산다. 그래서 하녀들의 눈치를 보고 여주인으로서 지위를 누리지 못한다. 스스로 생각해도 자신은 전 부인과는 너무나 다른 사람이었다. 거듭된 모멸에 주인공은 부자와 결혼했음에도 자존감이 더 낮아지고, 레베카를 질투하는 마음이 폭발하게 된다. 더구나 남편이 자신을 진심으로 사랑하지 않고, 필요할 때 달려오고 귀찮을 때 사라져주는 애완견쯤으로 여기지는 않는지 고민한다. 주인공은 남편의 사랑을 받지 못하리라는 걱정에 언제나 전전긍긍하며 이미 죽은 레베카를 향한 질투를 놓지 못한다.

레베카 증후군을 앓는 사람은 《레베카》의 주인공처럼 사랑하는 사람의 전 연인을 자신보다 더 아름답고 지적인 사람으로 상상하는 버릇이 있다. '나'는 손톱을 물어뜯으며 자신의 상상만큼 레베카가 예뻤는지 저택의 집사에게 조심스럽게 묻는다. 불행하게도 평생 본 여자 중 가장 아름다웠다는 대답을 듣지만.

《레베카》를 읽을수록 질투는 타고난 본성이기도 하지만 상황이 만들어내는 결과물이기도 하다는 생각이 든다. 소설의 주인공이 고아로 자란 것은 본인의 선택이 아니며 생계유지를 위해 귀부인의 하녀 노릇을 한 것 또한 어쩔 수 없는 선택이었다. 그녀는 출신과 처지 때문에 저택의 여주인이 되고 나서도 마치 하녀처럼 눈치를 봐야 했고, 모두에게 사랑받았던 남편의 전처를 질투할 수밖에 없었다. 이제 막 신혼여행을 마치고 새색시가 된 주인공은 남편의 전처가 남긴 흔적을 고스란히 매일 보고 살아야 했다. 레베카가 썼던 펜을 집어 들어야 했고, 레베카가 선택한 그림과 장식품을 보아야 했으며, 레베카가 앉았던 자리에서 레베카가 사용했던 나이프와 포크로 식사해야 했다. 그녀는 남편과 함께 저택에 비치된 우비를 입고 산책을 하던 중 주머니에서 레베카의 손수건을 발견하며, 하인들에게조차 끊임없이 '레베카 마님은 이렇게 하셨습니다' 하는 식의 말을 듣는다. 그녀는 저택에서 가장 아름다운 방을 레베카가 사용했으며, 심지어 그 방이 여전히 사용되는 것처럼 깨끗하게 보존되어 있다는 사실에 기겁한다. 침대는 말끔하게 정리되어 있고 화장대 위에는 향수, 빗, 화장품이 가지런하게 올려져 있으며 아름다운 생화가 꽃병에 꽂혀 있다.

1년 전에 죽은 전처의 흔적이 고스란히 보존된 저택을 보며 '나'는 본인이 저택의 여주인이 아닌 초대받지 않는 손님이라는 생각을 한다. 물론 이 모든 일은 레베카를 어렸을 적부터 키우고 그녀를 신봉하기까지 한 저택의 하녀가 꾸민 계략이지만 이를 알 턱 없는 '나'는 레베카가 여전히 저택의 주인이며 자신은 남편에게조차 애완견으로 취급받는 수습 하녀 정도라는 생각을 떨치지 못한다. 자연스럽게 질투는 깊어지고 '나'는 레베카와 남편이 보냈을 행복한 시절을 상상하며 괴로워한다. '나'를 둘러싼 모든 상황이 '나'가 질투의 지배를 받을 수밖에 없도록 몰아가지 않았는가 하는 말이다. 소설의 주인공인 화자는 끝까지 이름조차 언급되지 않지만 1년 전 죽은 레베카는 이 소설의 제목이라는 점을 상기하자.

소설 속 '나'의 고뇌를 나도 조금은 이해할 듯하다. 나는 대학을 졸업하고 잠시 기간제 교사로 근무했었다. '나'가 사랑하는 남자를 만나 결혼까지 이르며 행복감을 느낀 것처럼 나도 비록 기간제였지만 선생님이 되었다는 설렘에 잠을 설쳤던 기억이 선명하다. 그런데 출근하고 자리에 앉고 보니 온통 전임자의 흔적이 고스란히 남아 있었다. 어쩌면 당연한 일이었다. 나는 전임자를 대신해 잠시 자리를 메꾸는 역할이었으니 전임자가 쓰던 책상, 업무분장, 교구와 교재를 그대로 사용했다가 계약 기간이 종료되면 떠나야 하는 처지였다. 매일 전임자가 남긴 흔적을 마주하면서 소설 속 '나'처럼 정교사가 아닌 애매한 직위에 있다는 생각에 왠지 모르게 주눅 든 채로 생활했다. '나'가 매일 '레베카 부인은 이렇게 하셨어요' 하는 말을 들었던 것처럼 나도 종종 전임자는 이렇게 했다 저렇게 했다는 말을 들었다. 실제로 학교에서 학생들을 가르치는 것은 나였지만 전임자가 내 등 뒤에서 여전히 학교 생활을 하는 것 같았다. 한동안 나는 단지 그림자에 지나지 않는다는 생각에 사로잡혔다.

샤덴프로이데의 행복감

'나'가 소설의 끝에 남편이 전 부인을 진심으로 사랑하지 않았고 오히려 미워했으며, 두 사람이 쇼윈도 부부에 지나지 않았음을 알게 되면서 그녀를 괴롭히던 질투심은 모두 사라진다. 그리고 더 이상 주눅 들지 않고 당당히 안주인으로서 자리를 잡게 되며 남편을 더더욱 사랑하게 된다. 질투라는 감정이 얼마나 사람을 피폐하고 무기력하게 만드는지 잘 알려주는 대목이다.

'나'가 레베카를 향한 질투를 억제하지 못해 괴로워하는 한편 그녀의 남편인 맥심도 질투의 대상이 되기에 최적의 조건을 갖춘 남자다. 하지만 맥심은 모든 것을 다 갖췄음에도 결혼 생활만큼은 불행했으며, 레베카는 심지어 사촌 파벨과 불륜을 저지른다. 레베카는 보트를 타다가 사고로 사망했다고 알려졌지만 사실은 외간 남자와의 아이가 저택을 상속받을 거라며 맥심을 협박하다가 살해당했다. 소설의 끝에 파벨은 집요하게 맥심의 살인을 파헤치려고 애쓴다. 그러면서 맥심에게 미녀와 결혼한 남자는 모두에게 질투를 받을 운명이라고 말한다.

과연 파벨의 통찰은 질투의 본질을 정확히 꿰뚫었다. 로버트 버턴(1577~1640)도 《우울증의 해부》에서 질투를 유발하는 요인으로 높은 사회적 위치, 많은 재산, 아름다운 아내, 세 가지를 꼽지 않았던가. 맥심은 귀족으로서 권력을 가졌고 영국에서 가장 아름다운 저택과 광활한 영지를 소유한 부자이며 예쁜 아내와 결혼한 행운까지 거머쥐었으니 질투의 가장 완벽한 조건을 갖춘 셈이다. 맥심 같은 남자에게는 예쁜 아내를 질투하는 파벨 같은 위협적인 존재가 따라붙기 마련이다.

실제로 대프니 듀 모리에는 《레베카》를 질투의 본질을 분석한 글이라고 말하기도 했다. 《레베카》가 질투를 문학으로 풀어냈다면 《질투》(피터 투이)는 질투를 예술과 인문의 관점에서 풀어냈다.

《레베카》의 주인공 '나'는 자신이 레베카보다 사교성과 교양이 부족하고 주변 사람들에게 사랑받지 못하는 존재라고 생각해 늘 한없이 자신을 낮추고 수동적으로 행동한다. 그러나 남편과 레베카가 서로를 미워했다는 사실과 레베카가 우아하고 사랑스러운 사람이 아니라 교활하고 사악한 사람이었다는 사실을 알게 되자 그녀를 괴롭히던 질투심은 말끔히 사라진다. 레베카의 불행이 '나'에게는 곧 행복이었다. 자신감을 장착한 '나'는 '수습 하녀'에서 '엄격한 여주인'으로 승격한다. 그리고 남편 맥심이 저지른 살인마저도 감싸주고 함께 대처하는 대담함까지 보여준다. 질투라는 감정의 스펙트럼에는 남의 불행을 보며 쾌감을 느끼는 심리, 즉 샤덴프로이데Schadenfreude가 존재한다. '나'에겐 레베카가 남편에게 사랑받지 못한 아내였다는 사실이 행복의 원천이었던 셈이다.

예를 들어 당신이 오랫동안 사랑했던 애인을 혐오스럽고 저속한 사람에게 빼앗겼다고 가정해보자. 애인을 빼앗아 간 경쟁자에게 이루 말할 수 없는 질투심을 느끼기 마련이다. 그러나 상황이 바뀌어서 전 애인이 신중하지 못했던 자신을 질책하며 경쟁자를 매몰차게 차버렸고, 경쟁자가 슬픔에 시달리다 죽었다는 뉴스를 접하게 된다면 당신은 세상을 다 가진 듯한 행복감에 취하게 될 것이다. 이 사건으로 애인이 다시 돌아올 리도 없고 실제로 당신은 아무것도 얻지 못할 테지만 기분만큼은 하늘을 날아갈 것 같다. 이것이 샤덴프로이데다. 질투는 사람을 완전히 망가트리기만 하는 감정은 아니며 엉뚱하게 행복감을 유발하는 계기가 되기도 한다.

인간과 질투, 그 불가분의 관계에 관하여

사람들은 본인이 질투한다는 사실을 인정하고 싶지 않아 한다. 롤랑 바르트가 쓴《사랑의 단상》을 읽으면 왜 우리가 질투를 부끄러워하는지 알게 된다. "질투하는 사람으로서의 나는 네 번 괴로워하는 셈이다. 질투하기 때문에 괴로워하며, 질투한다는 사실에 대해 자신을 비난하기 때문에 괴로워하며, 내 질투가 그 사람을 아프게 할까 봐 괴로워하며, 통속적인 것의 노예가 된 자신에 대해 괴로워한다."*

사람은 자존심의 보존과 수치심의 기피라는 본능의 방해로 질투를 인정하지 않으려 한다. 질투가 발각되면 자신의 권위가 낮아지고 비난을 받을까 봐 두려워한다. 그래서 자신의 질투를 다른 사람이 눈치채지 못하도록 위장을 한다. 가령 여러모로 자신보다 뛰어난 친구에게 질투심을 느껴도 '너를 질투해'라기 보다 '네가 참 부럽다'라고 표현한다. 소설 속의 '나' 또한 하녀에게 무시를 당하고, 죽은 후에도 모두에게 사랑받으며 찬사를 받는 전처에게 질투심을 느끼지만 거의 드러내지 않는다.

확실히 질투심을 들키지 않으려는 몸부림은 인간 사회의 오래된 전통이다. 줄곧 질투가 곧 약점이라는 인식이 강했다. 아일랜드의 대표작가인 제임스 조이스가 쓴《율리시스》는 아내의 불륜을 알고 있지만,

---

* 롤랑 바르트, 《사랑의 단상》, 김희영 역, 동문선, 2004, 213쪽

아내를 미워하고 질투하는 감정을 숨기려고 고군분투하는 레오폴드 블룸의 하루를 그린 소설이다. 제임스 조이스는 질투라는 감정의 권위자이다. 본인이 질투심에 폭발한 경험이 있고 그 경험을 토대로 위대한 명작을 남겼으니 말이다. 제임스 조이스는 훗날 아내가 될 애인 노라 바나클이 다른 남성과 연애를 하고 있다는 사실을 알아차리곤 그녀에게 질투심을 잔뜩 담은 편지를 여러 차례 보냈다. 그러면서도 조이스는 자신의 질투심을 인정하지 않고 남자에게 질투심이란 존재하지 않으며 다만 여자에 대한 소유권을 침해당한 느낌에 지나지 않는다고 항변했다.

그러나 질투라는 감정을 너무 부끄러워할 필요는 없다. 누구에게나 본인의 의도와 달리 질투할 수밖에 없는 상황이 생기기 마련이다. 심지어 신들조차 질투하지 않던가. 신들의 제왕 제우스는 여신 테티스와 인간 펠레우스의 결혼식을 주관하면서 일부러 분쟁과 불화의 여신인 에리스를 결혼식에 부르지 않았다. 수치심을 느낀 에리스는 초대받지 않는 결혼식에 나타나 '가장 아름다운 이에게to the fairest'라고 쓰인 황금 사과를 하객들 사이에 던져버리고 자리를 떠난다. '가장 아름다운 자'라는 타이틀을 차지하기 위해 무려 제우스의 아내 헤라, 이들 부부의 딸 아테나, 그리고 사랑의 여신 아프로디테가 그야말로 난장판을 벌인다. 골치 아파진 제우스는 트로이 왕의 아들 파리스에게 이 싸움의 중재를 맡긴다.

세 여신은 뇌물을 제시하며 중재자인 파리스의 환심을 사려고 한다.

헤라는 유럽과 아시아 땅덩어리를, 아테나는 지혜와 전쟁 수행 능력을, 아프로디테는 당시 세계 최고 미녀인 헬레나를 차지하게 해주겠다고 약속한다. 중재자 파리스는 아프로디테를 선택했고 약속대로 아프로디테는 스파르타 왕의 아내인 헬레나를 트로이로 납치한다. 졸지에 아내를 빼앗긴 스파르타의 왕은 그리스의 모든 병력을 모았고 이때 '가장 아름다운 여성'이라는 영광을 아프로디테에게 빼앗겨 질투심에 불타올랐던 헤라와 아테나는 스파르타를 적극적으로 돕는다. 우리가 어린 시절 동화로 자주 읽었던 트로이 전쟁은 이렇게 해서 시작되었다. 즉 트로이 전쟁은 질투 때문에 시작되었고 질투 때문에 계속되었다.

질투의 역사는 이토록 오래되었고 신들조차 질투에 휩쓸렸으니 평범한 인간이 질투심을 느낀다고 수치스러워할 필요는 없다는 생각을 하게 된다. 또 질투가 꼭 세속적이고 성숙하지 못한 사람에게서 나타나는 감정이라고 생각할 필요도 없는 것 같다. 내가 아는 성직자는 후임자가 공개 석상에서 자신보다 더 좋은 평판을 받을까 노심초사했다고 고백했다. 후임자가 어떤 평을 받는지 몰래 염탐까지 했다고 한다. 자신이 이룬 업적보다 더 좋은 업적을 이룬 사람을 보면 질투를 할 수밖에 없다. 만약 성도들이 후임자의 부족함을 탓하며 자신을 그리워한다는 소식을 듣기라도 한다면 그 성직자는 잠시나마 발을 뻗고 행복감에 취해 낮잠을 잘지도 모르겠다. 질투심은 세속을 내려놓은 성직자도 떨쳐버릴 수 없는 감정이다.

질투를 택할 수밖에 없었던 사람들

신생아도 질투의 예외이지 않다. 아동 심리학자인 마리아 레저스티는 생후 3개월 된 신생아를 대상으로 질투심에 관한 실험을 했다. 아이는 엄마가 자신을 옆에 두고 다른 사람과 대화를 하면 큰 소리를 내고 발버둥을 치는 것으로 모자라 자신의 발을 입 근처로 가져가기도 했다. 레저스티는 태어난 지 얼마 안 된 신생아는 타인과 상호 교류 관계를 형성하는 과정에서 그들에게 특별한 기대감을 품고, 기대가 어긋나면 그에 상응하는 반응을 보인다는 결론을 내렸다. 즉 신생아는 자신이 소중하게 생각하는 대상과의 유대 관계를 방해받으면 이를 기민하게 알아차리고 거친 반응을 보인다. 신생아는 원시적이고 초보적인 질투의 한 형태를 드러낸다.

그러고 보면 질투라는 감정은 인간의 생존에 꼭 필요하다. 신생아는 어느 시기보다 관심과 보살핌을 필요로 하는데, 만약 부모가 자신에게 소홀하다면 질투라는 감정을 폭발해서라도 부모의 관심을 끌어야 생존할 수 있기 때문이다. 우는 아이에게 떡 한 번 더 준다는 말처럼 말이다. 질투는 인간의 생존에 이바지할 뿐만 아니라 사회 적응에도 도움을 준다. 다른 사람과 친밀한 유대 관계를 형성하고 개별적 자아로 성장하는 과정엔 질투가 꼭 필요하다.

반려동물을 키우는 사람은 누구나 위대한 철학자 몽테뉴의 '동물도 질투한다'는 말에 동의한다. 개와 고양이가 주인의 관심을 차지하려는 유아기 수준의 질투를 한다면 히말라야 원숭이는 성인 인간처럼 성적인 질투를 한다. 서열이 제일 높은 수컷 원숭이는 암컷들이 서열이 낮은 평민 원숭이와 어울리는 모습을 목격하면 즉시 거칠게 공격을 감행한다. 그러나 원숭이가 말을 할 줄 안다면 제임스 조이스가 주장한 대로 여성에 대한 소유권을 침해당한 분노를 표출했을 뿐이라고 반박할지도 모르겠다.

질투라는 감정이 인간의 뇌에 장착되어 있다는 진화학자의 주장을 굳이 내세우지 않더라도 우리는 질투가 인간 역사와 줄곧 함께해 왔다고 인정한다. 지구에 인간이 존재한 이래, 시대와 장소를 막론하고 인간이 질투를 느끼지 않았던 적은 없다. 그렇다면 일처다부제와 일부다처제가 시행되는 지역의 사람들은 성적 질투를 느끼지 않는 것일까? 그들은 질투가 없는 유토피아에 사는 것일까? 그렇지는 않다.

일처다부제는 티베트, 네팔, 인도 지역에서 주로 시행된다. 누구나 짐작할 수 있듯이 이런 지역은 농사를 지을 만한 땅이 부족하고 농사를 지으려면 엄청난 노동력이 필요하다. 즉 한 가정이 먹고 살려면 여러 명의 남자가 필요하며 모든 남자가 따로 가정을 꾸리면 살아남을 수가 없다. 즉 일처다부제는 척박한 땅에서 살아남기 위한 고육지책인 셈이다.

중동 지방에서 주로 나타나는 일부다처제 또한 실리적인 이유가 있다. 아내를 많이 거느릴수록 자녀 생산에 유리하고, 더 많은 재산과 지위를 누릴 수 있기 때문이다. 물론 남자에게만 그렇다. 물론 일처다부제와 일부다처제 가정에 사는 사람들이 서로 한 가족이라는 유대감을 가지고 서로의 존재를 생존의 발판 삼아 버팀목으로 섬기기도 하지만, 한 배우자를 두고 질투를 하는 경우도 잦다고 한다. 질투는 사람의 타고난 본성의 일부이며 인간이 존재하는 한 없어지지 않나 보다.

음식으로 표현된 '낭만주의적 몽상'

《마담 보바리》, 귀스타브 플로베르

《프랑스 미식과 요리의 역사》, 파트리크 랑부르

《마담 보바리》의 줄거리는 복잡하지 않다. 의사 샤를 보바리는 어머니가 시키는 대로 유산이 많은 과부와 결혼하지만, 곧 회의를 느낀다. 그러던 중 우연히 골절 환자를 치료하게 되고 그 환자의 딸인 미모의 엠마에게 반해 아내가 죽자마자 엠마와 재혼한다. 엠마는 귀족적이고 낭만적인 결혼 생활을 꿈꾸었지만, 전형적인 시골 의사인 샤를과의 결혼은 지루하기만 했다. 그러다가 후작의 초대를 받아 무도회에 다녀온 후 급격하게 사교계에 빠져들고 시골 의사의 부인이라는 위치에 염증을 느낀다. 결국 엠마는 두 남자와 연이어 불륜을 저지르고 큰 빚을 감당하지 못해 극약을 먹고 자살한다. 엠마를 진심으로 사랑했던 샤를은 그녀가 죽고 나서야 그녀의 불륜 사실을 알게 되고 얼마 지나지 않아 죽고 만다.

《마담 보바리》의 줄거리는 이토록 간단하지만, 음식만큼은 작가 플로베르의 섬세한 상징화 작업에 따라 소설 곳곳에 배치되었다. 이 소설에는 유난히 식사 장면과 음식 묘사가 자주 등장한다. 소설의 주요 등장인물들은 주로 부엌에서 처음 만나는데, 플로베르는 이 장면에서 음식을 매우 상세하게 묘사했다. 엠마는 샤를이 아버지를 치료하러 집을 방문할 때마다 부엌에서 그를 만난다. 그녀가 불륜 상대들과 눈이 맞은 곳도 만찬 테이블이나 부엌이었다. 부엌이나 주방에 연애 감정이 싹틀 만한 특별한 기운이 있을 리도 없다.

중세에만 해도 사람들은 화덕이 있는 부엌으로 모였다. 화덕은 집 안의 유일한 난방 장치이자 조명 기구였다. 부엌에서 요리하고 식사하며 손님을 맞아 환담하였으니 아무래도 집 안에서 누군가와 마주친다면 그 장소는 부엌일 확률이 높았다. 부엌이야말로 집 안의 중심이자 이야기를 나눌 최적의 공간이었다. 물론 르네상스 시대에 들어 도시에는 요리를 위한 별도의 공간으로 부엌을 마련한 가정이 늘어나긴 했으나 이마저도 전체로 따지면 반을 넘지 못했다. 엠마는 귀족이 아니었기에 요리하는 공간과 식사하는 공간이 구분된 저택에 살지 않았다. 그녀의 결혼식 피로연에서도 음식이 헛간에 차려지지 않았는가.

엠마가 초대를 받고 감탄한 귀족들의 부엌은 차원이 달랐다. 우선 귀족들의 저택은 요리를 하는 부엌과 식사를 하는 주방이 따로 떨어져 있어 조리를 마친 하인들이 요리를 식사 자리까지 부지런히 날라 제공했다. 15세기 프랑스의 무인인 샤를 르 테메레르 공작의 주방에는 총

25명의 일꾼이 각자 고유한 임무를 담당했다. 요리장을 필두로 풀무질 담당자, 장작 담당자, 식료품 저장 담당자, 서빙 담당자, 냄비 담당자가 각자 맡은 임무에 충실했다.

플로베르가 음식에 부여한 상징

기실《마담 보바리》를 제대로 읽으려면 당대 프랑스 요리 문화를 이해해야만 한다. 전직 요리사이자 역사학자인 파트리크 랑부르가 저술한《프랑스 미식과 요리의 역사》에 따르면 프랑스의 태양왕 루이 14세는 주방을 매우 싫어했다. 일단 나무를 땔감으로 사용했으니 연기가 공기를 뒤덮었고 화재의 위험이 있었다. 또 하인과 요리사들이 움직이는 소리와 냄비 소리도 루이 14세에게는 끔찍한 공해였다. 당시 왕실 주방에는 324명의 직원이 상주했으니 그 소음이 상상을 초월했을 테다.

그래서 루이 14세는 성 밖에 '그랑 코뮝'이라고 하는 왕실 주방을 따로 건설했다. 왕은 주방이 만드는 소음과 위험에서 자유로워졌지만 왕의 입에 들어갈 음식들은 그만큼 기나긴 여정을 거쳐야 했다. 베르사유 궁전 내부에는 화장실뿐만 아니라 주방도 없었다. 더구나 루이 14세는 엄청난 대식가였다. 그를 부검한 의사들은 황제의 위장이 보통 사람의 2배에 달한다는 사실을 발견했는데 과연 그는 재위 시절 프랑스 식도락 문화 건설을 중요한 국가 시책으로 삼았을 정도로 미식가였다. 잘 알려지지 않은 사실인데 사실 정찬dinner이라는 문화 자체가 색다르고 정교한 요리를 사랑했던 루이 14세에게서 비롯되었다.

《마담 보바리》에서 요리는 단순히 보조적인 역할에 머물지 않고 등장인물의 결정적인 심경의 변화와 욕망을 상징하는 중요한 역할을 한다. 또《마담 보바리》에서 요리는 사랑을 전달하는 매체로 자주 사용된다. 우선 샤를의 어머니는 의학 공부를 하러 타지로 간 아들에게 매주 구운 송아지 고기를 보냈고, 엠마의 아버지이자 샤를의 환자였던 루오 노인은 다리를 고쳐준 것에 감사를 표하며 매년 칠면조를 그에게 보낸다. 그리고 엠마는 불륜 상대와 맛난 음식을 나눠 먹는다.

마담 보바리(엠마)는 우연히 초대받은 후작의 저택에서 화려한 예술작품과 의상에도 감탄했지만, 무엇보다 음식 문화에 가장 매료되었다. 식탁에서 풍기는 아름다운 꽃향기, 냅킨 냄새, 송로버섯 요리 향기에 취했고, 처음 먹어보는 석류와 파인애플 그리고 입속에서 파도치는 샴페인, 부드럽고 하얀 설탕 가루에 더욱 반했다. 고급 포도주, 새우와 아몬드즙으로 만든 수프, 푸딩과 같은 고급 요리가 담긴 유리잔과 식기는 부딪히는 소리조차도 '식탁 위의 음악'처럼 울렸다. 아이스크림도 평소 주변 사람들이 자주 마시던 사과주보다 훨씬 감미로웠다. 엠마는 생전 처음 고급 과일과 음료를 접하고 먹으며 마치 외국에 온 듯한 환상에 취한다.

후작 저택의 고급스러운 음식은 불과 얼마 전 엠마의 결혼식이 하객들에게 대접한 음식과 대조를 이룬다. 엠마의 결혼식 음식은 수레 위에 얹혀서 헛간에서 제공됐는데 소 허리 고기, 닭고기, 송아지 고기, 양

넓적다리, 순대, 새끼 돼지 통구이가 주메뉴였다. 특히 통돼지 구이야말로 미각은 완전히 포기하고 오로지 양만 보고 준비한 전형적인 시골 농사꾼의 요리였다. 하지만 흔한 농촌 요리라고 해도 시골에는 이 요리들조차 지나치게 성대하게 여겨졌다.

엠마는 여기에 만족하지 않고 먼 곳에서 과자 전문가를 불러서 3층짜리 케이크를 제작하게 한다. 건포도, 은행, 오렌지를 쌓아서 만든 과자 탑, 초콜릿 등의 재료로 만든 케이크는 엠마의 허세를 잘 보여준다. 엠마는 요리에 애착이 강했고 솜씨가 뛰어났다. 이웃을 초대한 날이면 포도 잎 위에 서양 자두를 피라미드 모양으로 장식하는 등 멋을 잔뜩 부린 요리를 내놓았다. 이런 엠마에게 후작 저택의 요리야말로 그녀가 평범한 시골 의사 부인의 신분을 박차고 사교와 낭만의 연애 세계로 나가도록 그녀를 자극했다.

그녀가 결혼식 피로연 때 먹었던 사과주를 비롯한 음식들은 후작 저택의 고급 포도주나 바닷가재, 메추리 요리에 비하면 초라하기 그지없었다. 고급 포도주와 젤리로 장식한 고기 요리는 귀족과의 식사에서나 맛볼 수 있었다. 특히 새우와 아몬드즙을 재료로 만든 후작 저택의 수프는 그녀가 평소 먹었던 양파 수프와 비교할 수 없을 만큼 고급이었다. 후작 저택에서 돌아와 양파 수프를 먹으면서 만족해하는 남편의 소박함에 엠마는 더욱 실망하고 귀족 생활에 환상을 키운다.

음식으로 나타난 엠마의 이상과 몽상

양파 수프는 고된 하루를 마친 노동자들이 잠자리에 들기 전에 찾는 뜨겁고 열량이 높은 음식이다. 저렴하고 따뜻해서 예나 지금이나 프랑스에서 노동자와 농부들이 가장 즐겨 먹는 요리다. '아루아농'으로도 불리는 프랑스 양파 수프는 이제는 프랑스를 대표하는 음식으로 여겨지지만, 과거 프랑스 사람들에겐 촌스러운 구식 음식으로 인식되었다.

중세 프랑스 사람들은 인간, 동물, 식물 순으로 신과 가깝다고 생각했다. 귀족들은 신과 가장 먼 흙에서 자라는 채소를 하찮게 여기고 멸시했고, 농민들의 위장에나 어울리는 식품으로 생각했다. 또 사냥과 전쟁을 고귀한 활동으로 생각했기에 농민이 무슨 이유로든 사냥을 했다가는 사형을 면치 못했다. 고기는 사냥이 허락된 귀족들만의 식품이었고, 채소는 누구나 어디서든 구할 수 있는 저급한 식품이었다. 그러니 양파 수프를 맛있게 먹는 남편이 엠마의 눈에 얼마나 초라하고 한심하게 보였겠느냐는 말이다.

평생 맛보지 못한 고급스럽고 향기로운 음식을 맛본 엠마는 더는 평범한 시골 의사의 부인이라는 위치와 소박하고 무료한 생활에 만족하지 못하게 된다. 후작 저택에서의 만찬과 무도회 이후 엠마는 남편과의 평범한 삶을 완전히 부정한다. 도시 생활을 동경하는 엠마와 시골의 권태로운 생활에도 큰 불만이 없는 남편 사이의 메울 수 없는 간격은 우리 부부의 일상으로도 충분히 알 것 같다.

나가서 파스타를 먹고 싶다는 나를 굳이 식탁에 앉혀 점심을 먹이는 아내와 어린 시절 먹던 음식을 주제로 담론을 펼쳤다. 참고로 아내는 면 소재지 출신이고 나는 외딴 시골의 부락민 출신이다. 두부가 화제에 올랐는데 무심결에 "두부는 일 년 내내 먹는 음식이 아니잖아"라고 말했다. 촌구석에서 농사일도 바빠 죽겠는데 누가 일삼아 십 리나 떨어진 장에 가서 반찬을 사 오며, 무엇보다 누가 반찬을 돈을 주고 사 먹는 사치를 부리겠느냐 말이다.

우리 마을 사람에게 두부는 그냥 두부 만드는 철에 잠깐 먹는 음식이었지 언제라도 장에 가서 사 먹는 음식이 아니었다. 어쨌든 내 말을 들은 아내는 입안에 있던 밥알을 공중에 난사하면서 폭소를 터트렸다. 호두알을 곶감 안에 넣어 말아주던 엄마를 둔 딸에겐 웃기긴 하겠다. 아내는 간신히 웃음을 멈추고 기가 막힌 표정으로 또 물었다. "아니, 그럼 두부가 별미였단 말이야?" 나는 사뭇 진지한 표정으로 이렇게 대답함으로써 아내 입속에 간신히 버티고 있던 나머지 밥알마저 뿜어져 나오게 했다. "아니, 별미는 아니었지. 굳이 따지자면 제철 음식이라고 할까?"

엠마는 파리 귀부인을 대상으로 나온 잡지를 구독하며 소개된 요리를 흉내 낸다. 별것 아닌 요리에 기상천외한 이름을 붙여서 남편이 접시를 비우게 하는 재주 또한 잡지에서 배웠을 수 있다. 시골 동네에서 보기 드물게 멋을 부린 요리와 피라미드 모양으로 쌓아 올린 음식은 엠마가 현실에 만족하지 못하고 이상을 꿈꾸는 몽상가임을 상징한다.

음식을 조리해 먹는 유일한 존재, 인간

마카롱, 포도주, 바게트로 대표되는 프랑스 요리는 대체 언제부터 고급 요리로 자리 잡았을까? 음식을 연구하는 학자들은 대체로 르네상스를 기점으로 프랑스 요리가 명성을 누리게 되었다고 결론지었다. 프랑스 요리는 관습을 거부했다. 언제나 새로운 시도를 거듭하며 새로운 맛과 향을 만들었다. 프랑스 요리의 모험심은 엠마에게도 여실히 보인다. 장미를 미리 가슴팍에 넣어두었다가 불륜 상대인 애인을 만나자마자 장미를 던지는 낭만주의자 엠마는 새로운 음식을 개발하고 요리의 이름을 연구하는 일을 게을리하지 않았다.

프랑스 요리의 또 다른 장점은 엠마의 고향 마을에서 열린 결혼식에 등장하는 음식과 귀족들의 저택에서 요리된 음식에 교집합이 거의 없다는 것이다. 프랑스 요리는 지역별, 계급별로 다양하게 발전했다. 프랑스 요리야말로 '음식을 다양하게 변형할 줄 알고 때와 장소에 맞게 다양한 방법으로 먹는 유일한 포유류'라는 사람의 특징을 가장 잘 반영한다.

프랑스 요리가 미식의 표준으로 자리 잡은 시기는 대략 1851년에서 1856년 사이인데, 이 시기에는 설탕이 본격적으로 소비되었고 칠면조가 연회 요리 테이블의 주빈으로 등극했다. 《마담 보바리》도 비슷한 시기를 시대적 배경으로 설정하고 있으니, 설탕과 칠면조의 잦은 등장에 이유가 있는 셈이다. 당시는 이미 칠면조와 설탕이 요리에 쓰인 지 200년이 지난 시점이었다. 그러나 엠마가 살았던 시골은 설탕이 있기는 해도 널리 보급되지는 않았던 모양이다. 그리고 귀족과 서민이 먹는 설탕은 질도 차이가 크게 났다. 소설에는 엠마의 집에서 허드렛일하는 하녀가 질이 좋지 않은 흑설탕을 수시로 훔쳐 먹고 설탕을 마치 약처럼 물에 타서 마시는 풍습이 묘사된다. 그만큼 설탕은 당시 서민들에겐 귀한 음식이었고 귀족들에겐 사회적 신분을 과시하는 도구였다. 르네상스 시대에 요리사들은 요리를 완성한 후 사람들 앞에서 설탕을 흠뻑 뿌리는 퍼포먼스를 하곤 했는데, 이는 요리를 대접한 사람이 그만큼 돈이 많다는 사실을 자랑하려는 의도였다.

《마담 보바리》가 쓰인 19세기에 칠면조는 엠마의 아버지가 샤를에게 매년 선물한 장면에서 볼 수 있듯이 가장 기본적이고 중요한 요리 재료였다. 엠마의 아버지는 목장을 운영한 만큼 다양한 농산물이 있었을 텐데 그중 칠면조만을 사위에게 보냈을 정도로 당시엔 칠면조가 중요한 음식 재료였다. 칠면조는 옥수수와 함께 신대륙 발견이 유럽에 가져다준 선물이었다. 신대륙이 발견되면서 새로운 식자재가 유럽으로 넘어왔고 유럽의 요리는 더욱 풍요로워졌다. 특히 칠면조는 그동안 유럽인들이 먹던 가금류와 맛이 비슷해서 금방 유럽인들의 식탁에 자주 올랐다.

엠마는 진귀하고 고급스러운 요리뿐만 아니라 세련된 식사 예절, 유리잔과 접시의 배치에도 경외심을 갖는다. 반대로 남편인 샤를은 식사 예절이 거칠고 소박했는데 이 또한 엠마가 샤를과의 결혼 생활에 환

멸을 느낀 주요 원인이었다. 프랑스 요리는 레스토랑과 전문 요리사의 등장으로 더욱 발전했고, 식사 예절도 함께 더 세련되고 문명화되었다. 엠마가 살았던 19세기에 귀족들과 상류층은 농부의 딸이었던 엠마가 경탄하리만큼 예의를 갖춘 세련된 식사 예절을 겸비했다. 이렇듯 요리의 발전은 식사 예절의 발전과 동행했다.

문화의 융성과 프랑스 요리의 성문화

엠마가 동네 주민을 초대해서 제공한 포도나무 잎으로 장식한 자두 음식은 그녀의 아이디어가 아닐 가능성이 크다. 엠마는 매월 회비를 내고 동네 서점에서 책과 잡지를 빌려서 읽었는데 그 잡지에서 이런 세팅을 배웠을 가능성이 크다. 현재 바티칸 도서관이 소장한《타유방의 요리서》라는 중세 프랑스 요리책에는 요리에 파란색을 표현하고 싶을 때는 파슬리, 포도나무 잎, 레드커런트 잎을 쓰고 겨울엔 초록색 밀을 사용하라고 추천하는 내용이 나온다. 또 계피를 이용해서 황갈색을 표현하고 사프란으로 노란색을 음식에 입히라 한다. 이 부분만 살펴보아도 프랑스 요리 기법이 책과 문서에 기록되어 후대 요리사에게 열심히 전해졌다는 사실을 알 수 있다. 르네상스 시대부터 프랑스 요리책은 국내뿐만 아니라 해외에서도 번역되어 널리 읽혔다. 그래서 엠마처럼 시골에 사는 사람도 마음만 먹으면 다양한 조리법을 책으로 배울 수 있었다.

엠마는 잡지와 책을 읽으며 귀족의 교양을 쌓으려고 애썼다. 요리에 관심이 많았던 엠마이니만큼 자연스럽게 식사 예절도 열심히 공부했을 테다. 엠마가 그토록 익히고 싶어 했던 식사 예절은 르네상스와 함께 융성했다. 중세 말까지만 해도 식사 예절은 존재할 수가 없었다. 음식을 전시할 테이블이 변변찮았기 때문이다. 19세기 사람인 엠마조차도 결혼식 피로연 음식을 수레 위에 얹지 않았는가. 중세 시대만 해도 식사 도구라곤 손가락과 칼이 전부였다. 테이블 매너가 따로 존재할 이유가 없었다.

중세 말까지 테이블은 만찬이나 잔치를 할 때마다 이곳저곳 옮겨 가며 버팀목 위에 넓은 판자를 올려 놓는 게 다였다. 하지만 르네상스가 부흥하면서 사교계는 좀 더 세련되어졌고, 이탈리아의 우아한 문화를 추앙한 엠마 같은 부인들이 앞다투어 식사 예절과 격식 차린 의복, 향수를 받아들였다. 그 당시 식사 예절을 간략하게만 말하자면 우선 식사하기 전에는 항상 손을 깨끗이 씻고 손톱에 때가 있는지 확인해야 한다. 식사가 시작되면 트림이 나올 수 있으니 과식은 금물이고 한 번 입에 넣었던 음식은 다시 접시에 놓으면 안 된다. 음료를 마시면서 눈을 크게 뜨고 주변을 살펴서도 안 되고, 최후의 한 방울을 마시겠다고 황새처럼 고개를 젖히는 동작도 몰상식하게 여겨진다. 식탁에 앉자마자 음식에 손대는 행위는 늑대와 같은 탐욕스러운 행동이며, 한꺼번에 덩어리가 큰 음식을 통째로 먹는 행위는 황새나 할 법한 신사답지 못한 행동이다. 또 남은 음식을 먹겠다고 접시를 핥는 사람은 고양이와 다름없이 치부했다.

중년에 이른 나는 따로 테이블 매너를 배우거나 훈육받지 않았다. 다만 과거 농촌 마을의 가장 중요한 테이블 매너는 식사 도중에 말을 하지 않는 것이었다. 10대까지 쭉 묵언 수행을 하면서 밥만 먹는 테이블 매너를 고수하다가 떠들썩하게 잡담을 나누며 밥을 먹는 테이블 문화에 익숙해지려니 시간이 아주 오래 걸렸다. 또 당시엔 남녀칠세부동석이 필수여서 밥상에서 언제나 남녀가 분리해 앉았다. 코흘리개라도 남자아이는 아버지, 할아버지와 함께 밥상머리에 앉았다.

믿기지는 않지만 나보다 몇 살 연배인 지인의 집에서는 남자만 고기를 먹었다고 한다. 어쨌든 그는 어렸을 적부터 남자만이 고기를 먹는 집에서 자라 그게 당연하다고 여겼다. 그러던 어느 날 아버지와 함께 어떤 가게에 갔는데, 마침 식사 중이던 가게 식구들을 보고 깜짝 놀랐다고 한다. 여자가 고기를 먹고 있었기 때문이다. 깜짝 놀란 지인은 그만 이렇게 외쳐버렸다고 한다. "아버지, 여자가 고기를 먹어요!" 그에겐 여자가 고기를 먹는 모습이 그만한 충격이었다.

남자가 고기를 독차지하는 남성 중심의 가정에서 자란 여성이 친구네 집에 초대를 받았다고 가정해보자. 그런데 친구의 집은 남녀 상관없이 당연하게 고기를 나눠 먹는 집이었고 그 친구도 난생처음 테이블에서 고기를 마음껏 먹어봤다면, 그녀는 집에 돌아와서 가족들이 식사하는 모습을 지켜보면서 어떤 생각을 할까? 귀족 저택의 우아한 테이블 매너에 도취한 엠마가 집에 돌아와서 허겁지겁 음식을 먹는 남편의 모습을 봤을 때도 비슷한 생각을 하지 않았을까?

엠마가 책을 읽으며 세련된 식사 예절을 열심히 익힌 반면 샤를은 어떤 모습이었는가? 후작 저택의 세련된 식사 예절에 크게 감명을 받은 엠마에겐 차마 눈 뜨고 보지 못할 모습이었다. 식사를 마치고 나서 혀를 굴리며 입안을 청소했고, 수프를 먹을 때도 꿀꺽꿀꺽 소리를 냈다. 엠마는 이런 샤를을 한심하게 생각했으며, 후작 저택의 만찬과 낭만적인 귀족 생활을 더욱 동경하게 된다.

르네상스 시대에 식사 예절은 진화를 거듭했고 오늘날 식사에 적용해도 무리가 없을 정도로 정교하고 고상했다. 진화를 거듭한 끝에 과거의 식사 예절은 오늘날의 모습을 띠게 되었고, 이제 우리는 식사 매너를 기본적인 예의범절로 생각한다.

프랑스 요리의 발전에 빼놓을 수 없는 메르

《마담 보바리》가 쓰이기 얼마 전인 중세 말, 도시에서 학생이나 여행객, 또는 바쁜 파리 시민을 겨냥한 음식 서비스업이 성업했다. 골목을 누비며 자신이 직접 만든 요리를 선전하는 음식 행상이 출현했다. 시민들은 익힌 고기, 과자 등을 거리에서 사 먹을 수 있었고, 심지어 몇몇 상인은 이동식 오븐을 광장에 설치하고 음식을 배달하기도 했다. 이미 중세 때부터 사람들은 술을 먹다가도 길거리 상인에게 먹고 싶은 요리를 주문해 먹곤 했다. 형편이 좋은 부자들은 연회를 준비할 때 오늘날로 치면 출장 요리사인 연회 요리 전문 요식업자의 손을 빌렸다. 하지만 아무나 결혼식이나 연회에 불려 가 요리를 할 수 있는 건 아니었고, 길드가 정한 자격을 갖춰야만 했다.

사람들이 흔히 프랑스 요리를 오해하는 부분이 있는데, 고급 레스토랑일수록 셰프가 남자라는 선입견이 가장 대표적이다. 프랑스가 고급 요리의 본고장으로 인정받기까지 여자 요리사의 역할이 컸다는 사실을 아는 사람은 드물다. 프랑스어로 어머니를 뜻하는 '메르mère'가 존재하지 않았다면 오늘날 프랑스 요리는 이토록 명성을 누리지 못했을 것이다.

물론 여자 요리사라고 해서 모두 메르라는 호칭을 얻지는 못했다. 메르에겐 몇 가지 공통된 특징이 있었는데, 우선 대부분의 메르가 호탕했다. 이들의 초기 고객은 혼자서 요리를 먹으러 오는 소박한 남자들이 대부분이었다. 마치 우리나라 허름한 식당의 욕쟁이 할머니처럼 메르는 남자 손님들에게 정성껏 요리를 대접하고 그들을 따뜻하게 보살펴 주었기 때문에 손님들은 어머니라는 뜻을 담아 이들을 메르라고 불렀다. 메르는 엄연한 식당의 경영주였으며 비록 메뉴는 단출해도 그 맛과 질은 최고였기 때문에 명성이 높았다. 유명한 메르의 식당은 귀족들도 자주 들락거렸다.

금기와 욕망의 흔적, 금서의 목록

《장미의 이름》, 움베르토 에코

《금서의 역사》, 베르너 풀트

움베르토 에코가 1980년에 발표한《장미의 이름》은 곧바로 전 세계 독자들의 사랑을 받았다. 50여 개 외국어로 번역되었고 숀 코너리 주연의 영화로도 제작되었다. 난해한 라틴어 문구, 철학, 신학, 약초학, 천문학 등 다양한 분야의 학문 지식이 동원된《장미의 이름》은 그 난해함에도 불구하고 독자의 지적 호기심을 자극하여 읽는 즐거움을 선사한다.《장미의 이름》은 중세가 끝나가고 르네상스가 동트던 1327년 11월 말 이탈리아 북쪽 알프스산맥에 자리한 어느 성 베네딕트회 수도원에서 일어난 살인 사건을 소재로 한다.

이 소설의 작가인 움베르토 에코는 아비뇽 유수 사건에 따른 교황권의 쇠퇴와 종교 재판, 교리 싸움, 수도사의 일상생활 등의 역사적 사실을 작가의 상상력과 엮어 광대하게 풀어냈다. 무엇보다 수도원에서 발생한 일련의 살인 사건들이 모두 책 한 권에서 비롯했다는 독특한 설정이 눈길을 끈다. 문제의 책은 아리스토텔레스가 희극을 주제로 썼다는《시학》제2권으로, 수도원 도서관이 유일한 필사본을 보관했다. 참고로《시학》제2권은 아리스토텔레스가 집필했다는 기록만 남아 있을 뿐 실제로 발견된 적은 없다. 수도원 도서관 관장이 되고 싶었던 수도사 호르헤는 온갖 희귀한 책들을 수집했고《시학》제2권 필사본도 그중 하나였다. 문제는 비극을 주제로 삼은 1권과 달리 2권은 하느님의 고귀한 진리를 비꼬고 오해한다고 여겨졌던 희극, 즉 인간의 웃음을 주제로 삼았다는 데 있었다. 호르헤는 다른 수도사들이 이 불순한 책을 절대로 읽지 못하도록 수단과 방법을 가리지 않았고 급기야 책장에 독을 발라 책을 읽으려고 시도한 수도사들을 살해한다.

금서의 보관소 역할을 한 가톨릭교회

여기서 두 가지 의문이 생긴다. 호르헤는 왜《시학》제2권을 불태우거나 없애지 않았을까? 그랬다면 굳이 동료들을 살해하지 않고도 불온한 책이 전파되지 못하도록 막을 수 있었을 텐데 말이다. 답은 간단하다. 호르헤 수도사가 수도원장이 아니라 도서관장이 되고 싶었을 정도로 책을 사랑하는 사람이었기 때문이다. 게다가 이 불온서적은 당시 절대적인 권위와 인기를 누리던 아리스토텔레스의 저작이었기에 더욱 파괴할 수 없었다. 결국 호르헤는 '개인적으로'《시학》제2권을 금서로 지정한다. 이유는 또 있었다. 하느님을 부정하는 불온한 문서나 책은 적당한 시기가 오면 역으로 기독교 교리를 긍정하는 반론을 제기하는 데 이용될 수 있기 때문이다.

이렇듯 중세 수도원의 도서관은 지식을 얻는 장소가 아니었고 오히려 해로운 지식을 차단하고 감추는 곳이었다. 《장미의 이름》에 나오는 수도원 도서관은 도서 목록을 암호화해 사서만이 어떤 책이 있는지 알 수 있도록 했다. 일반 수도사들은 도서관에 구체적으로 어떤 책이 있는지조차 알지 못했다. 게다가 함부로 들어갈 수도 없었지만 일단 들어가고 나면 다시 나오는 길을 알 수 없도록 설계되었으며, 매우 한정된 사람에게만 출입을 허락했다.

결국 책을 금지하는 것은 사회가 규정한 불온한 생각을 금지하는 것과 같다. 《금서의 역사》(베르너 풀트)는 종교적 이유나 시대의 억압으로, 혹은 저자가 스스로 파괴해 더 이상 읽을 수 없게 된 책들의 역사를 소개한다. 중세 교회는 성직자의 신분 상승과 교회의 권한 강화에 방해되는 기독교 교리에 어긋나는 책을 숨기고 파괴했다. 하지만 교회는 역설적이게도 금서를 보관하는 최적의 장소이기도 했다. 관계자가 아니면 그 누구도 접근하지 못했기 때문이다. 중세 기독교는 개인적이고 주관적인 생각을 품을 수 있다는 이유로 성경을 독자적으로 읽는 것조차 바람직하지 못하다고 치부할 정도로 폐쇄적이었다. 20세기 초반까지도 신도가 자주적으로 성경을 읽고 해석하는 일은 돼지에게 진주를 던지는 격이라는 생각이 널리 통용되었다.

또 다른 의문은 왜 수도원 수사들이 만병통치약으로 알려진 웃음을 죄악으로 여겼는지다. 호르헤의 말에 의하면 경건하고 엄숙해야 할 수도원에 웃음은 어울리지 않는다. 아울러 그는 웃음이 사람의 몸을 흔들고 표정을 무너뜨리면서 사람을 마치 원숭이처럼 보이게 만든다고 주장한다. 또 그는 웃음이야말로 인간의 우매함, 타락, 그리고 나약함을 상징한다고 믿었다.

수도사들이 웃음을 경계하는 이유를 납득하려면 당대 시대상을 고려해야 한다. 기독교가 전파된 이래 예수를 표현한 그림은 하나같이 근심에 사로잡힌 근엄한 모습이다. 기독교 관련 기록을 살펴보아도 예수가 울었다는 대목은 있어도 웃음을 터트렸다는 구절은 찾기 힘들다. 예수는 쾌락을 추구하는 존재가 아니었다.

《장미의 이름》의 무대가 되는 중세 수도원은 죄를 뉘우쳐야 한다는 이유로 쾌락과 웃음을 멀리하라고 가르쳤다. 아울러 당시 수도원은 규칙이 매우 엄격했고 규칙을 어긴 경우 체벌을 받았다. 수도사들은 체벌을 예수가 겪었던 고통을 몸소 체험하는 일로 여겼다. 빈번한 체벌은 쾌락주의를 주창하던 에피쿠로스학파에 반대 의사를 표현하는 수단이기도 했다. 이런 시대에 인간의 웃음을 논한 《시학》 제2권을 금서로 지정한 호르헤의 판단은 필연이었다. 쾌락주의를 죄악시했던 중세 기독교는 에피쿠로스학파의 쾌락 추구와 사후 세계 부정을 이어받은 루크레티우스의 《사물의 본성에 관하여》를 금서로 지정하기도 했다.

《장미의 이름》의 배경이 된 수도원 도서관은 웃음뿐만 아니라 말도 금지된 장소였다. 중세 시대의 수도원에는 일반적으로 책을 필사하고 제작하는 '필사실'이라는 곳이 존재했는데, 이곳에선 정숙이 가장 중요한 미덕이었다. 필사실에서는 반드시 침묵해야 했고, 필경사들은 말 대신 야구 선수들이 주고받는 사인처럼 정교하게 고안된 제스처로 의사소통했다. 예를 들어 다윗 왕의 시편을 참고하고 싶으면 필경사는 손을 내밀어 공중에서 책장을 넘기는 흉내를 내면서 반대쪽 손은 머리 위로 치켜든 다음 왕관 모양을 만들었다.

금서와 베스트셀러의 상관관계

《장미의 이름》에서 수도사들이 목숨을 걸고 《시학》 제2편을 읽으려던 것처럼 금서는 독자들의 호기심을 더욱 자극한다. 괴테의 《젊은 베르테르의 슬픔》은 1775년 자살을 부추긴다는 이유로 금서로 지정되어 인쇄와 영업이 일절 금지되었다. 이 책을 읽고 자살을 감행한 독자가 실제로도 여럿 있었지만, 책은 금서로 지정된 이후 더욱 인기를 얻었다. 인쇄업자는 위험을 무릅쓰고 이 책을 불법으로 유통했으며, 사람들은 앞다투어 책을 구하려고 혈안이었다.

언론은 이 책이 불온하므로 읽어선 안 된다고 선전했지만, 비판의 목소리가 거세질수록 대중들은 더욱 관심을 가졌고 마침내 《젊은 베르테르의 슬픔》은 독일 문학 최초로 베스트셀러에 올랐다. 책은 다양한 문화권으로 뻗어나갔고 많은 외국 독자들이 《젊은 베르테르의 슬픔》으로 처음 독일 문학을 접했다. 나폴레옹 황제는 《젊은 베르테르의 슬픔》의 가장 유명하면서도 열렬한 독자였다. 그는 이집트 원정에 이 책을 가지고 다니면서 무려 일곱 번이나 읽었다. 책을 얼마나 좋아했던지, 황제가 되고서는 예순이 된 괴테와 일대일 팬미팅을 가져 직접 대화를 나누기도 했다.

자살을 금지한 가톨릭교회도 당연히 《젊은 베르테르의 슬픔》을 금기시했는데 어떤 의미에서 가톨릭교회는 이 책의 가장 열렬한 독자였다. 이탈리아 밀라노에서 이 책이 번역을 마치고 출간되었을 때 주교는 신자들이 이 책을 읽을까 두려워해 성직자들을 시켜 책을 모두 사들였다. 제임스 조이스의 《율리시스》 또한 금서 처분으로 득을 톡톡히 보았다. 조이스는 《율리시스》를 정식 발간하기 전에 미국 잡지 《리틀 리뷰》에 글 일부를 게재했는데, 미국 우체국은 글의 내용이 부적절하다며 잡지사를 고소했고 편집자는 음란물을 출간한 죄로 50만 달러의 벌금형을 받았다.

미국의 출판업자들은 엄청난 벌금을 물게 될까 봐 겁을 먹고 아무도 이 책을 출간하려고 덤비지 않았다. 그런데 용감하게도 파리의 '셰익스피어 앤드 컴퍼니'라는 서점의 주인인 실비아 비치와 조이스를 좋아했던 익명의 한 여성이 돈을 모아 《율리시스》를 출간하기에 이른다. 이 책의 최초 예약자 명단에 앙드레 지드, 어니스트 헤밍웨이, 윈스턴 처칠이 이름을 올렸다. 《율리시스》의 금서 사건에서 한 가지 흥미로운 점은 이 책을 금서로 지정한 주체가 우체국이라는 관공서라는 사실이다.

미합중국의 법은 인쇄물 검열을 시행할 수 있는 권한을 두 개의 기관에 부여한다. 이 무서운 권한을 행사하는 기관은 법원이나 경찰이 아니라 세관과 우체국이다. 세관은 불온하다고 판단한 책을 수입하지 못하도록 지정할 수 있고 우체국은 운송 자체를 막음으로써 불온한 책의 유통을 원천 봉쇄할 수 있다. 미국 우체국 직원은 본인의 판단을 근거로 특정 책을 불온서적으로 낙인찍고 운송을 금지할 수 있는 기이한 특권을 가진 셈이다. 우체국의 판단으로 수천 명의 독자를 잃고 파산한 언론사도 있었다. 우체국이 불온한 책이라고 판단하여 발송에서 제외해버리면 신문사는 방법이 없다. 놀랍게도 미국의 우체국은 오늘날에도 이 권한을 행사한다. 여전히 우체국이 불온 문서를 통제하는 데 매우 효과적이고 중요한 역할을 한다고 판단하는 듯하다.

금서의 부활에 얽힌 이야기들

1869년 런던에 자리한 공동묘지인 하이게이트에서 한 사내가 흐릿한 램프를 켜고 7년 전에 죽은 아내의 무덤을 파헤쳤다. 그는 왕이나 귀족의 무덤을 파헤치는 도굴꾼도 아니었고, 그렇다고 7년 전에 죽은 아내를 너무나 그리워한 숭고한 사랑꾼도 아니었다. 영국의 화가 겸 시인인 단테 가브리엘 로세티가 무덤 도굴꾼으로 의심받을 위험을 감수하면서 아내의 무덤을 파 내려간 이유는 아내와 함께 묻은 작은 상자를 되찾기 위해서였다.

로세티는 화가들의 모델 일을 하면서 근근이 살아가던 엘리자베스 시달을 몹시도 사랑했다. 그들은 10년 동안 열렬히 사랑했지만 안타깝게도 엘리자베스는 임신한 채로 죽고 만다. 로세티는 세상을 모두 잃어버린 듯한 슬픔에 잠겨 그동안 쓴 시 원고를 상자에 넣어 엘리자베스와 함께 묻어버린다. 그렇게 스스로 자신의 시를 금서로 지정해 영원히 세상과 단절시킨다. 아내를 너무 사랑한 나머지 자신의 시를 오로지 그녀에게 헌정한 것이다.

하지만 아내를 잃은 슬픔도 사라질 만큼 세월이 지나자 초심을 잃고 자신의 시를 세상 사람들에게 공개하고 싶다는 욕심이 생긴다. 결국 로세티는 아내의 관을 열고 자신의 시를 구출한 다음 시를 세상에 내놓았다. 우리나라에는 그의 시가 번역, 출간되지 않았다. 그러나 그가 일찌감치 천재성을 알아보고 시를 쓰도록 권유한 여동생 크리스티나 로세티의 시집《고블린 도깨비 시장》은 출간되어 읽을 수 있다. 로세티는 여동생의 시집에 그림을 그렸다.

프란츠 카프카는 죽기 직전 자신의 원고를 스스로 금서로 지정했다. 생전에도 글이 마음에 들지 않으면 과감히 불태워 버리던 카프카는 죽기 직전 친구에게 보내는 편지에 자신의 일기, 원고, 편지를 하나도 남기지 않고 불태워 달라고 부탁했다. 카프카는 체계화된 원고뿐만 아니라 종이에 기록한 모든 흔적까지도 지우고 싶어 했다. 카프카는 자신의 육체가 소멸한 후 원고 속에서만 살아 있기를 거부했다. 다행히도 카프카의 친구이자 유산 관리자이던 막스 브로트는 카프카의 유언을 시키지 않았다. 물론 막스 브로트는 친구의 마지막 소원을 들어줄지, 유작을 출간해 세간에 공개할지를 두고 깊이 고민했다. 그는 결국 친구의 소원을 거스르기로 했는데, 이는 카프카가 자신은 원고를 태우지 않으리라는 것을 알았으며, 진정으로 원고가 태워지길 바랐다면 다른 사람에게 부탁했으리라 믿었기 때문이다. 그렇게 《성》, 《소송》을 비롯한 카프카의 빛나는 작품은 간신히 세상의 독자들 손에 도달했다.

막스 브로트는 유언에서 구출해낸 카프카의 원고를 2차 세계대전 당시 독일군에게서도 구해냈다. 카프카의 원고는 작가 본인의 의도와 달리 강한 생명력을 지녔다. 1939년 당시 막스 브로트가 거주하던 프라하는 독일군이 진군할 준비를 마친 상태였다. 독일군이 프라하를 점령한다면 반유대주의 정책을 강행할 조짐이 분명했고 유대인인 카프카의 원고가 안전하리라는 보장이 없었다. 막스 브로트는 프라하를 떠나는 마지막 기차에 올라타면서 카프카의 원고를 사수했다.

원고를 지키는 데 성공한 막스 브로트는 2차 세계대전이 끝난 후 원고를 정리해 《소송》, 《아메리카》. 《성》 등을 출간했다. 그리고 수천 장에 이르는 카프카의 친필 원고와 자료를 비서이자 연인 관계로 알려진 에스터 호페에게 상속했다. 막스 브로트는 호페에게 상속한 원고를 연구기관에 넘겨 달라고 부탁했는데, 그녀는 막스 브로트의 요청에 따르지 않고 두 딸에게 카프카 유작을 물려주었다. 어머니에게 세기의 작품을 상속받은 두 딸은 스위스 취리히 은행 금고에 유작을 보관하다가 독일의 현대문학박물관에 팔았다.

여기에서 또 문제가 시작되었다. 느닷없이 2009년 이스라엘국립도서관이 카프카의 유작 원고에 소유권을 주장했다. 카프카는 단 한 번도 이스라엘 영토에 발을 들인 일이 없을 뿐만 아니라 이스라엘이라는 나라는 카프카가 죽고 25년이나 지난 후 생긴 나라인데도 말이다. 이스라엘은 다소 억지스러운 명분을 내세웠는데, 카프카는 유대인이니 카프카의 원고는 유대인의 소유이어야 하며, 유대인의 나라 이스라엘이 유대인을 대표해서 소유권을 가져야 한다는 논리였다.

이스라엘 정부는 스위스 비밀 금고에 보관된 카프카의 원고에 소유권을 주장하면서 마치 카프카가 구현한 부조리를 연상케 하는 작전을 구사했다. 정부는 소유권 분쟁 중 두 딸이 스위스 은행에 접근하지 못하도록 막았는데, 금고에는 카프카의 원고뿐만 아니라 그들이 어머니에게서 물려받은 보석과 돈도 보관되어 있었다. 자매는 재판이 끝날 때까지 카프카 원고의 소유권뿐만 아니라 재산권도 행사할 수도 없는 처지에 빠졌다. 결국 2019년 스위스 법원은 이스라엘국립도서관의 손을 들어주었고 서류철 60개 분량이나 되는 카프카의 친필 원고는 돌고 돌아 이스라엘에 정착했다. 어쨌든 카프카의 친구가 유언을 따르지 않은 덕분에 우리는《소송》,《아메리카》,《성》이 존재하는 세상에 산다.

자신의 원고와 편지를 소멸하고자 했던 카프카는 문단의 대선배인 찰스 디킨스에게 한 수 배웠어야 했다. 디킨스는 미래를 내다보고서 자신의 원고와 편지를 꾸준히 부지런하게 불태웠다. 그는 1860년부터 1870년 죽을 때까지 사적이고 공적인 편지를 모두 태웠다. 평소 외도가 잦았던 디킨스는 사후에 편지가 공개되어 자신의 명성이 훼손될 위험과 자식들이 편지를 출판사에 팔아치울 위험을 모두 염두에 두었다. 디킨스는 그 누구도 믿지 않고 자신의 손으로 원고를 태워서 폐기해 카프카와 달리 자신의 의도와 반해 유고가 출판되는 일을 예방할 수 있었다.

괴테도 자기검열에 성공한 작가였다. 괴테는 친구가 유언을 지키리라고 믿을 만큼 순진하지 않았고, 수시로 과격하게 자기검열을 하며 원고, 편지, 서류를 태웠다. 괴테도 디킨스처럼 사후에 자신의 편지가 공개되면 명예가 실추될까 봐 걱정했는데, 디킨스와는 사뭇 다른 이유에서였다. 괴테는 인생에 새로운 한 획을 그을 때 과거를 청산하는 습관이 있었다. 가령 바이마르에서 공직자로 나설 때 작가로만 활동했던 시절에 썼던 상당수의 기록을 모두 폐기했다. 새 술은 새 부대에 담는다는 생각을 가졌던 모양이다. 괴테가 자신의 기록물과 원고를 얼마나 많이 태워버렸는지, 우리는 도대체 괴테의 위대한 저작이 얼마나 유실됐는지 가늠조차 할 수 없다. 괴테는 사생활을 지켰지만 인류는 위대한 자산을 잃었다.

사교계 매너에는 교묘한 의도가 있다

《면도날》, 서머싯 몸

《영국 사교계 가이드》, 무라카미 리코

서머싯 몸은 재미있고 읽기 쉬운 소설을 지향한다.《면도날》은 두툼하지만, 막상 읽기 시작하면 책을 놓을 틈을 주지 않을 정도로 중독성이 강하다. 워낙 독자들에게 자상한 서머싯 몸은《면도날》이라는 제목이 독자들의 궁금증을 자아낼 수도 있겠다는 걱정을 한 모양인지 소설의 서두에 '면도날의 예리한 칼날을 넘기는 힘드나니, 그러므로 현인이 말하길, 구원으로 가는 길 또한 힘들다네'라는 카타 우파니샤드의 말을 밝혀두었다. 이 소설은 주인공 래리가 자기완성의 답을 찾아 떠나는 여정을 다루는데 그 과정이 면도날처럼 날카롭고 고통스럽다는 메시지를 전한다.

이 소설에는 다양한 인물들이 등장한다. 주인공 래리는 부족함 없이 자랐고 골프를 즐기며 아름다운 여자 친구와 약혼까지 약속한 인물이였지만 군대를 다녀온 후 진혀 다른 사람이 된다. 전투 중 전우가 자신을 구하려다 눈앞에서 죽는 것을 목격한 래리는 세속적인 행복을 모두 포기하고 프랑스 탄광촌, 독일의 농장, 인도의 수도원 등을 전전하며 인간 존재 근원의 답을 찾으려 한다. 한때 약혼한 사이였던 이사벨은 부와 세속적인 쾌락을 포기하지 못하고 래리와 전혀 다른 길을 걷는다. 그녀는 결국 사랑보다 풍요롭고 화려한 삶을 선택하고 재벌 2세와 결혼한다.

《면도날》에서 유독 흥미를 끄는 인물이 한 명 더 있다. 사교계를 사랑하는 엘리엇 템플턴이다. 소설의 초입에 이미 50대 후반인 엘리엇은 호리호리한 몸매와 풍성한 머리숱을 가진 잘생긴 신사다. 그는 셔츠와 넥타이는 프랑스 고급 브랜드 제품을 고집하고, 양복과 구두, 모자는 런던에서 마련하며, 파리의 상류층 동네에서 지낸 세월을 자랑스러워한다. 그는 유쾌한 성격에 운동도 잘하는 데다 어머니의 선조가 미국 독립선언서에 서명한 사람일 정도로 출신도 좋아서 어떤 파티에서도 빛난다.

엘리엇은 마치 희귀한 야생초를 찾기 위해서 풍토병이나 지진, 여차하면 공격할 수도 있는 원주민의 공포도 기꺼이 받아들이는 식물학자처럼 사교계에서 사랑받는 신사가 되려는 노력을 아끼지 않는다. 다른 사람을 돕기 위해 태어난 사람처럼 아무리 번거로운 부탁을 해도 즐겁게 들어주고 따분하고 고루한 노부인 옆에 앉아서도 사교성 있게 즐거움을 선물한다. 미국인이지만 프랑스어를 유창하게 구사하고, 영국식 영어도 정확하게 구사해 어지간히 예리한 사람이 아니라면 그의 미국식 발음을 눈치채지 못한다.

엘리엇의 사교계를 향한 열정과 진심은 노년까지 이어져 죽음을 눈앞에 둔 상황에서도 사그라지지 않는다. 마치 죽음을 앞둔 노배우가 마지막 공연을 준비하며 비장하게 분장하듯이 그는 병석에서도 늘 화려한 옷을 고집한다. 그리고 사교계 시즌이 한창인 '눈부신 계절'에 하필 병석에 누운 자신의 신세를 한탄한다. 노년에 이른 엘리엇은 사교계에서도 한물간 사람으로 치부되지만, 그는 여전히 사교 활동에 목말랐으며 죽기 직전까지 무도회 초대장을 고대한다.

초대만 받으면 죽다가도 다시 일어날 각오가 되어 있었지만, 그가 애타게 기다리던 공작 부인의 파티 초대장은 오지 않는다. 죽음을 앞둔 노신사의 마지막 고뇌가 파티 초대장이라니. 당장 죽어도 이상하지 않은 노인이 파티 초대장을 받지 못해 어린아이처럼 우는 모습을 지켜본 소설의 화자는 결국 초대장 한 장을 몰래 훔쳐서 엘리엇에게 안겨준다. 가짜 초대장을 받은 엘리엇은 파티에 입고 갈 의상을 고르고 답장을 준비하는 등 부산을 떨다가 허무하게 세상을 떠난다. 《면도날》에 등장하는 여러 인물이 이런저런 사건을 겪으며 그동안 고집해왔던 인생관이 깨지는 경험을 하지만, 엘리엇만은 사교계를 향한 애정을 일관되게 유지했다는 점에서 그는 이 소설의 가장 독특한 인물이라고 해도 크게 틀리지 않다.

"매너가 사람을 만든다"

엘리엇은 미국인이었지만 주 활동 무대는 유럽의 사교계였다. 사교계와 무도회 문화에 익숙하지 않은 우리는 엘리엇이 자신의 직업처럼 여긴 사교계 활동의 면면이 궁금하지 않을 수 없다. 사교계는 쉽게 말해 '알고 지내는 사람들의 모임'인데 '알고 지내는 사람'은 물론 귀족 중심의 상류층이다. 무라카미 리코의 《영국 사교계 가이드》는 19세기 중상층의 사교계 문화가 어땠는지 보여주는데, 이 책에 따르면 빅토리아 시대 영국 귀족의 자녀들은 17~18세, 즉 결혼 적령기가 되면 버킹엄 궁전에서 여왕과 왕자 부부에게 자신을 소개하고 인사하는 의례로 사교계에 진입했다. 원래는 귀족들만 여왕 부부를 알현할 수 있었으나, 19세기에 신흥 부자가 급부상하면서 법률가, 고위 장교, 성직자, 의사, 사업가 등과 같은 중상류층도 사교계에 초대되었다. 이런 사정으로 궁중 예절과 귀족들의 생활 양식에 익숙하지 않은 전문직 종사자들은 급하게 궁중 예절을 공부해야 했다.

이 당시 베스트셀러는 귀족처럼 말하고 행동하는 방법을 알려주는 에티켓 자기계발서였다. 영국의 전문직 종사자들은 에티켓북을 교과서 삼아 상류층 사교계에 진출하려고 애썼다. 산업 혁명을 거치면서 부를 축적한 전문직 종사자들은 상류층끼리만 모여서 즐기는 사교계 파티에 들고 싶어 목을 맸다. 사교계 데뷔는 곧 신분 상승을 의미했다. 엘리엇도 젊은 시절 축적한 부를 뒷배 삼아 끊임없이 명함을 돌리는 등 자기 홍보를 한 끝에 사교계 입성에 성공했다.

물론 19세기 이전에도 상류 사회의 예의범절을 알려주는 자기계발서가 존재하긴 했다. 그러나 주로 기사나 신하가 갖추어야 하는 교양을 다룬 책이었으며, 남성 독자만을 겨냥했다. 이에 반해 19세기에 유행한 자기계발서는 인사법, 만찬회나 무도회에서 행동하는 요령, 관혼상제를 주로 다뤘으며, 여성이 주 독자층이었다. 주된 주장은, 재산만으로 계급 상승을 노리는 태도는 매우 천하며, 귀족들이 받아들일 만한 세련된 매너를 갖춰야 한다는 것이었다. 오늘날에도 자주 쓰이는 "매너가 사람을 만든다"라는 말도 심심찮게 찾아볼 수 있다. 성공한 전문직 종사자들은 육체노동으로 먹고사는 노동자 계급과 차별화를 강조하는 한편 교육, 예절, 옷차림 등을 고급화하며 귀족 계급에 한층 더 다가서려 했다. 이런 형국이니 귀족들의 예의범절을 알려주는 에티켓북은 그야말로 금과옥조와 같은 존재였다.

엘리엇이 말한 '눈부신 계절', 즉 사교계 시즌은 영국의 경우 런던을 중심으로 3~4월에 시작해서 7~8월쯤 끝났다. 사교 시즌이 되면 지방에 살던 귀족들은 수도인 런던으로 모여들었다. 특히 영국 의회가 개최되는 5~7월에는 귀족들이 모두 런던으로 모여들었고 사교계는 정점에 다달았다. 물론 《면도날》의 엘리엇과 같은 외국인들도 런던으로 건너왔다. 최상위 귀족들은 런던에 있는 자신의 타운하우스에서 머물렀고 엘리엇과 같은 외국인들은 주로 고급 주택을 빌려서 사용했다. 사냥이 남성들에게 중요한 사교 활동이었던 만큼, 자신이 소유한 영지에 좋은 사냥개, 명사수, 미녀, 고급스러운 저택을 갖추고 왕대자니 귀족을 초청하는 데 성공한 사람은 출세의 지름길을 걸을 수 있었다. 물론 이런 행사를 주관하려면 막대한 돈이 필요했다. 사교계 시즌은 나라별로 조금씩 달랐는데, 엘리엇 같은 전문 사교계 인사는 시즌을 따라 각 나라를 여행하면서 사교 활동을 즐겼다.

엘리엇이 테니스, 미술, 실내 장식 등 무수한 분야에서 깊은 내공을 뽐내는 장면으로도 알 수 있듯이, 사교 모임은 만찬과 춤만 즐기는 행사가 아니었다. 스포츠와 예술을 비롯해 분야마다 사교 모임이 있었고 주로 오후에 시작해서 다음날 새벽까지 계속되었다. 아무래도 무도회는 이것저것 준비가 많이 필요하므로 파티는 주로 오후에 시작되었을 테고, 새벽까지 계속된다는 특성상 먹고사는 문제에 크게 신경 쓸 필요가 없는 상류층만의 전유물이었음을 알 수 있다.

귀족들은 사교계에 새내기의 지나친 유입을 원하지 않았다. 에티켓은 이런 귀족들의 희망에 따라 새로 사교계에 진입하기를 원하는 사람을 차단하는 방패 역할을 했다. 에티켓은 서민이 알 수 없는 일종의 암호와 같은 구실을 했다. 마치 조선의 양반들이 관혼상제 절차를 매우 복잡하게 만들어서 기득권을 지키려고 했던 것처럼 유럽의 귀족들은 복잡한 에티켓 문화를 공유하면서 자신의 우월감이나 계급 의식을 지키려고 했다. 사실인지는 알 수 없으나 귀족들이 테니스 스코어를 1, 2, 3, 4와 같은 방식으로 매기지 않고 0, 15, 30, 45와 같은 이상한 방식으로 매기는 이유가 평민들에게 복잡하게 보이기 위해서였다는 말이 있을 정도였다. 게다가 테니스에서는 0을 제로zero 라고 부르지 않고 사랑love 이라고 부르지 않던가.

사교계 입성의 기본 자세, 드레스코드

시골에 사는 중산층들은 지역 목사의 방문을 계기로 사교계에 입성했다. 현대 사회에서는 지위가 낮은 사람이 높은 사람을 먼저 방문해야 한다고 생각하지만, 19세기만 해도 지역 사회의 유력 인사가 지역 주민이나 이주민을 먼저 방문하는 것이 관례였다. 지역 유력 인사의 방문을 무사히 치르고 답례 방문까지 마치면 그 지역 사교계에 첫발을 들인 셈이었다. 물론 사교계 유지 입성에 최종 권한은 모두 지역 유력 인사의 뜻에 달렸다.

시골의 사교계에 만족하지 않고 중앙으로 진출하려면 좀 더 큰 비용과 인맥이 필요했다. 런던에서 아무리 기다려봐야 지역 유력 인사의 방문을 받을 일이 없으니 자신이 나서서 만찬회를 개최해야 했다. 졸부야 워낙 돈이 많으니 손님을 마구잡이로 데려와서 사치스럽게 치르기도 했지만, 유력 인사나 유명 인사가 참석하지 않으면 빈 깡통이 요란한 꼴이었다. 돈으로 지위를 사고 싶어도 일단 상류 사회에 친척이나 지인, 하다못해 지인의 지인 정도는 있어야 시도라도 해볼 수 있었다. 파티에서 운 좋게 유명 인사를 만났다고 해도 무작정 다가가서 자신을 소개하는 행위는 무례하게 여겨졌고, 반드시 높은 신분의 귀족이

중개인으로 나서서 상대방의 의향을 타신한 다음 사교를 시도해야만 했다. 물론 미국인 출신으로 유럽의 사교계에 진출한 엘리엇도 이런 복잡하고 불편한 과정을 거쳤다.

엘리엇은 의상을 런던과 파리에서 특별히 구매할 만큼 복식에 신경을 썼다. 또 병상에 있을 때도 화려한 가운을 입었고, 놀랍게도 같은 가운을 한 번 이상 입는 경우가 없었다. 그리고 조상인 백작의 의상을 파티복으로 준비하고, 자신의 관에 백작의 칼과 황금 양모 훈장을 새기라고 유언을 남긴다. 그는 죽으면서도 자신의 지위를 드러내는 드레스코드를 고집했다. 그러나 엘리엇의 이런 처사가 유별나다고 볼 수는 없다.

19세기 에티켓북에 의하면 중류 계급조차 하루에 최소 두 번 의상을 갈아입어야 했으며, 돈과 시간에 여유가 있다면 더 자주 갈아입어야 마땅했다. 시간대에 따라 입는 의상도 달랐다. 19세기 신사들 사이에선 낮에는 검은색 계열의 어두운 프록코트가 대세였고, 밤에는 연미복과 검은색 바지 그리고 흰색 타이가 공식이었다. 19세기 후반에 이르러서는 연미(옷의 꼬리 부분)가 달리지 않은 '디너재킷'이 유행했는데 이름 그대로 집에서 저녁을 먹을 때 입는 옷이었으므로 무도회나 공연을 관람할 때는 입을 수 없었다. 미국에서는 디너재킷을 턱시도라고 불렀다.

이렇게 중산층에게도 장소와 시간 그리고 만나는 사람에 따라 드레스코드를 맞춰 다양하게 입도록 권장했으니, 주류 상류층이었던 엘리엇이 같은 가운을 여러 번 입는 일은 상상하기 어렵다. 그리고 당시의 에티켓 관례를 고려하면 자신이 사후에 입을 의상을 고민하고 선택하는 절차는 극히 자연스러운 일이었다. 서양 사교계의 엄격하고 복잡한 드레스코드가 낯설게 느껴질 수 있지만, 이웃 나라 일본의 경우 메이지 시대에만 해도 귀족들은 서양 사교계 못지않은 드레스코드를 공유했다. 가령 메이지 시대 말기인 19~20세기를 배경으로 하는 미시마 유키오의 《봄눈》에는 일본의 귀족들이 흡연할 때 별도의 흡연용 의상을 착용하는 장면이 나온다.

무도회의 숨은 목적, 여성과 결혼

유럽 귀족들은 왜 그토록 무도회를 좋아했을까? 신데렐라를 비롯한 서양의 여느 민담에도 무도회 장면은 수시로 등장한다. 일단 유럽 무도회는 19세기 영국에서 그 기원을 찾아야 한다. 산업 혁명 덕에 역사상 최고의 전성기를 구가하며 부를 축적한 영국에는 파티와 무도회가 성행했다.

무도회는 주로 결혼 적령기에 이른 젊은이들이 모여서 춤을 추고 대화를 나누며 배우잣감을 찾을 목적으로 개최되었다. 오늘날로 따지면 짝짓기 프로그램이나 마찬가지다. 19세기 여성에게는 전문적인 교육을 받거나 직업을 가질 기회가 주어지지 않았기 때문에 결혼 적령기가 된 여성들은 무도회에 데뷔해서 좋은 신랑감을 찾는 것을 일생일대의 과제로 삼았다. 여성들에게 무도회는 결혼 상대를 쟁취하는 사냥터였다. 남성들도 지참금을 가능한 한 많이 가지고 올 수 있는 여자를 골라서 결혼하는 것이 목표였으니 이래저래 무도회는 유럽 귀족들에게 매우 중요한 행사였다.

무도회를 개최하려면 최소 200~300명의 참석자를 모아야 체면이 섰고 그만한 인원이 춤을 출 수 있는 공간을 마련해야 했으며 대략 3주 전에는 초대장을 보내는 것이 예의였다. 남부럽지 않은 무도회를 개최하려면 당시 노동자의 2년 치 수입에 해당하는 돈이 필요했다. 무도회를 개최해 자식을 좋은 곳에 시집 보내려는 부모들의 노력은 처절한 만큼 위험도 컸다. 본격적인 사교 시즌이 되면 너도나도 무도회를 개최했기 때문에 하필 이웃의 명문 집안과 무도회 날짜가 겹치기라도 하면 흥행에 실패하고 돈만 날리기 일쑤였다. 사람들은 형식적으로 얼굴만 비추고 유명 인사가 더 많이 참석하는 명문 집안의 무도회로 달려갔다.

더구나 무도회에 세 번 참석하고도 청혼을 받지 못한 여성은 찬밥 신세로 전락했다. 무도회는 황금 같은 기회이기도 하면서 양날의 검이었다. 무도회에는 결혼이라는 목적 때문에 주로 여성이 압도적으로 많았다. 춤을 추고 싶어도 파트너가 없어서 기다리는 여성은 흥겨운 왈츠가 흘러나오면 몸이 근질근질할 수밖에 없다. 신나는 음악에 자신도 모르게 몸이 들썩여도 어쩔 수 없는 노릇이었다.

남자 파트너가 없다고 해서 여자끼리 춤을 추는 것은 금기 사항이었으니 더욱 낭패였다. 더구나 여성이 먼저 남성에게 춤을 추자고 제안

할 수 없었기 때문에 여러모로 여성들에겐 절박한 무대였다. 그러나 남성이 춤을 추자고 제안해도 여성은 어떤 남성과 춤을 출지 선택할 수 있었다. 남성이 춤을 제안한다고 해서 여성이 무조건 응해야 할 의무는 없었다. 다만 아무리 상대가 마음에 들어도 같은 남성과 한 번 이상 춤을 출 수는 없었다. 물론 여기에도 자본주의 원리가 작동한다. 무도회에 참석한 남성들은 무도회를 주최한 부인의 딸과는 반드시 춤을 춰야 했다. 주최자의 딸은 돈을 투자한 만큼 모든 남성과 춤을 출 기회를 얻었고, 마음에 드는 신랑감을 찾을 확률이 높았다. 어쨌든 19세기 무도회는 여성이 주관하고 여성이 주인공이 되었으며 여성의 아름다움을 과시할 목적으로 개최되었다.

엘리엇에게 보내는 추모

엘리엇이 죽기 직전 공작 부인이 주최한 파티에 초대를 받지 못해 분통을 터트리는 장면은 엘리엇이 더는 사교계에서 환영받지 못한다는 사실을 보여준다. 왜냐하면 파티에 초대를 받은 사람은 주최 측에 자신이 동행하고 싶은 손님을 데리고 가겠다고 요청할 수 있었기 때문이다. 즉 공작 부인이 엘리엇을 초대하지 않았어도 그녀에게 초대를 받은 아무라도 그와 동행하고 싶다고 정중히 요청했다면 공작 부인은 내키지는 않아도 허락했을 터였다. 무도회에서 이런 식으로 추가되는 손님은 성별에 따라서 대우가 달랐다. 잠재적인 경쟁자가 될 수 있는 아름답고 젊은 여성보다는 남성 손님이 환내를 받았다.

처음 책을 읽을 때는 죽음을 앞두고도 파티 초대장에 집착하던 엘리엇을 현실 감각이 없는 인물로 여겼는데 생각할수록 그가 존경스럽다. 나는 20대 시절 다음날 출근할 때 입고 갈 옷을 미리 머리맡에 걸어두어야 안심하고 잠자리에 들었다. 겉옷과 어울리는 셔츠와 양말까지 미리 준비했다. 심지어 칼날처럼 날렵하게 다린 바지가 구겨질까 봐 웬만하면 버스에 자리가 나도 서서 갔다. 그러나 중년이 되자 코디고 뭐고 아침에 일어나서 눈에 가장 먼저 띄는 옷을 입고 가게 되더라. 또 어렸을 때는 도저히 상상할 수 없는 일을 하게 되었는데, 밖이 조금이라도 어두컴컴해지면 수면 바지를 입은 채 쓰레기봉투를 버리러 대문을 나선다. 이웃 주민이 나를 어떻게 보든지 옷을 갈아입는 번거로움을 감수하기 싫어졌다. 나이가 들면 점차 자기관리가 힘들어지는데 병석에서조차 자기 신분에 맞는 의상을 매일 갈아입고 신경을 쓴다는 자체가 얼마나 대단한가. 어떻게 보면 그런 철저한 자기관리야말로 엘리엇이 사교계의 스타로 등극하는 비결이었을지도 모른다.

무도회는 공개 무도회와 초대 무도회로 나뉘었다. 공개 무도회는 무도회 추진 위원회와 주최 여성이 판매하는 티켓을 구매한 사람만 갈 수 있었다. 티켓 판매 명목은 주로 기부나 자선이었다. 최근에도 매우 흔한 이런 기부 행사의 기원이 19세기 무도회라는 사실은 흥미롭다. 초대 무도회에는 여우 사냥을 하는 사냥 무도회, 군대와 의용군 시설에서 개최하는 군대 무도회 등도 있었다.

운명과 본능의 외줄 타기, 꾼들의 중독사

《황금광 시대》, 표명희

《도박의 역사》, 데이비드 G. 슈워츠

나는 중학생 때 이미 도박에 관한 가치관을 정립했다. 내가 도박 선수가 되었다는 말이 아니고 되려 그 반대다. 나는 나의 도박 재능이 제로에 수렴한다는 사실과, 도박이란 머리끝까지 가지 않고 어깨쯤에서 멈춰야 성공할 확률이 가장 높다는 게임의 본질을 알게 되었다. 1980년대 중학생 시절 우리는 겨울이 되면 밖에서 놀지 못하니 교실에서 종종 '짤짤이'라는 작은 도박을 했다. 상대가 동전을 주먹에 숨기면, 홀과 짝을 선택해서 맞추어 건 만큼의 돈을 가져가는 도박이었다. 교실의 구석구석에 작은 카지노가 개설되었다. 물론 우리의 칩은 십 원짜리 동전이었다.

언젠가 나는 참전한 게임에서 운 좋게 주먹을 십 원짜리로 가득 채울 만큼 교실 도박계를 평정했다. 이제 나의 최종 승리는 기정사실이 되었고 친구들은 누구에게 개평을 얼마나 나눠줄지 그날의 황제인 나에게 건의했다. 한편 궁지에 몰린 적수는 지면 그날의 수확을 모두 지불해야 할 만큼 큰 금액(?)을 걸었다. 다 잡은 승리에 도취한 나는 별생각 없이 금액을 몽땅 걸었고 결과는 나의 패배였다. 동전으로 가득 찼던 주먹에는 땀만 남았다. 돈을 모두 잃고 나서야 알았는데 그 친구가 건 '올인'은 판돈이 없는 거짓 베팅이었다.

내가 영리했다면 주체할 수 없을 만큼 돈을 땄을 때 그만두고 겁 없이 올인을 한 친구의 손을 검사했을 것이다. 그때 이후로 나는 십 원짜리로도 도박을 하지 않았다. 비록 도박에 재능은 없지만, 도박은 내가 여전히 가장 좋아하는 이야깃거리다. 내가 태어나서 처음으로 단 한 회차도 빼먹지 않고 시청한 드라마가 이병헌, 송혜교 주연의 〈올인〉이다. 1990년대 중반 세계 최고 도박사로 명성을 떨친 실존 인물을 소재로 한 드라마다.

도박의 본질을 꿰뚫어 본 대문호의 아내

한 여행 유튜버가 우즈베키스탄을 여행하는 영상을 보는데, 그가 한국인임을 안 우즈베크인들이 던진 질문이 흥미로웠다. "김인하 알아요?" 물론 이제 30대 초반인 그 여행 유튜버는 김인하가 누군지 전혀 모르는 눈치다. 나도 얼핏 생각을 해봤는데 누구인지 떠오르지 않았다. 한국 사람도 잘 모르는 김인하는 누구이며 그들은 왜 한국이라는 나라에 김인하를 떠올렸을까? 궁금증은 금방 풀렸다. 내가 그토록 재미나게 시청한 드라마 〈올인〉의 주인공이 김인하였다. 하긴 한국에서는 2003년에 방영했으니 내가 금방 기억하지 못한 것도 무리는 아니다. 우즈베키스탄에는 이 드라마가 언제 방영했는지 모르겠지만 어쨌든, 그들에게 도박 드라마 〈올인〉이 강렬한 인상으로 남았나 보다. 우즈베키스탄은 과거 소련의 지배 아래 있었으니 그 문화에 영향을 받아서인지 도박에 관심이 많은 모양이다.

책의 첫 장에서도 다룬 도스토옙스키의 도박 이야기는《도박의 역사》(데이비드 G. 슈워츠)에서 더 자세하게 다뤄진다. 내막은 이렇다. 누구나 잘 알듯이 러시아를 대표하는 대문호 도스토옙스키는 도박 중독자였다. 심지어 빚 독촉과 틈만 나면 돈을 요구하는 형수와 조카의 등쌀에 못 이겨 도피 삼아 시작한 유럽 여행에서도 그는 도박장에 가고 싶어서 안절부절못했다. 소심한 그는 차마 아내에게 룰렛 도박장에 가고 싶다고 말하지 못하고 대신 '나 혼자 여행 왔다면 룰렛 도박장에 갔을 텐데 당신과 함께 왔으니 혼자 놔두고 갈 수가 없어서 도박장에 못 간다'라고 말했다. 남편을 사랑하고 헌신적이었던 아내 안나는 결국 도스토옙스키의 도박장 출입을 허용했으나, 며칠 뒤 돈을 다 잃었으니 송금해달라는 편지를 받는다. 남편이 너무나 상심하고 괴로운 나머지 지병인 간질이 도질까 봐 걱정한 안나는 돈을 다 잃고 돌아온 남편을 일절 타박하거나 원망하지 않았다. 이런 아내의 반응에 크게 감동한 도스토옙스키는 자신의 잘못을 반성하고 울면서 용서를 빈다.

도스토옙스키가 돈을 잃기만 한 것은 아니었다. 한때 그는 도박장에서 손꼽는 미다스의 손이었다. 1867년경 도스토옙스키는 100프랑을 가지고 도박을 시작해 불과 3일 만에 4,000프랑을 손에 넣었다. 그는 이제 그만하고 도박장을 떠나자는 어린 아내의 부탁을 무시하고 집안 재정을 넉넉히 늘일 수 있으리란 생각에 원금과 딴 돈을 모두 '올인' 해버렸다. 결과는 모두가 아는 대로 쪽박이었다. 안나는 철없는 남편을 비난하지 않았다. 오히려 그가 돈을 조금 가지고 갔기 때문에 위험한 모험을 했고 조급해져서 돈을 모두 잃었다고 생각했다. 여유 있게 자금을 가지고 갔더라면 안정적인 도박을 했을 테니 큰돈을 잃지 않았으리라 믿었다. 안나의 이런 통찰은 정확했다.

표명희는 《황금광 시대》에서 도박꾼이 카지노에 들어가는 일을 공룡과의 싸움에 비유했다. 도박꾼이 카지노에 머무는 시간이 길어질수록 승률은 낮아진다. 왜 그럴까? 카지노는 도박꾼 개인과 비교할 수 없을 만큼 엄청난 자금을 보유하기 때문이다. 도박꾼은 '올인' 한 번으로 자신의 판돈을 모두 잃을 수 있지만, 카지노에는 기본적으로 '올인'이 존재하지 않는다. 이 사실만으로도 이미 승부는 판가름 난다. 도스토옙스키는 시시각각 줄어드는 돈을 초조하게 세면서 갈수록 위험한 도박을 시도했을 테고 그 결과로 빈털터리가 되었다. 카지노가 진심으로 무서워하는 것은 일개 도박꾼에게 돈을 잃는 상황이 아니라 도박꾼이 카지노를 떠나는 상황이다.

유럽 여행 당시 20대 초반이었던 안나는 비록 도박을 하지 않았지만, 도스토옙스키가 룰렛 도박장에서 돈을 따려면 냉정함, 인내심과 더불어 충분한 돈이 있어야 한다고 생각했다. 안나는 철없는 남편을 닦달하고 혼내기보다 오히려 돈을 쥐어주며 글이 잘 안 써질 때는 도박장에 가서 기분 전환을 하고 오라는 식으로 남편을 선도했고 결국 남편의 도박 중독을 치료하기에 이른다. 게다가 도스토옙스키는 죽은 아버지가 자신의 암울한 미래를 경고하는 악몽까지 꾼 터라 더욱 도박 생각을 접는다.

《황금광 시대》에 나오는 출중한 도박꾼도 카지노를 상대로 거금을 따다가 올인 한 번으로 500만 달러를 날리고 결국 빈손으로 나오지 않던가. 500만 달러를 거머쥔 순간 주변 인물들은 '제발 여기에서 그만'을 외치지만 그동안의 승리에 도취한 도박꾼은 그만 올인을 외쳐버린다. 도박에서 거대한 승리는 중요하지 않다. 어느 정도의 승리를 거머쥐었을 때 자리를 박차고 일어나는 결단력이 중요하다. 카지노는 아니지만 나도 비슷한 경험을 한 적이 있다.

나이가 들면 인지상정으로 작은 일에 연연하게 되는 모양이다. 평생을 '그까짓 거'라는 신조로 대충 살아왔는데 요즘 나는 꼭 내가 아닌 것만 같다. 일 년 전만 해도 재활용 봉투가 얼마나 차든지 본가로 내려가는 금요일 아침에는 꼭 집 앞에 내놓았다. 서식하는 원룸에 혹여 쓰레기 냄새라도 밸까 우려했기 때문이다. 가뜩이나 여간해선 청소를 하지 않는데 냄새라도 막아야 하지 않겠는가. 그런데 요즘은 재활용 봉투가 터진 김밥이 되어서야 내놓는다. 요일과 상관없이.

어디 그뿐인가. 나는 치킨을 시키면 한 번에 다 먹지 못하는데 선에는 남은 조각을 미련 없이 버렸지만, 요새는 일주일에 걸쳐서 꾸역꾸역 다 먹는다. 어제는 더욱 황당한 일을 겪었다. 모처럼 가성비가 출중한 샤부샤부 집을 발견해 아내와 점심을 먹으러 갔다. 거의 40분 동안 숨도 쉬지 않고 먹어치웠는데 아뿔싸! 음식을 남기지 않으면 다음 방문 때 고기 1인분을 무료로 증정하는 쿠폰을 준다는 안내문을 보고야 말았다.

샤부샤부 육수에는 라면 사리와 기타 먹거리가 수북했다. 고기 1인분이라는 동기 부여가 생겼으므로 배가 터지기 직전인데도 꾸역꾸역 먹었다. 아내는 집에 도착하기 전에 배탈이 날지도 모른다고 경고했지만 귀에 들어오지 않았다. 어찌어찌해서 다 먹어치웠는데 제기랄, 밑반찬이 남았다. 초인적인 투지를 발휘해 그마저도 먹어치웠다. 숨을 간신히 내쉬면서 한숨 돌리려고 화장실에 다녀왔는데 또 제기랄, 지나치게 친절한 직원이 서비스라면서 과일 한 접시를 대령했다.

아무리 투지를 발휘해도 안 되는 일이 있는 법이다. 과일 한 접시를 두고 아내와 토론을 벌였다. 토론의 주제는 과연 서비스로 주는 과일까지 먹어치워야 고기 1인분 쿠폰을 주는지였다. 우리에겐 생사가 달린 문제였지만 그렇다고 10대 아르바이트생에게 "서비스로 주는 과일까지 다 먹어야 쿠폰을 주나요?"라고 물을 수는 없는 노릇이었다. 아무리 급해도 해서는 안 되는 일이 있다.

서비스로 준 과일은 우리가 주문한 음식이 아니므로 예외라는 나름의 결론을 내렸지만, 혹시 우리의 생각이 틀렸다면 내가 배가 터지도록 꾸역꾸역 음식을 밀어 넣은 그간의 노력은 허사로 돌아간다. 애증의 과일을 차마 뱃속까지 넣진 못하고 목구멍 중간까지 쑤셔 넣은 다음 배를 부여잡고 간신히 계산대로 갔다. 직원분에게 조심스럽게 "우리 다 먹었어요"라고 선언했는데 꼼꼼한 직원이 우리 자리로 가서 매의 눈으로 접시를 꼼꼼히 확인했다. 그 몇 초가 몇 시간처럼 느껴졌다.

합격 통보를 받고 기뻐할 여유도 없이 배를 부여잡고 집으로 돌아왔다. 다음번에는 딸내미와 함께 와서 고기를 맛나게 먹는 상상을 하면서. 물론 배탈 때문에 화장실을 들락거려야 했다. 적당히 먹고 자리에서 일어났어야 했는데 욕심에 눈이 멀어 건강을 해쳤다. 도박판이나 인생살이나 모두 '이쯤에서 그만'의 미학이 꼭 필요한 법이다.

생계형 도박꾼 도스토옙스키가 겪은 수모

도박은 인간의 본능이며 사실 기록된 역사보다 전통이 더 오래되었다. 심지어는 인류보다 더 앞선 역사를 자랑한다. 2005년 듀크대학의 연구에 따르면 마카크 원숭이는 보상이 큰 '위험한 선택'과 보상이 적은 '안전한 선택'에서 대부분 위험한 선택을 좋아했다. 위험한 선택을 했을 때 더 맛있는 음식을 기대할 수 있기 때문이었다. 마카크 원숭이의 이런 행동 양식은 도박과 비슷하다. 도박에는 이처럼 유구한 역사가 있으며, 고대 중국과 유럽에서는 도박이 일종의 취미 생활로 자리

잡았다. 일찍이 도스토옙스키는 노름꾼을 취미형과 생계형으로 나누고 자신을 생계형 도박꾼으로 분류했다.

취미형 도박은 무료함을 달래거나 특별한 시간을 만끽하려는 사교적 도박이다. 고대 중국, 로마 제국 그리고 스페인의 왕들은 취미형 도박 정도는 즐겨도 문제가 없다고 생각해 특정한 기간에 도박을 허용했다. 도박을 즐거운 게임이 아닌 생계를 이어갈 수단으로 삼는 사람도 언제나 존재했다. 이들은 도박에서 반드시 돈을 따야 했으므로 취미로 도박을 즐기는 사람보다 더 많은 자금과 여유가 필요했다. 도스토옙스키는 불행하게도 생계형 도박꾼이었지만 자금이 없었으므로 안나가 재물을 팔아서 마련해준 도박 밑천을 날려버리곤 했다. 그래서인지 도스토옙스키는 취미로 도박을 즐기는 사람을 비난하곤 했다.

어쨌든 역사마저 도스토옙스키의 편이 아니어서 당시 유럽은 도박장이 휩쓸었다. 도박은 특히 1650~1850년 사이 유럽에서 전에 없던 호황을 누렸다. 1821년생인 도스토옙스키가 한창 혈기 왕성했을 시절에 도박은 전성기를 이루었다. 자금이 넉넉하지 않고 언제나 빚쟁이에게 쫓겨 다니던 도스토옙스키에게는 최악의 조건이었다. 재능이 없는 도박꾼에게 도박장이 무한정 펼쳐진 상황만큼 불행한 일이 또 있을까. 사실 이 시기에는 도박이 워낙 흔하고 일반적인 취미였어서 도스토옙스키의 도박 중독이 특별했다고 볼 수 없다. 당시 도박은 마치 현대 자본주의 사회의 주식 투자만큼이나 흔한 일상이었다. 복권 사업도 이 시기에 처음으로 등장했다.

도스토옙스키뿐 아니라 우리가 성인의 반열에 올려 놓은 톨스토이 또한 도박에 미쳐 큰돈을 잃고 낭패를 봤다. 당시 러시아인은 온천과 도박으로 유명한 독일 바덴바덴의 단골손님이었다. 도스토옙스키는 평소 자신의 '운명을 시험하고자' 도박을 한다고 공언했는데, 사실 이 운명적 도박론을 러시아인들의 습성으로 생각하는 사람이 많다. 그러니까 도스토옙스키와 톨스토이는 실력이 아니라 오로지 자신의 '운'이 도박에서 돈을 딸지 잃을지를 좌지우지한다고 믿어 신중을 기하지 않고 황당무계할 정도로 대담하게 베팅을 했다. 우리나라로 치면 화투판에서 화투장만 잡으면 일단 '못 먹어도 고'를 외치는 노름꾼과 비슷하다.

러시아에서 소문난 부자 귀족 집안 출신이었던 톨스토이 백작은 1857년 우연히 독일의 바덴바덴을 여행하다가 문제의 룰렛에 빠져들고 말았다. 처음에는 제법 신중하게 소액을 베팅했지만 도박장을 정복하겠다는 야욕에 사로잡혀 거액을 베팅하기에 이른다. 결국 큰돈을 잃고 도박장에서 돈을 빌리는 것도 모자라 친척과 친구들에게도 도박 자금을 빌려달라고 애원하는 편지를 여러 차례 보낸다. 간신히 융통한 돈마저 모두 날려버린 톨스토이는 마침내 수치심만 가득 안고 바덴바덴을 떠나야 했다. 한편 일찍이 독일로 유학 와 바덴바덴에서 안정적인 생활을 하던 러시아의 대문호 투르게네프는 타향에서 빈털터리가 된 러시아 문인들을 물심양면으로 도와주었다. 그중 일부는 투르게네프의 은혜를 잊지 않았는데 톨스토이도 마찬가지였고, 그는 죽기 직전 투르게네프의 도움에 감사하는 글을 남겼다.

톨스토이와 투르게네프의 관계는 해피 엔딩이었지만, 도스토옙스키는 그렇지 못했다. 도스토옙스키는 바덴바덴에서 여비까지 모두 도박장에 바친 데다 설상가상으로 집주인이 집세를 올리자 할 수 없이 최후의 보루였던 투르게네프에게 손을 내밀었는데, 그에게는 죽기보다 더 싫은 일이었다. 도스토옙스키는 바덴바덴에서 도박에 쓸 요량으로 투르게네프에게 50루블을 빌리고 갚지 않았는데 투르게네프는 이 일을 잊지 않고《연기》라는 소설에 100루블을 빌리고선 갚지 않은 채 유유히 바덴바덴을 떠나는 한 배은망덕한 인물을 등장시켰다. 도스토옙스키는 이 인물의 모델이 자신이라고 확신해《연기》를 신랄하게 비판했고, 질세라《악령》에서 투르게네프를 비꼬고 비판하며 복수를 했다. 도스토옙스키는 투르게네프의 친유럽적인 사고를 풍자한 것으로 모자라 그의 성격까지 꼬집어 비판했다.

두 사람 사이에 이런 전력이 있는 상태에서 도스토옙스키가 투르게네프에게 돈을 빌려달라고 찾아가는 길이 얼마나 치욕스러웠을지 상상이 되고도 남는다. 다시 마주한 두 사람은 결국 자기 성격을 못 이기고 상대방이 먼저 화를 낼 때만 기다렸다가 대판 싸우고 만다. 러시아인이지만 유럽주의자였던 투르게네프는 "러시아인은 독일인을 만나고 나서야 겨우 먼지 구덩이에서 기어 다니던 삶에서 벗어났다"라며 독설을 내뱉었고 도스토옙스키는 "독일 사람은 사기꾼"이라고 맞받아쳤다. 결국 도스토옙스키는 돈을 빌리려던 소기의 목적을 달성하지 못한 채 자리를 박차고 일어났다.

도박 때문에 온갖 치욕을 겪은 도스토옙스키는 구세주나 다름없는 두 번째 아내 안나 덕분에 도박이라는 고질병을 치료하고 글 쓰는 일에만 집중하며 다시는 도박에 손을 대지 않았다.

3부

아는 만큼 빠져드는 일상의 인문학

고양이, 인류 이전 신의 대리인

《모르그 가의 살인》, 에드거 앨런 포

《고로 나는 존재하는 고양이: 역사》, 진중권

《고로 나는 존재하는 고양이: 문학》, 진중권

어린 시절 내 고향 경상도 상주에서는 고양이를 '꼬네이'라고 불렀다. 약간 아르렁대듯이 느리게 발음했는데 확실히 귀엽고 앙증맞은 어감은 아니었다. 우리말 '술'이라는 단어가 술이 목구멍으로 술술 넘어가는 이미지를 연상시키고 '바다'가 'ㅏ'를 연속으로 배치해 영어의 sea보다 장엄한 느낌을 주듯이 '고양이'라는 단어는 귀엽고 앙증맞은 느낌을 준다. 어린 시절 무서운 어른이 '꼬네이'라고 무겁게 말하면 그 자체로 무서운 옛이야기를 듣는 듯한 두려움을 느끼곤 했다. 확실히 고양이는 '꼬네이'라는 사투리만 보아도 그리 호감이 가는 동물은 아니었던 모양이다.

도시 사정은 모르겠고 1970년대 시골 마을에는 반려동물이라는 개념이 없었다. 그나마 개는 집을 지키게 하거나 복날 몸보신용으로 키우곤 했는데, 고양이는 일부러 먹이를 줘가며 키우는 경우가 거의 없었다. 조금 과장하자면 시골에 사는 고양이는 모두 도둑고양이였다. 농사일이 바쁜 시기에는 "고양이 손이라도 빌리고 싶다"라는 말을 했는데, 그만큼 고양이가 쓸모없다는 말이 되겠다. 개처럼 집을 지키지도 않고 여차하면 몸보신 거리도 못 되는 고양이를 구태여 키울 집은 없었다. 고양이는 언제나 미운 오리 새끼였다.

나는 고양이를 좋아하지 않는다. 어린 시절 개에게 물린 경험이 있는 사람이 오랫동안 개를 무서워하는 트라우마를 겪듯이 나도 새끼 고양이를 만지려다가 물린 적이 있어서 고양이만 보면 그 기억이 떠오른다. 그리고 고양이 주변을 제대로 관리하지 않아서 생기는 배설물 냄새 때문에도 고양이를 멀리했다. 그러나 무엇보다 어린 시절 읽었던 에드거 앨런 포의 단편 소설 〈검은 고양이〉 때문에 고양이를 더욱 무서워하게 되었다. 주인공이 벽에 넣고 묻어버린 고양이가 끝내 살아남아 비명을 지르는 바람에 아내를 죽인 범죄가 탄로 난다는 이야기는 생각만 해도 소름이 끼쳤다.

그런데 코흘리개 때 읽었던 〈검은 고양이〉를 다시 읽어보니 왜 고전은 반복해서 읽어야 하는지 알겠다. 그동안 마지막 장면만 기억하고 고양이를 무서운 동물이라고만 생각했는데 다시 읽어보니 고양이는 알코올 중독자가 되어버린 주인공이 일방적으로 학대한 불쌍한 녀석이었다. 특히 주인공이 처음 길렀던 고양이 플루토는 주인이 가는 곳이라면 어디든지 따라갈 정도로 애교가 넘쳤다. 심지어 외출할 때도 따라 나오는 통에 주인공이 애를 먹는다. 하긴 가끔 고양이에게 목줄을 메고 산책을 하는 사람도 있다고 들었다. 〈검은 고양이〉에 나오는 플루토는 내가 아는 고양이와는 확연히 습성이 다르다.

고양이만 평생 키워온 한 사람이 처음으로 개를 키우고 일주일 정도 지난 후 분양해준 친구에게 이렇게 물었다고 한다. "아니, 개는 자기 생활이 없는 거야?" 독립적으로 자기 생활을 즐기며 심지어는 주인이 드나들든 말든 신경조차 쓰지 않는 고양이와 달리 언제나 주인만을 졸졸 따라다니는 개의 모습에 당황한 탓이다. 그런데 플루토는 보통 고양이와는 달리 주인공이 가는 곳이라면 어디든지 따라다녔다. 물론 주인공이 알코올 중독자가 되어 자신을 학대하자 슬슬 피해 다니지만, 그것은 누가 봐도 자연스러운 일이다. 〈검은 고양이〉를 읽을수록 고양이의 참모습이 궁금해졌고, 《고로 나는 존재하는 고양이》(진중권)는 고양이에 얽힌 흥미로운 이야기를 들려주었다.

최초의 고양이 집사는 누구?

〈검은 고양이〉에서 주인공이 온몸이 새까만 고양이를 들여오자 미신을 적잖이 신봉했던 아내는 검은 고양이는 마녀가 위장한 모습이라는 민담을 넌지시 건넨다. 과연 서양에는 한때 고양이를 마녀로 생각했다.

반면 고대 이집트인에게 고양이는 국보 그 자체였다. 나일강이 매년 범람한 덕에 이집트인들은 곡식을 철저히 비축해 홍수를 대비했다. 그러니 곡식 창고를 호시탐탐 노리는 쥐를 잡아먹는 고양이가 이들에게 얼마나 고마운 존재였을지 충분히 상상이 간다. 이집트인에게 고양이는 충직한 호위무사였다.

이집트인이 고양이를 귀하게 여긴 이유는 또 있는데, 건조한 사막에 살면서 가축과 사람의 목숨을 노리는 코브라를 고양이만이 현란한 움직임으로 잡기 때문이었다. 이집트인들은 곡식과 목숨을 지켜주는 고양이를 너무나 아낀 나머지, 혹여라도 누가 해코지를 할까 봐 고양이에게 신앙의 권위를 부여했다. 그렇다고 고양이를 신으로 섬기진 않았지만, 키우던 고양이가 죽으면 온 가족이 눈썹을 밀고 애도한 것으로 모자라 파라오처럼 미라로 만들기도 했다.

고양이에게 다산과 풍요의 상징을 부여하고 신성한 존재로 숭배한 이집트인들은 고양이를 나라 밖으로 파는 행위를 금지했을 뿐만 아니라 도둑맞은 고양이를 찾아 주인에게 반환하는 문제나 고양이를 죽이지 못하도록 관리하는 문제를 담당하는 전담 관공서까지 설치했다. 당시에는 집에 불이 났을 때조차 재산을 지키는 일보다 고양이를 무사히 탈출시키는 일을 급선무로 보았다. 〈검은 고양이〉의 주인공이 고대 이집트 사람이었다면, 아마 고양이를 죽였다는 이유만으로도 중형을 면치 못했을 것이다. 고대 이집트에서는 고양이를 나라 밖으로 반출하기만 해도 사형에 처했다. 그러나 이집트인들은 고양이라는 보물을 오래 독점하지 못했다. 곡물을 수송하며 나일강을 항해했던 이집트인들이 쥐를 퇴치할 용도로 고양이를 배에 실었고, 결국 고양이는 여러 배를 오가며 금방 지중해 주변에 널리 보급되었다.

이집트인들이 4,000년 전 고양이를 처음 가축으로 길들였다는 가설이 오랫동안 정설로 받아들여졌다. 그러나 2004년 프랑스의 고고학자들이 사이프러스섬에서 대략 9,500년 전 인간과 함께 매장된 고양이 유해를 발견하면서 이집트인들은 '최초의 고양이 집사'라는 영광을 내려놔야 했다. 9,500년 전은 신석기 시대로 인간이 수렵 생활을 마감하고 농경 생활을 시작한 시기다.

고양이는 개보다 더 늦게 인간의 가족이 되었다. 개는 사냥을 하는 데 큰 도움이 되므로 구석기 시대부터 인간의 동료가 되었다. 그런데 신석기 시대가 되자 인간은 사냥보다 농사를 짓는 데 주력했고 잉여 농산물을 저장하는 문화가 생겼다. 곡물 창고의 반갑지 않은 손님인 쥐에게서 농산물을 지킬 수단이 필요해졌고, 이때 고양이가 쥐의 대항마로 도입되었다. 즉 고양이는 고대 이집트 시대보다 훨씬 앞선 신석기 시대에 곡물 창고의 수호자로서 이미 인간의 가족이었다.

다른 문화가 주로 곡식을 지킬 용도로 고양이를 곁에 두었다면 우리나라는 좀 더 숭고한 이유로 고양이를 들여왔다. 한반도에 고양이가 들어온 시기는 고구려가 중국에서 불교를 수입한 서기 372년 전후이다. 신앙심이 도타웠던 우리 조상들은 중국에서 들여온 불교 경전을 갉아 먹는 쥐를 퇴치할 목적으로 고양이를 들여왔다고 한다.

비록 최초의 고양이 집사라는 영광은 신석기 시대 사람에게 양보해야 했지만, 고양이를 향한 이집트인들의 진심은 그 누구도 따라갈 수 없다. 2세기경에 활동한 마케도니아의 학자 폴리아이누스의 저서(《전쟁술》 VII권 IX)에는 전설로 남을 만한 이집트인들의 고양이 사랑이 기록되어 있다.

페르시아 군대가 고대 이집트 왕국을 침략했을 때 이집트인들은 결사 항전을 선언하고 투석기로 돌과 불을 퍼부었다. 이에 맞서 페르시아 군대는 고양이와 개를 비롯해 이집트인들이 숭배하는 동물들을 전면에 배치하는 놀라운 작전을 구사했다. 페르시아 병사들은 고양이를 품에 안고 고양이를 그려 넣은 방패를 들었다. 숭배하는 고양이를 다치게 할 수 없었던 이집트 군대는 공격을 중지했고, 속절없이 패배했다고 한다. 고양이가 패배의 결정적 요인이었다고는 할 수 없겠지만, 적어도 어느 정도 영향을 끼쳤음은 부인할 수 없다.

가혹한 누명의 세월들

고양이를 향한 사랑이 언제까지나 이어지지는 못했다. 중세 말기에는 〈검은 고양이〉 속 아내의 말처럼 고양이가 마녀라는 통념이 퍼졌다. 당시 기독교는 인간이 만물의 영장이며 신을 대신해 인간 세상을 다스린다고 믿었다. 그러니 사람에게 의지하지 않고 사생활을 즐기는 고양이가 도무지 곱지 않게 보였을 터다. 고양이는 특유의 독립생활 습성 때문에 중세 사람들에게 미운털이 박혔다. 또 당시 유럽인들은 고양이의 변화무쌍한 눈동자, 야행성 생활, 독특한 울음소리가 모두 마녀의 특성이며 역병을 전염시키는 원인이라고 생각했다.

더구나 15세기 이후 유럽은 오늘날 과학자들이 말하는 소小빙하기에 속했는데 6월에 눈이 내리는 등 극심한 기상 이변으로 농사를 망치는 경우가 많았다. 따라서 천재지변을 해소할 희생양이 필요했는데, 과학이 발달하지 않은 중세에는 여성이 그 희생양이 되었고 고양이는 여성과 함께 제물로 바쳐졌다. 특히 검은 고양이는 사탄으로 간주되었다.

그래서 마녀 화형식처럼 고양이 화형식이 빈번히 치러졌고 고양이 박해는 오랫동안 계속되었다. 특히 검은 고양이를 키우는 여성이 가장 극심한 고초를 겪었다. 하지만 중세인들은 고양이를 마녀로 여긴 바로 그 생각 때문에 결국 〈검은 고양이〉의 주인공처럼 되레 화를 입었다. 고양이가 급격하게 줄어들자 쥐의 개체 수가 급증했고 흑사병이 대유행했다. 고양이에게 씐 마녀라는 억울한 누명은 자연 과학이 발달하고 나서야 점차 사라졌다.

여성과 고양이를 마녀나 요물로 삼는 관행은 16세기까지 만연했다. 소설 〈검은 고양이〉에도 고양이의 초자연적인 능력을 묘사한 구절이 있다. 주인공이 고양이를 죽이려다 실수로 아내를 죽이고 벽 속에 숨기는데, 도망간 줄 알았던 고양이가 벽 속에서 아내의 시체와 함께 발견된다. 형사들은 아내가 살해된 지 4일 만에 주인공의 집에 들이닥쳤는데, 그렇다면 고양이는 어떻게 나흘 동안 밀폐된 벽 속에서 생존했을까? 산소가 고갈된 벽 속에서 고양이는 나흘을 살았을 뿐만 아니라 날카롭게 울기까지 한다. 현실에서는 불가능한 서사가 아닐 수 없다. 고양이를 진짜 마녀처럼 생각하게 만드는 구절이다.

그렇다면 〈검은 고양이〉의 작가 포는 고양이를 정말 마녀라고 생각했을까? 그렇지는 않다. 소설에 초자연적인 요소를 가미하는 작법은 19세기 소설의 특징이었을 뿐, 포는 그 누구보다 충실한 고양이 집사였다. 하지만 포는 고양이 집사였지 아빠는 아니었다.

반려동물을 키우는 사람은 흔히 반려동물의 아빠나 엄마를 자처한다. 반려동물을 인간의 영역으로 끌어오고 자식과 마찬가지로 여기는 모습은 인간의 오랜 습성으로, 인간만의 구별된 특징인 이성을 동물에게 부여하는 것과 마찬가지다. 에드거 앨런 포는 굳이 반려동물에게 인간이 가진 이성을 부여하지는 않았다. 포는 대신 동물의 본능이 인간의 이성보다 더 뛰어난 능력이라고 평가한 적이 있다. 과연 본능의 가치가 항상 이성보다 열등하다고 할 수 없다. 가령 스포츠 중계에서 인간의 한계를 넘는 듯한 신기한 기술이나 능력을 두고 중계진이 '동물적인 감각'이라고 표현하지 않는가.

근대 이후로는 고양이를 보는 시선이 다소 관대해졌다. 17세기 후반 귀족들은 고양이를 사치품으로 여겼다. 18세기에 들어서 고양이의 독립적인 생활 습관, 신비한 눈, 그리고 우아한 자태에 매료된 사람들은 너도나도 고양이를 반려동물로 키웠다. 확실히 한국 사회는 서양 사회보다 좀 더 오래 고양이를 부정적으로 바라보았다. 고양이를 꼬네이로 불렀던 시절까지는 그랬다.

고양이를 마녀로 치부했던 시절에도 여전히 고양이를 사랑스럽게 여긴 사람들이 있었다. 중세 교회 문헌에는 고양이를 친숙하게 묘사한 부분이 많다고 한다. 특히 평생을 고독하게 살았던 수도사들에게 고양이는 더없이 소중하고 좋은 친구였다. 개인적인 생각인데 개는 손이 많이 가고 사람만 졸졸 따라다니니 노동과 신을 섬기는 직책으로 개인 시간이 부족한 수도사들이 감당하기 어려운 존재였을 테지만, 고양이는 주인에게 의지하지 않고 알아서 자신의 삶을 독립적으로 살아갔으니 수도사와 좋은 친구가 될 수 있지 않았을까 싶다.

중세 수도사가 쓴《판거 밴Pangur Ban》이라는 시를 보면 고양이가 수도사에게 사랑받았던 이유가 확연해진다. "우리는 비슷한 일을 하지/ 쥐를 쫓는 것은 그의 기쁨이고/ 나는 밤새 앉아 낱말을 쫓네", "얼마나 기쁜 일인가/ 작은 방에 함께 앉아/ 각자 제 일을 하며 우리는/ 정신의 즐거움을 느끼네"*라는 구절을 읽으면 수도사와 고양이는 함께 있으면서도 각자 자기 할 일을 하며 그 시간을 즐겼다는 사실을 알 수 있다.

중세 후기에 고양이를 마녀로 생각하는 악습이 생기고 나서도 고양이와 수도사의 애정 전선에는 문제가 없었다. 2013년 크로아티아의 한 대학원생은 둘의 애정을 보여주는 '귀여운' 증거를 발견했다. 그는 박사 논문에 인용할 자료를 찾다가 우연히 15세기 필사본에서 고양이의 흔적을 찾았다. 수도사가 필사한 글에 고양이가 밟고 지나간 발자

* 진중권, 《고로 나는 존재하는 고양이: 문학》, 천년의상상, 2020, 30~31쪽

국이 선명하게 남아 있었다.

수도사에게 필사는 무척 중요하고 비밀스러운 작업이었다. 중세 수도원의 필사실은 출입을 엄격하게 통제했고 심지어는 말을 주고받는 것조차 금지했다. 그런 중요한 일을 하면서도 수도사는 고양이를 따로 격리하지 않고 곁에 두었다. 그만큼 수도사에게 고양이는 둘도 없는 친구였나 보다. 그러나 이 장난꾸러기는 필사본에 발자국을 남기기 전에 분명히 또 다른 사고를 쳤을 테다. 발바닥에 잉크를 묻히려면 먼저 잉크를 바닥에 쏟아야 하지 않겠는가. 잉크를 바닥에 흥건히 엎은 다음 잉크를 묻힌 발로 사정없이 필사본을 밟고 지나간 고양이가 수도사는 얼마나 얄미웠을까.

신이 선택한 세상의 지도자

지나가는 고양이를 함부로 대하면 안 되는 이유를 생각해보자. 성경은 인간이 만물의 영장이며 신을 대신해서 세상을 다스릴 임무를 맡았다고 하지만 원래 그 임무는 사람이 아니라 고양이에게 처음 맡겨졌다는 이야기가 있다. 중국의 고대 신화에 따르면 신이 세상을 창조한 다음 모든 동물을 관리하고 새로 만든 세상이 올바르게 돌아가도록 관리하는 일을 맡긴 존재는 고양이라고 한다.

왜 하필 고양이인가? 고양이가 워낙 생각이 많고 사색을 즐기는 동물이기 때문이다. 아울러 고양이는 신과 소통하고 다른 동물을 효과적으로 관리할 수 있도록 언어를 구사할 수 있는 능력까지 선사받았다. 고양이의 다스림 아래 세상은 한동안 잘 돌아갔다.

하지만 고양이는 점차 자신의 임무를 게을리했다. 세상일을 돌보기보다 따뜻한 햇볕 아래 낮잠 즐기기를 더 좋아했다. 신이 이 문제를 질책하자 고양이는 자신은 세상 돌아가는 데 별 관심이 없으며 그저 포근한 풀밭을 뒹굴고 나비를 쫓아다니는 일상이 더 좋다고 대답해버린다. 그래도 신은 다시 좀 더 성실하게 세상을 다스려달라고 부탁했고 고양이는 그러겠다고 말했다. 그러나 고양이는 타고난 품성 때문인지 또 게으름을 피우더니 결국 자신보다 성실하게 세상을 관리할 다른 동물을 신에게 추천하기에 이른다. 고양이가 신에게 추천한 동물이 바로 사람이다. 신은 고양이에게 주었던 언어 능력을 빼앗아 가고 마음껏 게으름 피우며 삶을 즐길 수 있는 자유를 주었다.

우리는 이 중국 신화에서 고양이에 대한 몇 가지 중요한 사항을 생각해볼 수 있다. 첫째, 고양이가 원래 언어 체계를 가졌던 동물이라는 사실이다. 나는 평생 고양이를 키워본 적이 없어서 잘 모르지만, 고양이를 키우는 사람들은 이 녀석이 혹시 말을 할 줄 아는 것이 아닌가 하고 생각하는 순간이 많다고 한다. 과연 고양이 영상을 보면 고양이의 울음은 확실히 그 억양이나 표정에서 꼭 주인의 말에 대답하는 듯한 느낌이 든다. 더 재미난 이야기는 야생 고양이에게선 사람과 함께 사는 고양이의 다양한 '야옹' 소리, 즉 집사에게 마치 말을 거는 듯한 이 소리를 들을 수 없다고 한다. 정말 집사와 함께 사는 고양이는 언어를 사용해 의사 표시를 하는지도 모른다.

둘째, 고양이는 어쩌면 인간보다 더 똑똑할 수도 있다는 점이다. 고양이는 영국의 에드워드 8세처럼 왕위 따위 양보하고 자신의 개인적인 행복을 선택한 동물이다. 골치 아픈 일은 다른 동물에게 맡기고 자신은 편하게 즐거움을 누리면서 사는 모습은 퍽 지혜로워 보인다. 무엇보다 고양이는 인간보다 먼저 세상을 다스릴 막중한 임무를 신에게 부여받은 동물이지 않은가.

셋째, 우리는 고양이가 쓸데없이 잠을 많이 자는 모습에서 고양이가 철학적인 동물이라는 점을 잡아내야 한다. 잠은 활동을 열심히 했다는 증거다. 혹시 고양이가 늘 피곤한 이유는 생각을 너무 많이 하기 때문은 아닐까? 정신 활동은 육체 활동만큼이나 에너지를 많이 소비한다. 고양이를 유심히 살펴보면 꼭 뭔가를 골똘히 생각하는 것 같다. 그렇다. 고양이는 게을러 보여도 사실은 매우 정신적이고 철학적인 동물이다.

세상에서 가장 문학적인 술, 위스키

《해변의 카프카》, 무라카미 하루키

《알코올과 작가들》, 그레그 클라크, 몬티 보챔프

《해변의 카프카》를 읽다 보면 무라카미 하루키가 음악과 책을 얼마나 사랑하는지 실감한다. 글을 쓰는 작가이니 어쩌면 당연하겠지만, 그럼에도 소설에 이토록 다양한 음악과 책을 등장시키는 작가는 많지 않다. 15살에 가출한 소년이 주인공인 이 소설에는 윌리엄 셰익스피어, 나쓰메 소세키, 윌리엄 버틀러 예이츠, 안톤 체호프, 프란츠 카프카, 장 자크 루소, 앙리 베르그송 등 다양한 문인과 철학자가 장르를 불문하고 등장한다. 또 베토벤, 슈베르트, 모차르트, 하이든을 비롯한 고전 음악가와 팝가수가 수시로 나온다. 하루키 자신이 이 소설에 자신이 쓰고 싶었던 소재를 원 없이 집대성하고 싶었다는 포부를 밝혔으니 이 소설에 나오는 음악과 책들은 그가 진심으로 사랑한 작품들의 목록임이 분명하다.

중세 라틴어 성가를 들으면서 움베르토 에코의 《장미의 이름》을 읽으며 느꼈던 운치를 생각하니 문득 베토벤의 〈대공 트리오〉를 들으며 읽는 《해변의 카프카》는 어떤 기분일지 궁금해졌다. 소설에는 등장인물들이 〈대공 트리오〉를 듣는 장면이 자주 나오는데, 그 구절을 읽다가 나도 모르게 음악을 틀었다. 어쩌면 하루키가 해당 음악과 소설 구절의 조화를 고려했겠다 싶을 정도로 음악과 소설은 잘 어울렸다.

《해변의 카프카》는 800쪽에 달하는 긴 소설이지만 지루할 틈이 전혀 없다. 음악이 얼마나 자주 등장하는지 마치 음악을 들으면서 책을 읽는 듯한 착각이 들 정도다. 또한 책의 주요 소재인 위스키는 하루키뿐만 아니라 세계 각지의 문학 대가들의 문학적 영감이 되었다. 문학과 술이라는 주제는 나 같은 문학 애호가들에게 부인할 수 없이 매력적인 소재다. 《알코올과 작가들》도 작가들이 애호하던 술과 그들만의 레시피, 관련된 일화까지 소개하니 재미가 없을 수 없다.

무라카미 하루키와 '조니 워커'

그런데 대학을 졸업하기 전 재즈 바를 7년이나 운영한 전직 바텐더로 술을 음악 못잖게 사랑했던 하루키는 《해변의 카프카》에서 술을 잠시 잊은 걸까? 과연 이 소설에는 다양한 종류의 술도, 하다못해 등장인물들이 술을 마시는 장면도 별로 나오지 않는다. 기껏해야 청년 호시노가 겨우 맥주 한 캔을 마시고 얼굴이 벌게지고 거나하게 취하는 장면 정도다. 그러나 이 소설에서 술은 누구도 시도하지 않은 드라마틱한 장치로 등장한다.

어렸을 적 겪은 의문의 사고로 읽지도 쓰지도 못하며 기억력이 매우 나쁜 나카타는 이웃 주민들이 잃어버린 고양이를 찾아주는 일로 생계를 유지한다. 거창하게 말하면 고양이 탐정이 되겠다. 나카타는 고양이와 대화할 수 있는 신기한 재주가 있어 고양이들을 탐문 수사하며 가출한 고양이를 찾는다. 어느 날 의뢰받은 고양이를 찾다가 만난 큰 개의 안내를 따라 한 저택에 도착하는데 저택에는 길고 검은 모자와 지팡이를 든 이상한 사람이 기다리고 있었다. 그는 고양이를 잡아다가 산채로 심장을 꺼내 먹은 다음 목을 잘라서 냉장고에 보관하는 흉측한 사람이었다. 나카타는 고양이를 구하기 위해 검은 모자 신사를 죽인다.

이 검은 모자의 신사가 바로 '조니 워커'다. 뭔가 익숙하지 않은가? 그렇다. 고양이 심장을 꺼내 먹는 흉악한 범인은 바로 위스키 브랜드 '조니 워커'의 로고 속 그 신사다. 긴 모자와 지팡이를 들고 날렵하게 걸어가는 '조니 워커'의 로고를 의인화해서 소설에 등장시킨 것이다.

과연 전직 바텐더답게 하루키는 자신이 좋아하는 위스키를 소재도 아닌 소설의 주요 인물로 등장시켰다. 이 얼마나 위스키를 향한 독특하고 숭고한 애정 표현인가? 하루키는 끊임없이 작품 속에 자신이 사랑했던 술을 등장시켰다. 대표작인 《노르웨이의 숲》의 주인공 와타나베는 걸핏하면 위스키를 즐긴다. 와타나베는 여자를 생각하면서도, 야한 영화를 보고 나서도 위스키를 마신다. 《1Q84》나 《기사단장 죽이기》의 작중 인물들도 심심찮게 위스키를 마신다. 하루키는 위스키를 맛보기 위해 아내와 스코틀랜드와 아일랜드를 여행하기도 했다. 조니 워커 이야기가 나와서 말인데 1950년대에 잘생긴 얼굴과 말쑥한 양복, 세련된 매너로 명동을 주름잡았던 시인 박인환도 조니 워커 마니아였다. 얼마나 조니 워커를 좋아했는지 그가 불과 스물아홉 살의 나이로 요절했을 때 동료 문인들이 그의 관에 조니 워커를 넣어주었다고 한다.

무라카미 하루키는 좋아하는 위스키를 작품에 등장인물로 등장시키는 방법으로 술을 향한 사랑과 흥미로운 에피소드를 우리에게 선사했다. 다른 문인들의 위스키 사랑은 어땠을까?

제임스 조이스와 '존 제임슨 앤 선'

무라카미 하루키가 사랑한 위스키만큼 대중문화와 어울리는 특징을 가진 술도 드물다. 확실히 위스키를 떠올리면 야성적인 매력이 넘치는 스코틀랜드 사람, 냉혹한 미국 서부의 청부 살해업자, 하드보일드 추리소설의 탐정이 연상된다.

그렇다. 위스키는 세상에서 가장 문학적인 술이다. 단맛의 쾌락을 제공하는 지극히 세속적인 마카롱이라는 간식을 수녀원의 수녀들이 개발한 것처럼, 게일어로 '생명의 물uisge beatha'을 뜻하는 위스키는 스코틀랜드 수도사들의 손에 발명되었다. 그들은 자신이 사는 곳이 포도 재배와 포도주 생산에 적합하지 않다는 슬픈 현실을 일찌감치 인정하고 골똘히 대체물을 찾았다. 그 결과물이 스코틀랜드에서 흔히 찾을 수 있는 곡물을 발효하고 증류해서 만든 위스키다.

영국의 뛰어난 소설가인 그레이엄 그린은 문학사에 길이 남을 음주 장면 하나를 남겼다. 1958년에 발표한 《아바나의 사나이Our Man in Havana》의 주인공 제임스 워몰드는 낮에는 진공청소기 영업 사원으로, 밤에는 유능한 간첩으로 활동한다. 어느 날 한 사람과 체커(체스판에 말을 놓고 상대의 말을 모두 잡으면 이기는 게임)를 하면서 위스키 미니어처 병을 말로 사용한다. 워몰드는 이렇게 내뱉는다. "상대 말을 따먹으면 그 말로 쓴 술을 마시기로 하지요." 이 장면에 등장한 위스키가 조니 워커 레드다. 《해변의 카프카》에 나오는 조니 워커보다 확실히 문학적이고 기발하지 않는가.

《율리시스》라는 문학사에서 가장 난해한 소설을 남긴 제임스 조이스는 수많은 동시대의 술고래 작가들과 달리 가벼운 음주를 즐겼다. 그의 소설은 많은 독자에게 술 취한 술꾼의 횡설수설처럼 읽히지만 정작 작가 자신은 언제나 또렷한 정신으로 글을 썼다니 재미난 일이다.

그래도 조이스의 위스키 사랑이 지나쳤던 모양인지 그는 말년에 녹내장과 관절염에 시달리고 치아가 빠지는 등 건강이 악화했다. 이 당시에 조이스는 《율리시스》보다 더 난해하다고 알려진 《피네간의 경야》를 집필하고 있었는데 초반부터 글이 잘 풀리지 않아 낙심했다. 어쩔 수 없이 원고를 마감하지 못할 경우를 대비해 공저자의 힘을 빌리는 방향을 염두에 두었는데, 고심 끝에 낙점한 사람이 제임스 스티븐슨이었다. 그가 자신과 친하다거나 신뢰할 만하다고 생각했기 때문이 아니었다. 제임스 스티븐슨과 공저를 하면 그가 사랑했던 더블린 위스키 '존 제임슨 앤 선John Jameson & Son'의 첫 글자인 "JJ&S"를 책 표지에 넣을 수 있기 때문이었다.

윌리엄 포크너의 '민트 줄렙'

미국 남부 출신의 노벨문학상 수상 작가인 윌리엄 포크너는 위스키를 가장 열렬하게 사랑한 작가였다. 1897년 미시시피주에서 태어나 대부분의 인생을 그곳에서 보낸 포크너는 1918년 위스키를 처음 만나 인생의 반려자로 삼았다. 그는 고등학생 시절 연인이었던 에스텔 올덤이 다른 남자와 결혼해버린 불행을 비관하며 위스키에 의존했다. 그러니까 인생의 반려자로 생각한 여자를 잃고 새로운 반려자로 위스키를 만난 셈이다. 고향을 떠나 코네티컷주에서 문학을 공부했지만 평정심을 되찾지 못하고 버번위스키를 매일 1리터 가까이 마셨다. 실연이 이토록 무섭다. 우여곡절 끝에 1926년 발표하고 문단에서 좋은 평을 받은 첫 소설《병사의 보수Soldier's Pay》에는 이런 문장이 등장한다. "어머니의 애정만 한 것이 세상에 어디 있을까? 훌륭한 위스키를 마시는 일을 제외하고 말이다."

1929년에 포크너에게 희소식이 들려온다. 자신을 떠나 다른 남자와 결혼했던 에스텔이 이혼했다는 소식이었다. 포크너는 두 달 뒤 에스텔과 결혼했다. 떠났던 옛사랑이 돌아오자 문학적인 천재성도 돌아왔는지 포크너는 그 유명한 걸작, 《소리와 분노》를 발표하기에 이른다. 그렇지만 폭음하는 버릇은 고치지 못해서 《내가 죽어 누워 있을 때》를 술에 취한 상태에서 집필했노라고 고백했다. 글을 쓸 때 위스키가 늘 손에 닿는 곳에 있었다고 한다.

포크너는 1950년 노벨문학상을 받고 나서도 여전히 버번을 마시며 음주에 합당한 이유를 댔다. 포크너는 인후염과 허리 통증을 비롯한 자신의 여러 지병을 '치료'하려면 위스키를 마셔야 한다고 우겼다. 심장 마비로 별세한 그의 묘비명 '내 야망은 역사에 묻혀 없어진 한 사람의 개체로 남는 것이다'를 평소 그의 지론대로 고쳐 쓴다면 '일을 할 때 나는 펜, 종이, 먹거리, 담배, 그리고 약간의 위스키만 있으면 된다' 정도가 되지 않을까. 포크너가 가장 좋아한 위스키는 잭 다니엘과 올드 크로우였다.

병을 치료하기 위해 위스키를 마셔야 한다고 주장한 윌리엄 포크너의 지론을 실천해 큰 부자가 된 사람이 있었다. 미국에 금주법의 서슬이 퍼렜던 시절 가장 유능한 위스키 밀매업자였던 조지 리머스였다. 형사전문변호사였던 그는 자신의 특기를 발휘해 정부가 공인한 의료용 위스키는 매매할 수 있다는 법의 허점을 파고들었다. 증류소와 제약회사가 있으면 합법으로 엄청난 위스키를 거래할 수 있다는 사실을 알게 된 그는 의료용이 아닌 먹고 취하는 용도의 술을 불법적으로 판매

했다. 막대한 부를 축적했지만 결국 덜미가 잡혔고 1921년 유죄를 선고받았다. 그 시기에 조지 리머스를 유심히 지켜본 한 소설가가 있었으니 바로 1925년《위대한 개츠비》를 발표한 F. 스콧 피츠제럴드다. 피츠제럴드는 한 호텔에서 실제로 '밀매업의 황제' 조지 리머스를 만난 적이 있으며 그를 모델로 소설을 썼다.

위스키를 치료용 약으로 생각한 문인이 또 있었다. 피츠제럴드보다 세 살 아래인 어니스트 헤밍웨이다. 그는 1925년에 유명 작가가 된 피츠제럴드를 프랑스 파리의 한 호텔에서 우연히 만났다. 그때 몸이 불편했던 피츠제럴드는 자신이 폐병에 걸렸을까 봐 걱정했다. 그러자 마초 중의 마초인 헤밍웨이는 버럭 화를 내면서 이렇게 말했다. "이것 봐. 스콧, 걱정하지 말라고. 감기를 예방하는 제일 좋은 방법이 뭔지 아는가? 그냥 가만히 누워 있는 거라고. 내가 자네 몫까지 위스키 레모네이드를 시킬게." 헤밍웨이는 말한 대로 레모네이드와 더블샷 위스키를 두 잔 주문했고 두 음료를 섞어서 만든 위스키 칵테일을 피츠제럴드에게 마시게 했다. 과연 그의 컨디션이 돌아오자 이에 고무받은 헤밍웨이는 위스키 칵테일을 두 잔 더 마시게 했다. 그러나 헤밍웨이의 처방이 과했는지 후배의 말만 믿고 위스키를 연거푸 마신 피츠제럴드는 실신하기에 이른다.

비록 스카치위스키와 레모네이드를 섞어서 만드는 칵테일이 심약한 피츠제럴드는 기절하게 만들었지만 마크 트웨인이라는 필명으로 유명한 새뮤얼 랭혼 클레먼스에게는 약이 되었던 모양이다. 원래 조국인 미국의 증류주 버번위스키를 사랑했던 애국주의자 마크 트웨인은 1873년 잉글랜드에 여행을 갔다가 운명처럼 만난 스카치위스키 칵테일에 반해서 버번위스키를 헌신짝처럼 버렸다. 그러곤 얼마나 급했는지 여행지 호텔에서 아내에게 이런 편지를 보냈다. "나의 사랑 리비, 내가 집에 되돌아갈 때쯤 욕실에 스카치위스키 한 병, 레몬 하나, 설탕 약간, 앙고스투라 비터스(칵테일 재료) 한 병을 꼭 준비해줘. 반드시 기억하고 똑같이 해줘." 스카치위스키 칵테일의 효험에 큰 도움을 받았는지 마크 트웨인은 1876년《톰 소여의 모험》을 발표하고 미국을 대표하는 작가에 등극한다.

마크 트웨인이 처음부터 아내인 올리비아에게 술상을 대령하라는 식의 편지를 쓰지는 않았다. 마크 트웨인은 무려 열일곱 번의 프러포즈 끝에 아내와 결혼에 성공한 사연으로 유명하다. 마크 트웨인이 아내에게 스카치위스키를 욕실에 준비해달라는 편지를 쓰기 불과 4년 전 편지의 한 구절이다. "리비, 내가 당신을 사모하는 이치는 이슬이 꽃을 사랑하는 것과 같고, 새가 햇볕을 사랑하는 것과 같고, 파도가 바람을 사랑하는 것과 같고, 어머니가 첫 자식을 사랑하는 것과 같고, 기억이 낯익은 얼굴을 사랑하는 것과 같고, 간절한 밀물과 썰물이 달을 사랑하는 것과 같고, 천사가 가슴속의 순정을 사랑하는 것과 같다오."

마크 트웨인은 조국의 술 버번을 배신했지만, 미국의 또 다른 술꾼 작가 노먼 메일러는 버번을 고집하며 스카치위스키에는 입도 대지 않았다. 그는 이렇게 당당히 주장했다. "나는 미국 소설가입니다. 미국 술

버번만 마시죠. 그게 바로 나처럼 위대한 작가와 절대로 위대한 작가가 되지 못한 작가의 다른 점입니다. 위대한 소설가는 스카치위스키와 버번을 구분할 줄 알거든요." 노먼 메일러는 1923년생이고 마크 트웨인은 1835년생이다. 노먼 메일러가 마크 트웨인을 몰랐을 리는 없으니 대놓고 스카치위스키로 전향한 선배 작가를 비꼬려는 의도는 아니었을까?

위스키가 페미니즘에 던진 파문

위스키가 페미니즘의 형성에 적지 않은 기여를 했다는 사실을 아는 사람은 많지 않다. 1950년대 중반 그레이스 메탈리어스가 발표한《페이턴 플레이스Peyton Place》는 미국 사회에 큰 충격을 주었다. 소설에 등장하는 뉴햄프셔의 가정주부가 위스키를 즐겨 마시기 때문이다.

이게 왜 충격인지 모르겠다는 사람도 있겠다. 미국은 1920년경이 되어서야 여성에게 참정권을 부여했다. 1950년대에 대부분의 미국 여성이 가정주부였으며 직업을 따로 갖는다는 것은 상상도 할 수 없었다. 대학 진학은 공부보다는 결혼이 목적이었으며 요리를 할 때 하이힐을 신어도 전혀 이상하지 않았던 시대다. 즉 편리함이라는 가치는 여성과 아무런 관련이 없었다.

젊은이들이 로큰롤에 맞춰 춤을 춘다는 사실만으로도 기성세대가 혀를 차던 시대에 가정주부가 버젓이 위스키를 즐긴다는 소설의 묘사는 당시 미국인들에게 큰 파문을 던지기에 충분했다. 남성 위주의 사회에서 숨을 죽이고 살던 여성들은《페이턴 플레이스》의 애독자가 되었고 여권 신장에 눈을 떴다. 그리고 작가인 그레이스 메탈리어스는 부와 명예를 누렸을 뿐만 아니라 미국 페미니즘의 선구자가 되었다.

하지만 그녀는 소설 한 권으로 세상이 쉽게 바뀌지 않는다는 명제를 극명히 증명하기도 했다. 명성과 악평이 동시에 오가는 혼란에 메탈리어스는 담배와 술에 의지했다. 온갖 소송에 휘말렸으며 남편은 직장에서 쫓겨났고 자식들은 괴롭힘을 당했다. 급기야 그녀의 결혼생활은 종지부를 찍었고, 그녀는 7년간 비참한 생활을 이어가다가 결국 서른아홉 살의 나이로 세상을 떠나고 만다.《페이턴 플레이스》는 뉴욕타임스 베스트셀러 자리를 59주 동안 지켰으며 미국에서 오랜 기간 가장 많이 팔린 소설로 남았다. 순위를 이어받은 소설은 마거릿 미첼이 1936년에 발표한《바람과 함께 사라지다》다.

위스키는 온갖 종류의 술이 태어나고 사라지는 술의 세계에서 마치 항공 모함처럼 흔들리지 않고 굳건하게 자리를 지키는 증류주다. 그만큼 위스키의 역사는 길고 깊다. 증발과 응축을 거쳐서 불순물을 제거하고 액체 형태의 정수만을 추출하는 과정은 이미 기원전 2,000년경 중국, 이집트, 메소포타미아에도 존재했다. 증류 기술은 세월이 흐르면서 조금씩 유럽으로 전파되었고 유럽인들은 미국이라는 신대륙에 증류주를 가지고 갔다. 아주 오랫동안 유럽이 위스키의 종가 노릇을 해왔지만 전 세계에서 위스키 제조 기술이 발달하고 종류가 많아지면서 유럽은 이제 '우리가 최고'라고 주장하기 어려운 처지가 되었다.

조지 버나드 쇼는 최고의 술꾼은 아니지만 위스키에 최고의 찬사를 남겼다. "위스키는 액체에 스며든 햇빛이다."

개는 언제부터 인간과 함께했을까

《이별의 순간 개가 전해준 따뜻한 것》, 아키야마 미쓰코

《인간은 어떻게 개와 친구가 되었는가》, 콘라트 로렌츠

시골에 홀로 계셨던 어머니가 새벽녘 들판에서 뇌출혈로 쓰러지셨을 때 어머니를 살린 것은 수위를 맴돌며 맹렬히 짖던 어머니의 반려견이었다. 어머니와 온종일 같이 지내면서 집과 들판을 오갔던 이 잡종견은 주인이 쓰러지자 도움을 요청하기라도 하듯 사력을 다해 크게 짖었고 그 소리를 듣고 뭔가 문제가 생겼음을 눈치 챈 이웃 주민이 마침내 어머니를 발견하고 병원으로 이송했다. 어머니는 오랫동안 투병 생활을 하신 끝에 결국 돌아가셨고 나는 여전히 때때로 어머니를 그리워하며 눈시울을 붉힌다. 맛난 음식을 먹을 때면 진즉 어머니에게 맛보이지 못했다는 후회를 하게 된다.

《이별의 순간 개가 전해준 따뜻한 것》에는 사람과 반려견의 아름다운 추억, 슬픈 이별뿐만 아니라 반려견이 가져온 놀라운 힐링 효과를 주제로 열 편의 짧은 이야기가 담겨 있다. 이 소설집을 읽으면서 나는 어머니에게는 반려견과 함께한 다른 인생이 있었겠다는 사실을 알게 되었다. 홀로 농사를 지으셨던 노년의 어머니께서는 반려견이라는 단어조차 알지 못하셨을 테고 반려견에게 특별한 수의학적 보살핌이라든가 고급 먹거리를 제공하지 않으셨을 테다. 다만 내가 어린 시절부터 그러셨듯이 '말 못 하는 짐승'이라고 무시하지 않고 자식처럼 대하셨으리라. 어머니는 음식을 전혀 사 드시지도 않고, 수십 리를 오가는 고된 여정을 마치고 집에 돌아왔을 때조차 '소 밥'부터 챙기는 분이셨으니까.

어머니는 단 한 번도 반려견과 나눈 행복과 위안을 말씀하지 않으셨다. 그러나 반려견이 어머니에게 얼마나 큰 위로를 주고 외로움을 달래주었을지 이제는 알 것 같다. 어머니는 분명 반려견에게 사람처럼 말을 건넸을 테고 가끔 삶의 고단함을 하소연하기도 했을 테다. 어머니는 특별한 일이 아니고서는 집을 비우는 분이 아니셨으니 어머니와 반려견은 종일 같이 지냈음이 분명하다. 집과 들판을 오가는 길이 곧 산책길이었을 것이다.

어머니는 뇌출혈로 쓰러지신 이후 다시는 집에 가지 못하고 돌아가셨다. 요양원에 계실 때 집에 가보고 싶지 않냐고, 내 차를 타고 마을과 집을 한번 둘러보지 않겠냐고 몇 번 여쭈었을 때 어머니는 완강하게 고개를 가로저으셨다. 새삼 생각해보니 어머니가 눈을 감는 순간 추억의 필름이 돌아갈 때 집에 두고 온 반려견이 한 페이지를 차지하지는 않았을까. 반려견과 어머니가 서로를 얼마나 그리워했을지 생각하면 통탄하게 된다. 그리고 돌아가신 어머니를 그리워하다 보면 사람이 얼마나 자기중심적인지를 느낀다. 어머니를 어디 나만 그리워하겠는가? 어쩌면 나보다 어머니의 반려견이 어머니를 더 그리워하면서 세상을 떠났을 텐데 말이다. 한 번도 내색하지 않으셨지만, 어머니도 그 강아지가 궁금하고 보고 싶지 않으셨을까.

나는 어머니의 임종 전까지 어머니와 반려견의 사랑을 생각하지 못하고 살았다. 평생 남에게 해코지하는 법을 모르고 사셨으니 어머니는 분명 천국에 계실 게다. 그렇다면 어머니가 반려견과 천국에서 나란히 산책하고 계신다면 얼마나 좋을까.

개의 존재로 희망을 다져온 인간

내가 유독 열심히 챙겨 보는 유튜브 채널이 있다. 일흔을 바라보는 할아버지가 산골에서 혼자 살면서 진돗개 몇 마리를 키우는 콘텐츠다. 편집이 세련되지도 않고 말솜씨가 현란하지도 않다. 나는 반려동물을 키우지는 않지만, 만약 키운다면 개를 키울 것 같다. 아마 내가 시골에서 개를 키우는 유튜브 채널을 좋아하는 이유도 내가 이룰 수 없는 꿈을 대리만족하려는 마음 때문 아닐까 생각을 한다. 개를 좋아하지 않다가 우연히 어쩔 수 없이 키우게 된 반려견과 사랑에 빠진 지인이 있다. 그 지인과 식사할 기회가 있었는데 밥을 먹다 말고 구석에서 영상

통화를 하며 유치원생 자식에게 할 법한 말투로 조곤소곤 나정하세 말을 하길래 누구냐고 물었더니 반려견이라고 한다.

그분은 장거리 외출을 하면 개가 혼자 지내면서 주인이 보고 싶다고 목이 쉴 정도로 울어댄다며 빨리 집에 돌아가려고 안절부절못한다. 듣자 하니 온 가족의 사랑을 독차지하는 그 반려견은 나쁘게 말하면 버릇없이 자란 외동 같은 느낌이다. 혼자 지내는 시간을 참지 못하고, 가끔 실수라고는 하지만 주인도 문다. 반려동물을 키워본 적이 없는 나는 궁금해진다. 그런 고행을 감수해가면서 왜 굳이 반려견을 키울까. 언젠가 그분이 이렇게 말씀하셨다. "반려견 없이는 온 가족이 종일 웃을 일이 없으며 무슨 재미로 인생을 살아갈지 암울하다." 그 말을 듣고 조금 과장된 표현이 아닌가 싶었는데 《이별의 순간 개가 전해준 따뜻한 것》을 읽다 보니 그럴 수도 있겠다고 수긍이 간다.

나는 총 다섯 명의 아이를 담임하고 있다. 시골 중학교의 어쩔 수 없는 현실인데 함께 산책하기에는 딱 좋은 인원이다. 그래서 우리는 자율 활동 시간에 동네를 돌아다니면서 골목 구경을 자주 한다. 우리가 가장 좋아하는 곳은 시바견과 고양이 다섯 마리가 사는 집이다. 시바견은 실물로 처음 보았는데 역시 귀엽고 앙증맞더라.

그런데 오늘 시바견을 어루만지다가 깜짝 놀랐다. 너무 가는 목줄을 해놔서 목줄이 닿는 부분에 털이 다 빠지고 심지어 속살이 고스란히 드러난 채였다. 목줄이 당기면 분명히 아플 텐데 시바견은 사람만 오면 안기고 싶어서 어쩔 줄을 몰라 닿지 않을 사람을 향해 뛰어오른다.

우리 반 아이의 말에 따르면 "사람 손이 많이 탄 개"라고. 그래서 낯선 사람이 가도 짖지 않고 반겨준다.

그 시바견은 혼자 있을 때는 분명히 가만히 웅크리고 얌전하게 목줄이 당기지 않는 범위에서 걸어 다닐 것이다. 그 개는 속살이 드러날 만큼 사람에게 안기고 사랑받고 싶어서 몸부림쳤나 보다. 사람이 그 개처럼 자신의 몸에 상처를 낼 정도까지 타인을 사랑한다면 세상이 얼마나 아름다워질까 생각하게 된다. 누군가를 그토록 사랑해본 사람이 얼마나 있을까도 생각하게 되고.

《이별의 순간 개가 전해준 따뜻한 것》에는 아름답다기보다는 눈물겨운 사연이 많다. 선천적으로 콩팥에 문제가 있어서 평생 인공 투석을 해야 하는 견주와 사고로 뒷다리가 마비된 반려견의 이야기가 그렇다. 평생 투석을 해야 하는 처지라 사귀던 남자에게 이별을 통보받고 직장마저 그만둔 견주는 뒷다리가 마비된 상태에도 주인에게 다가오려고 발버둥을 치는 반려견을 보고 삶에 새로운 의욕을 갖는다. 뒷다리가 마비되어 제힘으로는 걸을 수 없는 반려견이 주인에게 다가가겠다고 필사적으로 버둥버둥 자신의 몸을 움직인다.

일흔여섯의 견주와 열여섯 살 반려견의 슬프고 아름다운 사연도 감동을 준다. 견주 할아버지는 암 환자지만 입원을 하지 않는다. 무슨 일이 있어도 집에서 세상을 떠나겠다는 의지를 다진다. 이유를 짐작하기는 어렵지 않다. 자신이 입원하면 반려견은 주인을 잃고 외로움에 고통받을 것을 잘 알기 때문이다. 결국 할아버지는 반려견을 남기고 세상을 먼저 떠난다. 반려견보다 먼저 죽지 않으려는 평생의 소원은 무산되었지만, 할아버지는 자신이 죽고 나서도 늙은 반려견을 보살펴줄 이웃 초등학생을 남긴다. 이웃 초등학생은 반려견을 원치 않는 부모를 설득하고 할아버지와의 약속을 지킨다. 소설 속 등장인물에게, 그것도 아이에게 난생처음 존경심을 느꼈다.

먼저 세상을 떠난 아내의 무덤에 평소 아내가 좋아하던 반려견과 닮은 개를 데리고 찾아가는 할아버지의 이야기도 눈물겹다. 직장에서 인정받지 못하고 패배주의에 절어 있던 한 청년이 우연히 학대를 받아서 자신처럼 무기력한 반려견을 키우게 된 이야기도 있다. 반려견을 키우고 상처를 보듬어주는 과정에서 청년은 자신이 누군가에게 꼭 필요한 존재이며 자신에게도 꼭 지켜야 할 존재가 생겼다는 생각에 직장에서 완전히 다른 사람이 된다. 적극적이고 창의적인 인재로 거듭난 것이다. 치매에 걸린 노인이 반려견을 키우게 되면서 원기를 서서히 회복해가는 이야기를 읽을 때는 반려동물이 인간에게 얼마나 큰 힐링과 위안을 주는지를 실감했다.

무지개다리, 잠시간의 이별

나처럼 책에서 남들이 알지 못하는 재미난 지식을 얻으려고 요리조리 살피는 독자에게 《이별의 순간 개가 전해준 따뜻한 것》은 큰 선물을 준다. 반려견이 죽었을 때 쓰는 '무지개다리를 건너다'라는 말이 어디에서 시작되었는지를 알려주기 때문이다. 불행하게도 '무지개다리 The Rainbow Bridge'라는 말의 원작자가 누구인지는 알 수 없다고 한다. 그러나 무지개다리라는 말을 처음 명문화한 〈무지개다리〉라는 작자 미상의 영문 산문시는 미국 전역에 전파되었고 이제 이 말을 모르는 사람은 드물다. '무지개다리'를 탄생시킨 산문시는 이렇게 시작한다.

천국 바로 앞에 걸린 '무지개 다리',
이 땅에 있는 누군가와 특별한 사이였던 동물들은,
멀리 여행을 떠난 뒤, 이 다리로 향합니다.
다리 건너에는 초원과 언덕이 펼쳐져 있어,
누군가에게 있어 특별한 '파트너'였던 동물들은,
같이 뛰고 장난도 치며 놀고 있습니다.
먹을 것도 마실 물도 듬뿍, 햇살이 내리쬐면,
모두가 모여 따뜻하게 누워 쉽니다.

한때 병으로 아파하던 아이도, 나이를 먹은 아이도, 밝고 건강하게 힘을 되찾고,
상처 입은 아이도, 몸에 자유를 빼앗긴 아이도, 튼튼한 몸을 되찾습니다.
그리운 그 시절을 꿈꿀 때 나타나는 아이들의 모습 그대로,
동물들은 행복감에 푹 빠져 만족하고 있습니다.
다만 딱 한 가지를 빼면…….

그 아이들에게 있어 가장 소중하고 무엇과도 바꿀 수 없는 존재지만,

땅 위에 남겨져야만 했던 누군가가 없어, 쓸쓸한 것만 빼면.*

운명처럼 시작된 동반자의 관계

예전에 내가 좋아했던 드라마에 이런 내용이 있었다. 한 부부가 딸을 입양했는데 그 부부는 그 딸을 '하늘이 내려준 선물'로 여기고 금지옥엽으로 키운다. 세월이 흘러 딸은 시집을 갔지만 출산을 못 한다는 이유로 친정으로 쫓겨난다. 같은 사람인데 누구에게는 하늘이 내려준 선물이고 누구에게는 자식을 낳는 도구에 지나지 않을 수도 있다는 사실에 분노가 치밀었다.

개도 마찬가지다. 어떤 주인에게는 자식이나 다름없지만 다른 주인에게는 그렇지 않은 경우가 많다. 나는 짧은 목줄로 묶인 개를 볼 때마다 분노하게 된다. 개의 주인은 반려동물을 키운다고 생각하지 않고 비용이 적게 드는 도난방지시스템을 가동할 뿐이다. 적어도 그들이 다른 생명체에게 조금의 연민이라도 느낀다면 목줄을 조금이라도 길게, 그리고 너무 무겁지 않게 묶어 둘 것이다. 상상해보라. 개는 사람이 느끼는 감정 대부분을 가진 생명체다. 그리고 활기차게 뛰어다니기를 좋아한다. 개를 평생 짧은 목줄로 묶어 두는 일만큼 잔인한 짓이 있을까.

---

* 아키야마 미쓰코, 《이별의 순간 개가 전해준 따뜻한 것》, 손지상 역, 네오픽션, 2017, 189~190쪽

그런데도 평온하고 해탈한 모습을 보이는 개를 볼 때마다 부처가 살아 있다면 저런 모습이 아니겠냐는 생각이 든다.

개는 원래부터 사람의 재산을 지켜주는 용도로 이용되었을까? 《인간은 어떻게 개와 친구가 되었는가》에서 콘라트 로렌츠는 개의 조상인 자칼과 인간이 처음 만난 순간까지 역사를 거슬러 올라간다. 자칼과 인간이 처음 만난 순간으로 되돌아가 보자. 인간이 변변찮은 옷도 걸치지 못하고 기껏해야 뼈를 뾰족하게 갈아서 만든 창으로 사냥을 해서 먹고살던 시절 말이다.

생김새는 오늘날의 인간과 별반 다르지 않지만, 당시 인간의 행동거지는 언제나 불안한 눈초리로 주변을 경계하며 살아가는 겁 많은 야생동물과 비슷했다. 인간은 언제나 더 강한 맹수에게 쫓겼고 강하고 매서운 맹수의 먹잇감이 되기도 했다. 잠은 주로 불을 피워놓고 주변에 널브러져 잤는데 어느 순간부터 개의 조상인 자칼이 근처에 접근했다. 자칼 또한 불의 온기가 필요했으리라.

인간은 미처 몰랐겠지만, 자칼 무리가 인간을 둘러싸고 주변에 머무르는 순간에는 다른 위협적인 동물들이 감히 접근하지 못했다. 다른 동물이 접근하면 자칼이 아르렁거리며 쫓아낸 덕에 인간은 좀 더 안정한 잠을 잘 수 있었다. 사실 당시 인간은 자면서도 다른 동물의 위험에 촉각을 곤두세워야 해서 만성 수면 부족에 시달렸다. 그러나 인간은 개가 수면과 안녕을 도와준다는 사실을 모르고 개가 접근하면 돌팔매질을 하기 일쑤였다. 개가 자신들을 공격하고 음식을 빼앗아 갈까 두려워했기 때문이다.

그러던 어느 날 인간이 간신히 잡은 멧돼지를 구워 먹으려고 적당한 장소를 찾고 있을 때였다. 구워 먹는 고기가 최소한 날것보다 더 안전하고 맛나다는 것쯤은 알던 시절이었다. 힘센 맹수가 먹잇감을 빼앗아 갈까 봐 두려움에 떨면서 잡은 멧돼지를 구우려던 찰나, 또 다른 동물의 울음소리가 들려왔다. 자칼 한 마리였다. 그런데 인간의 무리 중 한 사람이 당시에는 이해하지 못할 행동을 했다. 자칼에게 멧돼지 고기 한 점을 던져준 것이다. 사람이 먹을 고기도 부족한 상황에 짐승에게 고기를 던져준 그 사람은 동료의 공분을 사기에 충분했으리라. 그러나 멧돼지 고기로 배를 채우고 나자 그 분노는 오래가지 않았다.

그런데 잠시 뒤에 또 한 마리의 자칼이 울면서 등장했다. 앞서 자칼에게 던져준 고기 냄새를 맡고 찾아온 것이 분명했다. 배가 불러서 인심이 후해진 사람들은 이번엔 먹다 남은 뼈 한 덩어리를 던져주었다. 이 역사적인 사건으로 인간과 개는 친구가 되었다. 개에게 먹이를 주는 대가로 인간은 다른 동물의 위협을 신경 쓰지 않고 모처럼 깊고 평안한 잠을 잘 수 있었다. 인간이 잠에 빠져 있는 동안에도 개는 인간의 주변에서 파수꾼 역할을 훌륭히 해냈다. 개의 보호 아래 안전하고 긴 수면을 즐긴 인간은 100퍼센트 만족하여 개의 충실한 고객이 되었고, 인간과 개는 세월이 갈수록 친분이 두터워져 오늘날에 이르렀다. 아울러 개는 외부의 침입으로부터 사람을 보호해주기도 하면서 우리 어머니의 경우처럼 고맙게도 내부의 문제를 외부에 알리기도 한다.

친구가 되기 위해 개가 터득한 능력

인간에게 길든 동물은 야생성과 용맹함을 잊다 못해 가끔은 친근한 동네 바보 형처럼 느껴지기까지 한다. 야생의 세계에서는 산천초목을 떨게 하는 호랑이나 사자 같은 맹수가 인간에게 사육되면서 감각이 무뎌지고 날카로운 본능이 사라지는 모습이 그렇다. 동물원에서 생활하는 호랑이가 먹잇감으로 던져진 염소를 잡아먹지 않고 친구로 지내는 모습이 대표적이다. 개도 마찬가지다. 주인의 보호를 받으며 안전하게 먹이를 보급받는 반려견은 확실히 무리를 짓고 사냥을 해서 먹잇감을 구하던 조상만큼 예민하고 감각이 살아 있으리라고 볼 수 없다.

인간과 가장 먼저 친구가 된 개는 야생의 본능과 감각이 무뎌진 대신 인간과 의사소통하는 다양한 수단을 갖추었다. 말하자면 인간의 친구라는 새로운 직책에 필요한 직업 교육을 훌륭히 받은 셈이다. 물론 영리한 개일수록 좀 더 다양한 의사소통 방법을 익힌다. 영리한 반려견은 주인에게 배운 동작을 적절한 상황에 구사한다. 예를 들어 주인을 진정시키거나 용서를 빌 때 '앞발을 내미는 동작'이 그렇다. 나도 반려견이 자신의 구체적인 의사를 사람에게 정확하게 전달하는 사례를 생생하게 경험한 적이 있다.

아내와 저수지 둘레 길을 산책하는데 반대편에서 누구나 놀랄 만큼 큼직한 반려견이 주인과 함께 걸어왔다. 동물을 무서워하는 아내는 잔뜩 겁을 먹고 긴장해 내 팔을 꼭 잡았다. 마침내 반려견과 우리가 마주

쳤을 때 아내는 거의 비명을 지를 정도였다. 그 반려견은 입마개도 하지 않았다. 아내가 무서워한다는 사실을 단박에 알아챈 견주는 잘못이 없는 반려견을 붙잡고 본인 쪽으로 끌어당겼다. 그 순간 반려견이 배를 하늘로 뒤집으며 드러누웠다. 눈치가 없기로 소문난 내가 봐도 그 반려견은 분명히 자신을 경계하는 사람의 표정을 읽고 사람을 해칠 의사가 없음을 표현하는 중이었다. 개가 자신의 배를 하늘로 향한 채 드러누워 꼬리를 흔드는 만큼 강렬한 순종의 표현이 있을까.

오히려 내가 미안하다는 생각이 들 정도로 반려견은 온몸으로 자신이 위험한 존재가 아니라고 알렸다. 반려견이 집 안에서 사고를 치고 나서 주인에게 미안해하는 표정을 짓는다거나, 주인의 기분이나 몸이 좋지 않을 때 천방지축처럼 뛰어다니지 않고 풀이 죽은 채로 주인 주변을 왔다 갔다 하는 것은 결코 우연이 아니다.

인간과 개의 친분은 지구상 어떤 동물과의 친분보다 확고한 '영원성'을 지닌다. 개를 키우는 사람은 모두 이 사실을 의심하지 않는다. 다른 사람보다 사랑을 더 많이 베푼다고 자신하는 사람도 개 앞에 서면 이인자에 머물 수밖에 없다. 그만큼 개는 인간에게 맹목적이고 영구한 사랑을 베푼다. 인간과 개의 유대는 정말 기이하다.

사람은 인간만의 특성인 이성을 자랑하는 존재로, 윤리 의식 수준이 높다. 또 인간이 가진 종교는 사랑을 가장 중요한 덕목으로 여긴다. 그런데 '사랑하는 능력'에서만큼은 길든 야생 동물인 개에게 뒤처진다. 사람은 부모와 자식 간에도 다툼이 잦고 서로를 외면할 때도 많다. 그런데 개는 한순간이라도 주인을 향한 사랑을 멈추지 않는다. 개가 사람을 사랑하는 마음보다 사람이 개를 사랑하는 마음이 더 크다고 자신 있게 말할 수 있을까? 호랑이가 주인을 위협할 때에도 개는 주인의 생명을 단 몇 초만이라도 지킬 수 있다면 승산이 없는 싸움에 기꺼이 몸을 내던진다. 만약 반대의 경우라면 인간은 맨몸으로 호랑이와 맞서 싸워 개를 지킬까? 고귀한 인간애와 사랑은 윤리나 이성보다는 감성과 본능에서 나올 수 있다고 개는 우리에게 가르쳐준다. 복잡한 판단에서 도출된 인간애보다는 개처럼 마음에서 우러나온 본능적인 사랑이 사람을 더 잘 움직이기 마련이다.

책을 좋아하는 이들의 종착점, 고서점

《비블리아 고서당 사건 수첩》, 미카미 엔

《고서점의 문화사》, 이중연

내 인생 첫 번째 헌책방과의 거래는 악몽으로 남았다. 1988년 겨울 나는 입대를 앞두고 '현자 타임'을 맞았다. 그러다 사회에 모든 흔적을 지우고 홀가분한 마음으로 입대하기로 작정했다. 대학 생활 2년 동안 친구들과 주고받았던 편지는 기숙사 뒷동산에서 태워버렸다. 지금이야 책을 끔찍이 아끼는 수집가 행세를 하지만 그때만 해도 책을 거추장스러운 짐으로 생각했다. 모두 헌책방에 팔기로 하고 대구 대명 시장 구석 골목에 자리한 헌책방을 찾았다.

헌책방 주인은《비블리아 고서당 사건 수첩》의 시노카와처럼 매력적이고 지적인 젊은 여성은 아니었다. 정년퇴직을 코앞에 둔 중학교 시절 국어 선생님을 연상케 하는 할아버지셨다. 여하튼 내가 가져간 교양 과목 교과서와 영문과 전공 교양서를 힐끗 본 할아버지의 표정은 마치 어디서 이런 거지발싸개 같은 물건을 가져왔느냐고 혼내는 듯했다. 대학에 입학하면 의무적으로 구매해야 하는 교양 과목 교과서와 저작권이 희미했던 시절 마구 찍어낸 허접한 해적판 전공 서적을 헌책방에서 사줄 수는 없는 노릇이었으리라. 대신 《경제사상사》만은 구미가 당기셨는지 사들이겠다고 하셨다.

문제는 가격인데 얼마를 부르셨는지 정확히 기억나지 않지만 '호되게 싼' 금액이었던 것만은 분명하다. 물론 헌책방 시세를 알지 못했던 나의 무지도 있었겠지만, 솥뚜껑 같은 손으로 뺨을 맞은 듯한 충격적인 가격이었다. 그때 다시 주섬주섬 챙겨서 온 전공 교양서와 교양 과목 교과서는 마흔이 훌쩍 넘을 때까지 내 책장을 지켰다. 그리고 그 헌책방 주인 할아버지가 제시한 가격은 헌책방을 누구보다 사랑하게 된 지금까지도 트라우마로 남아 있다.

《비블리아 고서당 사건 수첩》은 내가 가장 사랑하는 '책에 관한 책'이다. 7권으로 구성된 전집이 차례로 번역되어 나왔을 때, 마치 100미터 달리기 선수처럼 잽싸게 사들였다. 만화로 만든 판본이 나왔을 때는 출간되자마자 산 것도 모자라 결국 주인공 시노카와 피규어까지 사들였으니 《비블리아 고서당 사건 수첩》의 천하제일 팬이라고 할 수 있겠다.

《비블리아 고서당 사건 수첩》은 고서점을 무대로 매력적인 여주인공이 희귀본에 얽힌 사건을 해결하는 내용인데 내가 이 책에 반한 이유는 간단하다. 이 소설에는 책을 읽지 않고 천시하는 시대에 한 권의 책을 보물처럼 여기는 사람들이 등장하기 때문이다. 책을 읽는 속도보다 사들이는 속도가 훨씬 빠른 나 같은 사람에게는 현실에서 일어날 수 없는 '판타지' 같은 내용이다. 그리고 고서에 얽힌 해박한 지식이 가득해서 지적 욕구도 쏠쏠하게 충족해주니 어찌 이 책을 사랑하지 않을 수 있을까.

나쓰메 소세키와 헌책방의 인연

당장 1권에 나오는 나쓰메 소세키의 이와나미쇼텐판版《소세키 전집》에 얽힌 사연은 나도 익히 아는 이야기라 더욱 반가웠다. 소설에서도 언급하듯이 이와나미쇼텐 출판사는 나쓰메 소세키 전집을 처음 출간한 곳으로 창업주와 소세키의 인연이 깊다. 둘의 인연은 소세키의 제자까지도 이어졌는데, 이들은 힘을 합쳐 소세키 전집을 출간했을 뿐만 아니라 꾸준히 손을 봐서 몇 해마다 개정판을 냈다. 원래 이와나미쇼텐은 저가형 문고판을 주로 내는 곳이었고 나쓰메 소세키의 전집도 저가형 문고판이었지만, 책 한 권도 허투루 만들지 않고 정성을 다한 것으로 유명하다. 그런데 소설에 언급되지 않은 소세키와 이와나미쇼텐 창업주의 인연은 어떻게 시작되었을까?

이와나미쇼텐은 원래 출판사가 아니고 일본의 유명한 책 거리인 진보초神保町에 1913년 문을 연 고서점이었다. 이와나미쇼텐의 창업자는 1914년《아사히신문》에 연재된《마음》을 읽고 감동해 소세키를 무작정 찾아가 출간 계약을 맺자고 간청했다. 소세키는 동네 고서점 주인의 간곡한 부탁을 거절하지 못하고 심지어는 출판사를 대신해 출간 비용까지 대며 《마음》을 이와나미쇼텐 출판사에서 냈다. 물론 이 출간은 대성공을 거두었다. 소세키는 1916년에 사망하지만, 그의 제자와 이와나미쇼텐 출판사는 1918년 일본 최초로 나쓰메 소세키 전집을 출간하기에 이른다. 그렇게 이와나미쇼텐은 동네 고서점에서 일본 굴지의 출판사로 성장한다.

현실판 비블리아 고서당

《고서점의 문화사》(이중연)는 내가 헌책방에 관해 가지고 있던 나쁜 추억을 말끔히 없애주었을 뿐만 아니라 우리나라 헌책방의 역사를 다룬다는 점에서 크게 공감하며 읽었다.

일제강점기가 끝나가던 1940년경 책에 담긴 문학과 예술을 사랑한 소년이 있었다. 경기중학을 다녔던 이 소년이 원서동의 집에서 학교로 가는 길에는 북촌이라고 불리는 동네가 있었다. 북촌은 1930년대부터 서적 유통의 중심지가 되어가면서 고서점이 많이 들어섰고, 문학과 예술을 좋아했던 소년은 고서점의 단골이 될 수밖에 없었다. 당시 15세에 불과했던 소년의 시, 영화, 예술을 향한 강렬한 욕구는 신간만으로 채워지지 않았다. 그래서 수시로 고서점에 들러서 자신의 갈증을 채워 나갔다.

이 소년은 예술과 영화에 애착이 너무나 강해서 교칙을 어기고 영화관에 출입하다가 명문 경기중학을 자퇴했다. 고서점에서 문학과 예술을 향한 갈증을 채워나가던 소년은 해방 후 1946년 《국제신보》에 〈거리〉라는 시를 발표하며 등단하기에 이른다. 이 소년이 바로 〈목마와 숙녀〉, 〈세월이 가면〉으로 유명한 박인환이다.

《비블리아 고서당 사건 수첩》에 등장하는 고서점은 책에서만 존재하며 시노카와 또한 가상의 인물이지만 박인환과 그의 서점은 실존했다. 박인환은 180센티미터로 당시에는 매우 드물던 장신에다 수려한 외모에 양복이 기가 막히게 잘 어울려 황태자다운 면모를 자랑했다. 비블리아 고서당의 아름다운 주인 시노카와의 현실판 남자 서점 주인이라고 해도 과언이 아니다.

박인환은 시인으로서는 오장환에 이어 두 번째로 고서점의 주인이 되었다. 마리서사茉莉書肆라는 이름으로 짐작할 수 있지만, 박인환의 고서점은 문예 작품을 주력으로 삼았다. 오장환 시인은 남만서점이라는 책방을 운영했는데 서정주 시인의 《화사집》을 호화장정으로 출간한 것으로도 유명하다. 오장환 시인은 1938년부터 1940년까지 남만서점을 운영했고, 박인환은 1939년쯤부터 서울의 고서점을 순례하며 책을 수집했다. 그런데 박인환이 남만서점을 애용하기까지 했다 하니, 둘이 친분이 없다고 하는 게 더 이상할 지경이다.

오장환 시인과 박인환 시인은 로맨틱하고 귀족적인 작품 경향이 닮았을 뿐만 아니라 서점을 운영한 시인이라는 점도 같다. 중학생과 서점 주인으로 교류했을 가능성이 농후한 두 시인은 해방 이후 처지가 바뀌어서 오장환 시인이 마리서사에 출입하며 모더니즘 시인들과 교분을 쌓아나갔다.

박인환이 고서점을 차린 이유는 의외로 해방 이후 고서점의 전망이 좋았기 때문이었다. 아버지의 강요로 1944년에 입학한 평양의학전문학교를 그만두고 서울로 간 박인환은 학업 대신 생업을 찾아 나섰다. 마침 해방이 겹쳤고 그동안 일본인이 운영하던 책방이 문을 닫으면서 엄청난 양의 책이 헌책 시장에 나왔다. 일제의 출판 탄압이 심했기에 해방이 되자 신간이 봇물 터지듯 쏟아져 나왔지만, 한동안 신간은 수요를 맞추지 못했다. 책의 전성시대가 도래했고 그에 맞추어 200여 곳의 고서점이 생겨났다. 당시에는 책의 수요도 많았지만, 책값도 대단했다. 1946년 당시 직장인들의 평균 임금은 월 2,000~3,000원이었는데 《자본론》 전집이 1,800원, 《사회과학대사전》이 1,500원에 달했다.

책값의 상승은 책의 수요가 그만큼 많아졌다는 것을 뜻했고 이런 시류를 간파한 박인환 시인은 망설이지 않고 해방이 되자마자 고서점을 열었다. 물론 박인환이 돈을 벌 수 있다는 욕심만으로 고서점을 차린 건 아니었다. 《비블리아 고서당 사건 수첩》의 시노카와처럼 책을 누구보다 더 사랑했기 때문이다. 중학생 시절부터 평양의학전문학교를 그만둘 때까지 박인환은 마치 스펀지가 물을 흡수하듯 책을 사 모았다. 집안의 경제 상황이 괜찮았던 만큼 거침없이 책을 수집했고 이 수집품은 물론 후에 마리서사의 주요 전시 상품이 되었다.

박인환은 거침없는 책 구매자이기도 했지만 과감한 책 도둑이기도 했다. 신문사에 근무했던 김규동 시인의 회고에 따르면 박인환은 신문사에 들르면 참새가 방앗간에서 먹이를 챙기듯 책을 한두 권씩 겨드랑이에 끼고 유유히 사라졌다고 한다. 박인환이 신문사에서 훔쳐 간 책의 종류는 정치, 경제 서적을 비롯해 문학까지 다양했다고 한다. 박인환은 책을 훔쳐 가는 루팡이었을 뿐만 아니라 빌려 가면 아예 먹어치우고 돌려줄 줄 몰랐다. 김수영 시인은 빌려 간 책에다가 붉은 밑줄을 잔뜩 그어놓기는 해도 결국 돌려줬다. 반면 박인환 시인에게 책을 빌려주면 언제나 감감무소식이었다.

개인적으로는 김수영 시인 같은 부류가 오히려 책 주인을 짜증 나게 한다고 생각한다. 도서관에서 책을 빌렸는데 밑줄이 마구 그어져 있고 중요한 대목이 잘려 나갔거나 심지어는 코딱지가 붙어 있다면 얼마나 분노가 치미는가 말이다. 그건 그렇고 동서고금을 불문하고 책을 좋아하는 사람은 결국 책방의 주인이 되거나 손님으로 책 주변을 기웃거리게 된다. 박인환은 책을 사랑하는 사람으로서 자연스럽게 서점 주인의 길을 걸었다고 볼 수 있겠다.

문인 교류의 혈맥이 된 고서점

박인환은 마구잡이로 아무 책이나 수집하지 않았다. 그의 목표물은 주로 한정판이나 호화장정판이었으며 책을 보는 안목이 뛰어난 그의 눈높이를 충족한 책들이었다. 다른 사람의 책을 '먹어치우거나' '빌려서 돌려주지 않는' 방법으로 책의 영토를 확장하면서도 옥석을 가렸다는 이야기다. 박인환은 그렇게 모은 책들을 발판으로 1945년 말 종로 3가 2번지에 마리서사를 개업했다. 종로라는 번화가에 당시 고서점으로는 제법 큰 규모라고 할 수 있는 20평 정도의 서점이었으니 자본금이 많이 들 수밖에 없었다. 필요한 자본금이 총 5만 원이었는데 그중 3만 원은 부친에게, 나머지 2만 원은 종로에서 포목점을 경영하던 이모부에게 빌렸다.

수익을 창출하는 서점으로서 박인환의 마리서사는 시작만 창대했다. 비록 사치와 낭비 탓에 남만서점을 접긴 했지만, 초창기에는 제법 쏠쏠한 성공을 거둔 오장환과 달리 박인환은 초창기부터 버는 돈보다 쓰는 돈이 많았다. 서점 경영보다 멋 부리기를 더 좋아했고, 돈이 들어오면 친구들과 술 마시기 바빴다.

애초에 문학 전문 서점을 대내외에 공표했을 때부터 마리서사의 운명은 결정되었는지도 모르겠다. 서점 문 오른쪽에는 프랑스어로 'LIBRAIRIE MARIE'라고 적혀 있었고 그 아래에는 'Littérature(문학), Poésie(시), Drame(연극), Artistique(예술)', 문 왼쪽에는 한글로 '마리서사'라는 서점 이름이 적혀 있었다. 지금도 마찬가지이지만 그때도 문학 전문 서점은 거의 없었기 때문에 종로 대로에 자리 잡은 마리서사는 일반 독자와 문인들에게 큰 관심을 끌었다.

그리고 헌책을 고가로 매입한다는 안내문은 김수영 시인 같은 고객을 만들기에 충분했나. 서점에 전시된 책들의 면면도 화려했다. 마치 외국 서점에 온 듯한 착각을 불러일으킬 만큼 프랑스나 일본의 다양한 시집, 잡지, 문화 총서가 가득했다. 당시로선 상당히 놀라운 일로 생각될 만큼 마리서사는 질 좋은 장서를 자랑했다. 마리서사라는 서점 이름은 마리Marie와 말리茉莉라는 중의적인 뜻을 가진다. 마리는 박인환이 좋아했던 프랑스의 화가이자 시인인 마리 로랑생에게서, 말리는 일본의 모더니즘 시인 안자이 후유에의 시집《군함말리軍艦茉莉》에서 가져왔다.

유복했던 가정에서 어려움 없이 자란 스무 살의 청년 박인환은 애초에 서점을 돈을 버는 직장이 아닌 다른 문인과 교류하는 사랑방쯤으로 여겼는지도 모르겠다. 박인환의 서점 설립 취지에 맞게 많은 문인이 마리서사에 때로는 고객으로, 때로는 문학 담론을 주고받는 동료로 드나들었다. 늘 생활고에 시달린 김수영 시인은 주로 헌책을 팔러 오는 고객이었다. 박인환은 서점에 책을 팔러 온 김수영을 통해 일본 시인을 접했지만 김수영의 자작시를 강제로 읽어야 했다.

시인 김광균은 마리서사에서 책을 구매하던 고객이었다. 김광균은 금방 마리서사와 박인환을 잊어버렸는데 어느 날 밤 갑자기 박인환이 집으로 찾아오더니 시와 시인에 관한 질문을 던졌다고 한다. 도둑처럼 갑자기 집을 찾아온 박인환에 좋지 않은 인상을 받았지만, 김광균은 얼마 지나지 않아 박인환의 문학 열정을 인정하지 않을 수 없었다. 비록 마리서사는 서점으로서는 실패가 예견되었고 실제로 실패했지만,

해방 무렵 문인들 간 교류 장소로는 대성공했다.

이 사실은 박인환 시인이 마침내 1948년 마리서사의 문을 닫고 난 뒤 동료 시인 김경린에게 했다는 말로 증명된다. "서점을 그만둔 데에는 미련이 하나도 없어. 서점 할 때 많은 문우와 왕래하며 알게 된 것만으로 다행으로 생각해야지."

요가, 종교에서 시작해 문화가 되다

《세상이 멈추면 나는 요가를 한다》, 김이설 외 5명

《요가의 역사》, 야마시타 히로시

일요일마다 종교 행사에 열심히 다니는 친구에게 수고스럽지 않냐고 물은 적이 있다. 친구가 다니는 직장은 마치 군대처럼 분위기가 무겁고 업무도 과중하다. 평일을 그렇게 고생스럽게 보냈는데 일요일 아침 늦잠을 포기하고 잘 차려입은 다음 종교 행사에 참석하는 일이 여간 번거로운 일이 아니겠단 생각을 했다. 친구의 대답은 내 예상을 벗어났다. 주말에 참여하는 종교 활동이 자신에게는 인생의 둘도 없는 낙이며 일주일을 버티는 힘이 된단다. 우문현답이 아닐 수 없다.

요가를 소재로 여섯 명의 소설가(김이설, 김혜나, 박생강, 박주영, 정지향, 최정화)가 쓴 여섯 편의 단편(〈요가 하는 여자〉, 〈가만히 바라보면〉, 〈요가 고양이〉, 〈빌어먹을 세상의 요가〉, 〈핸즈오프〉, 〈시간을 멈추는 소녀〉)을 모은 《세상이 멈추면 나는 요가를 한다》를 읽다 보면 종교 활동이 수고스럽지 않냐던 내 질문이 얼마나 무지했는지 실감한다. 그나마 다양한 운동 기구가 있는 헬스클럽조차 단조롭고 지루하다는 이유로 그만둔 나 같은 사람에게 요가는 운동이라기보다 삼보일배와 같은 고행처럼 보인다. 그러나《세상이 멈추면 나는 요가를 한다》에 참여한 김혜나 작가는 인도에서 새벽 4시에 일어나 수련을 하고 맑은 음식을 먹으며 요가 이야기만 나누던 경험을 소중하게 여긴다. 요가를 하면서 자기 자신을 바로 보게 되었으며 소설을 쓸 힘을 얻었다고 말한다. 요가를 해보지 않은 사람의 입장으로, 새벽 4시에 일어나는 일 자체가 고행일 텐데 그 시간에 하는 수련이 무슨 즐거움을 주는지 궁금하지 않을 수 없다.

박주영 작가의 글에서도 근무를 마치고 하는 요가가 유일한 낙이며 스트레스 해소 방법이라는 구절이 나온다. 절판본이나 희귀본 수집을 취미로 삼는 내가 요가의 매력을 조금이나마 알 수 있을 것 같은 대목이었는데, 요가 한 동작 한 동작을 새로 배울 때마다 성취감이 든다는 것이다.

나는 20년 넘게 절판본과 희귀본을 수집했는데 솔직히 말하자면 어렵게 비싼 값을 치르고 손에 넣은 상당수의 책을 읽지 않았다. 고백하건대 희귀본을 구하려고 백방으로 나다니는 이유는 그 책을 읽기 위함이라기보다 아무나 구할 수 없는 책을 소장하고 있다는 얄팍한 자부심과 드디어 그 책을 손에 넣었다는 정복감 때문인지도 모르겠다. 꼭 손에 넣고야 말겠다는 절판본 리스트를 하나씩 지울 때마다 산악인이 수천 미터가 넘는 산을 오를 때와 비슷할 정복감을 느낀다.

뻣뻣한 몸의 트라우마

많은 사람이 요가에 로망을 품는 듯하다. 바다나 멋진 도심의 풍경이 창 밖에 펼쳐진 카페처럼 예쁜 요가원에서 레깅스를 멋지게 차려입고 강사의 지도에 따라 다소곳하게 요가에 정진하는 모습을 누구나 한번쯤 그려보지 않는가. 그러나 실제로 요가에 도전하기를 주저하는 사람이 많다. 나처럼 유연성이 부족하다 못해 나무처럼 뻣뻣한 몸을 타고난 사람이 그렇다. 요가 강사를 보면 몸이 마치 뱀처럼 유연하게 이리저리 비틀리던데 나와 같은 종에 속하는지 의심이 들 정도다.

몸이 뻣뻣한 많은 이에겐 학창 시절 체육 시간의 트라우마가 생생하다. 그들에게 체육 시간은 수학을 포기한 학생에게 수학 시간이 다가오는 것이나 다름없다. 체육 시간에 온갖 굴욕을 맛보기 마련이고, 그러니 체육 시간이 다가오면 두려울 수밖에 없다. 그래서 유연성이 없는 사람은 요가를 시작하려 해도 두려움이 앞선다. 강사가 시범을 보이는 동작을 따라 하기는커녕 다른 수강자 앞에서 웃음거리가 될까 봐 걱정이 든다. 한마디로 섣불리 요가를 시작했다가 사춘기 시절 체육 시간에 겪었던 열등감을 스스로 소환할까 봐 무서워진다.

김이설의 〈요가 하는 여자〉는 실제로 많은 사람이 기대한 요가와 현실 요가의 차이를 잘 보여준다. 주인공은 텔레비전에서 보았던 멋지고 안락한 곳이 아닌 허름한 태권도 도장에서 요가를 배운다. 그녀는 운동을 못하고 싫어했다. 피구, 달리기, 줄넘기, 배드민턴, 농구를 세상에서 제일 싫어했다. 그러고 보니 내가 학생이던 시절 거의 하지 않았던 피구를 제외하면 나도 저 운동들을 세상에서 제일 싫어한다. 달리기는 평생 꼴찌만 했고 줄넘기는 열댓 번이 한계였으며 농구에선 골을 넣어 본 경험이 없다. 체육 시간에 이런 운동을 마지못해서 하고 있으면 모두 나만 쳐다보며 비웃는 것 같아 수치심이 들었다.

어쨌든 〈요가 하는 여자〉의 주인공은 한 달에 수강료가 15만 원이라는 이웃의 유혹, 우아한 마음과 고상한 일상을 갖고 싶다는 욕심, 제발 운동 좀 하라는 남편의 핀잔에 못 이겨 태권도 관장이 한 푼이라도 더 벌어보겠다는 욕심에 개설한 요가반에 등록한다. 결과는 모두가 상상한 그대로다. 그녀는 다른 수강생보다 늘 한 박자 늦고 동작도 제대로 하지 못하며 마치 물에 빠진 사람처럼 허우적거린다. 그리고 다음 날 몸살이 난 사람처럼 끙끙 앓는다.

하지만 아무리 뻣뻣한 신체를 가졌다 해도 요가를 그렇게 무서워할 이유는 없는 것 같다. 요즘 요가원은 몸이 뻣뻣하거나 나이 많은 수강자를 고려해 별도 프로그램을 마련하는 등 배려를 아끼지 않는다. 더구나 요가를 소재로 하는 소설집이 출간될 만큼 지금 요가는 제2의 전성기다.

전 세계 셀럽들이 사랑한 운동

요가 열풍이 불고는 있지만, 요가의 역사와 전파 경로를 아는 사람은 많지 않다. 《요가의 역사》(야마시타 히로시)에 따르면 서양에는 1960년대에 요가가 처음 전해졌다. 놀랍게도 서양에 인도의 요가를 전파한 주인공은 '비틀즈'였다. 비틀즈는 요가 수련법을 앞세워 인도 전국에 명상 센터를 운영하던 마하르시 마헤쉬 요기의 가르침에 흥미를 느껴서 1968년 인도를 전격 방문했다. 세계적인 팝 그룹을 따라 미디어들도 인도를 찾았다. 요가는 그렇게 서양의 눈에 띄었고 당시 전쟁과 정신의 황폐화로 찌들어 있던 서양에 소개되었다.

그러나 이 당시만 해도 요가는 여전히 특이한 사람들이 좋아하는 컬트 문화라는 이미지가 강했다. 이때에는 인도에서조차 모든 사람이 즐기는 국민 운동이기보다 종교 수행자의 영적 수련에 가까웠다. 또 기독교 국가인 미국에서는 힌두교나 불교에서 유래한 요가가 그다지 호감이 가는 존재도 아니었다. 그렇지만 2000년대에 들어서자 요가는 뉴욕과 같은 대도시를 중심으로 전성기를 구가하게 된다. 요가를 오래한 사람의 멋진 몸매와 건강한 육체를 닮고 싶다는 욕망과 함께 사람들의 마음에는 동양 문화에 대한 묘한 호기심이 발동했다.

줄리아 로버츠, 니콜 키드먼, 앤젤리나 졸리, 마돈나, 메그 라이언, 알 파치노, 조디 포스터, 데미 무어. 이들의 공통점은 무엇일까? 정답은 이들 모두 요가를 실천한 사람들이다. 인도에서 시작된 요가가 어떻게 전 세계인의 마음을 사로잡았을까? 무엇보다 요가는 특별한 설비나 기구가 필요 없다. 인원에도 제한이 없다. 혼자서도 할 수 있고 한꺼번에 수십 명도 수련할 수 있다. 부상의 위험이 낮은 것도 장점이다. 사실 많은 '재미있는 운동'은 부상의 위험이 따른다. 테니스, 배드민턴, 골프

등 많은 스포츠가 건강에 도움이 되지만, 한편으로는 관절이나 허리 건강이 악화할 위험이 크다. 그러나 요가는 놀라울 만큼 부상의 위험이 낮지 않은가. 요가는 유산소 운동이기 때문에 격렬한 무산소 운동 후에 찾아오는 근육통과 피로감보다 상쾌함과 성취감이 느껴진다. 현대인은 장시간 의자에 앉아 컴퓨터를 들여다보는 경우가 많은데 요가를 하면 자세가 바르게 교정되기 때문이다.

무엇보다 요가는 현대인에게 친화적이다. 바쁜 일상으로 시간을 쪼개 쓰는 현대인에게 요가는 굉장히 편리한 운동이다. 일부러 시간을 내서 이동하거나 따로 도구를 챙길 필요가 없기 때문이다. 골프 라운딩을 한다고 생각해보자. 주차장에 내려서 클럽하우스에 들어가 절차를 밟고 옷을 갈아입고 나오는 데에만 15분이 걸리지만, 요가는 사무실 의자에 앉아서도 5분 수련을 할 수 있지 않은가. 우리가 운동이라고 부르는 많은 훈련이 신체의 단련에 집중한다면 요가는 정신과 신체를 함께 단련하기 때문에 여러모로 효과적인 수련이다.

정지향의 〈핸즈오프〉에는 요가의 뜻밖의 효능이 발견된다. 요가가 성폭행을 당한 피해자들을 얽매는 트라우마의 극복에 큰 효과가 있다는 이야기다. 요가를 하면서 피해자들은 자신의 몸을 다시 인식하고 심박변이心搏變移도 안정된다. 성폭행 피해자들은 다리를 완전히 벌리는 자세를 무척 힘들어하는데, 이 자세가 피해자들이 공황 상태에서 벗어나는 데 큰 도움을 준다고 한다.

요가 창시자 고양이

박생강 작가의 〈요가 고양이〉에는 요가의 기원을 다룬 흥미로운 이야기가 실려 있다. 고대 이집트 제국이 고양이를 영물로 취급했고 고대 이집트 신화의 여신 바스테트의 머리가 고양이 형상이었다는 사실은 익히 알려졌다. 그러나 바스테트의 자손인 고양이가 최초의 요가 강사였다는 사실은 웬만한 고양이 집사들도 잘 모른다. 그러고 보면 고양이는 신체가 매우 유연하다. 고양이와 비교하면 개는 몸이 뻣뻣한 몸치에 가깝다. 또 실제로 고양이 자세는 요가를 대표하는 자세이며 자세 교정이나 유연성 향상에 큰 도움이 된다고 한다.

어쨌든 요즘이야 인도에 가면 아무나 요가를 하는 것처럼 보이지만 고대 인도에서는 아무나 요가를 할 수 없었다. 그 당시 요가와 명상은 단순한 운동이 아니라 태양의 신과 소통하는 중요한 수단이었다. 마치 서양에서 교회나 성경과 같은 역할이었다고 할 수 있다. 그러므로 고대 인도에서 요가는 지배층의 전유물이었다.

고대 이집트인들은 모든 요가 동작이 요가 고양이에게서 계승되었다고 생각했다. 그때에는 요가라는 말이 없었고 요가는 신의 몸짓 정도로 불렸으며 자연스럽게 요가 고양이에겐 바스테트의 아이들, 후손들, 석류들, 숨결들 등의 이름이 붙여졌다. 이집트인에게 고양이는 창고에 저장한 곡식을 쥐에게서 지키기 때문에도 소중했지만, 요가의 기원이라는 점에서도 무척 필요했다. 오로지 자신들만 신과 소통하고 싶었던 이집트인들은 고양이를 다룬 기록물을 모두 외부에서 해독할 수 없는 상형문자로 기록하는 등 다른 나라가 고양이의 존재를 알지 못하도록 애썼다. 하지만 결국 고양이는 전쟁과 교역을 거치면서 외부에 유출되었다.

부처가 요가 자세로 깨달은 중용

《요가의 역사》의 저자 야마시타 히로시는 요가라는 이름으로 수련 체계가 성립된 시기를 대체로 불교가 태어난 전후로 본다. 그리고 역사적인 근거가 있는 최초의 요가 수행자를 불교 창시자인 붓다와 자이나교 창시자인 마하비라라고 확신한다. 과연 우리는 흔히 불상의 모습에서 요가 수행자의 기본 자세를 떠올린다.

역사의 기록에 따르면 요가는 기원전 5~6세기경 인도에서 정통파 사상인 우파니샤드와 비정통파 사상인 불교와 자이나교에서 동시에 나타났다. 이름이 싯다르타인 붓다는 29살 때 왕궁에 왕비와 왕자 한 명을 남겨 두고 혼자서 떠났다. 싯다르타는 당시 이름난 종교 지도자와 도사들을 찾아가 가르침을 구했는데 대부분이 뼈를 깎는 고행을 하면서 영혼의 해방을 찾아야 한다고 주장했다.

선생들이 시키는 대로 싯다르타는 산속에 틀어박혀 자신의 신체를 괴롭혔다. 그러나 제대로 먹지도 않고 힘든 고행을 하다 보니 깨달음은커녕 몸은 망가지고 정신은 몽롱해졌다. 결국 싯다르타는 고행으로 하는 수행을 포기한다. 싯다르타는 지긋지긋한 수행의 산을 떠나 네란자라강에서 목욕을 한 다음 마을의 소녀가 가져다준 우유죽을 먹고 기력을 회복한다. 몸과 마음을 추스른 싯다르타는 보리수 아래에서 평안한 상태로 깊은 명상을 한 끝에 일주일 만에 깨달음을 얻는다. 드디어 깨달은 사람, 즉 붓다가 된 것이다. 사실 붓다는 불교가 창시된 전후에 갠지스강에서 '깨달은 사람'이라는 뜻으로 널리 쓰이는 보통 명사였지만 불교가 득세하면서 불교만의 용어로 정착했다.

득도를 한 부처는 아직 깨닫지 못한 자들을 찾아가 자신만의 노하우를 전수했다. 부처의 가르침은 간단했다. 지나치게 쾌락을 추구해서는 안 되며 고행을 자처해서는 안 된다는 내용이었다. 향락의 추구는 보통 사람이나 하는 행동이며 스스로를 고통에 가두는 행위 또한 쓸모없다는 말이다. 부처는 지나친 향락과 고통 사이의 중용을 추구했다. 부처가 설파한 중용은 마치 너무 강하게 당기거나 느슨하게 당기면 좋은 소리가 나지 않는 현악기와 같다. 부처는 중도의 미덕이 가미된 요가에서 이러한 깨달음을 얻었다.

사실 나이가 들고 몸이 뻣뻣한 사람에겐 요가조차 고행처럼 느껴지는데, 대체 부처가 경계한 고행과 부처가 실천한 요가는 어떻게 다를까? 고행의 목적은 쉽게 말해서 육체를 최대한 아프게 하고 학대함으로써 육체를 약하게 만들어 자연스럽게 정신이 육체를 이기게 하려는 것이다. 즉 정신과 육체를 서로 대립하는 요소로 생각한다. 그러나 육체를 고단하게 만들고 학대하면 생명 자체가 위험해진다. 예를 들어서 어떤 이유에서건 단식을 오래 한 사람의 최종 목적지는 병원이 아니던가. 부처는 본인이 고행해본 결과 무익함을 절실히 깨달았다. 부처가 생각하기에 고행은 깨달음의 길이 아닌 자기학대의 길이었다.

반면 요가는 육체를 최대치로 이완하는 수련이다. 사람은 흔히 아주 미세한 치통이나 두통만 있어도 그것에 지나치게 신경을 쓰게 되고 집중력이 분산되어서 몸을 이완하지 못하는 경향이 있다. 그러나 요가는 육체를 이완해 고통에서 해방을 얻게 해준다. 요가를 하고 나면 표현할 수 없을 만큼 행복감이 느껴지고 기분이 좋아지는 이유가 여기에 있다. 좋은 음식으로 몸을 추스른 다음 보리수 아래에서 평온한 상태로 수련을 한 부처의 모습은 요가의 전형이다. 물론 기분을 좋게 만들고 행복감을 느끼게 해주는 '궁극의 이완'은 아무나 쉽게 할 수 없다. 골퍼들이 흔히 '힘 빼는 데 3년 걸린다'고 하소연하듯이 요가를 통한 신체 이완은 오랜 시간의 수련과 훈련이 필요하다.

부처가 역사에 기록된 최초의 요가 수행자이고 요가가 인도에서 발원한 불교나 힌두교와 관련이 깊다는 점은 분명하다. 그러나 최근의 요가는 정신 수양이나 종교적인 분위기보다는 확실히 신체 건강 회복과 향상에 목적을 두는 경향이 짙다. 이 점이 오늘날 요가가 누리는 보편적 인기의 원동력이다. 더구나 요가가 미국을 비롯한 기독교 국가에서도 선풍적인 인기를 누린다는 사실은 요가가 더 이상 불교나 힌두교의 색채를 지니지 않는다는 증거다. 요가는 육체에서 정신을 해방하는 방법의 체계이지 종교의 교리 체계가 아니다.

나아가 요가는 종교를 불문하고 육체와 정신 모두에 효능을 발휘하기 때문에 요가를 즐기는 성직자들 사이에서는 종교의 구별이 무의미하다는 생각이 싹트고 있다. 요가가 불교와 힌두교에서 기원했다고 해서 기독교 신자가 요가를 하면 효과가 없는 것이 아니니 적어도 요가에는 종교의 장벽이 존재하지 않는다. 물론 기독교 국가인 미국에서는 요가에 빠지다 보면 기독교 신자가 불교나 힌두교에 귀의하지 않겠냐는 우려가 있기도 하다. 그러나 요가를 열심히 하면 자신이 가지고 있는 기존 종교를 향한 신앙이 깊어지지, 요가 때문에 다른 종교에 이끌리는 경우는 드물다고 한다. 요가는 보편성이 가장 큰 매력이며, 어떤 종교 집단이나 민족의 전유물도 아니다. 요가야말로 인류가 공유하는 재산이다.

시대와 함께한 다이어트의 변신은 무죄

《내 생의 마지막 다이어트》, 권여름

《다이어트의 역사》, 운노 히로시

내 어머니는 유언을 남기지 못하셨다. 워낙 갑자기 돌아가신 탓이다. 그러나 어머니께서는 생전 꼭 이루고 싶은 꿈을 여러 번 말씀하셨다. 어머니의 평생소원은 조국의 통일도 아니고 아들인 내가 통통히 살진 모습을 보는 것이었다. "내가 너 살 찌는 걸 보고 죽어야 하는데"라고 여러 번 말씀하셨다. 그만큼 나는 마른 체형이었다. 군대를 다녀오고서도 27인치 바지는 답답하고 28인치가 안성맞춤이었을 정도였다. 해군 장교로 입대하려고 신체검사를 했는데 기준 체중인 54킬로그램이 안 돼서 면접도 못 보고 탈락할 뻔했다. 52킬로그램을 가리키는 체중계를 보고 신체검사 담당 병사는 머리를 쥐어짜며 고뇌했다. 지금 생각해도 참 고마운 사람이다. 몸무게 2킬로그램이 부족해 장교 시험에 탈락할 위기에 처한 내가 어지간히 측은했던 모양이다.

마침내 결단을 내린 그는 나에게 엄숙히 다짐을 요구했다. "앞으로 밥 열심히 먹을 겁니까?" 나는 목청껏 외쳤다. "네!" 다행인지 불행인지 체중이 미달하는 지원자를 거르지 않은 신체검사 담당 병사가 징계를 받을 일은 생기지 않았다. 천신만고 끝에 신체검사를 통과한 내가 면접에서 탈락했기 때문이다. 그리고 그에게 한 약속도 제대로 지키지 못했다. 나는 30대 중반이 되어서야 장교 시험에 통과할 만큼의 체중에 도달했다.

언젠가 같은 동네에 살던 나처럼 깡말랐던 아주머니가 "소를 통째로 잡아먹어도 살이 찌지 않는 체질이다"라고 하신 말씀이 잊히지 않는다. 나도 그런 체질이었다. 나이가 들면서 어쩔 수 없이 나잇살이 찌기 전까지 바지를 사는 일이 유독 짜증스러웠다. 내 허리에 맞는 옷을 찾기가 어려웠기 때문이다. 그렇다고 수선을 해 허리를 줄이자니 뭔가 번거롭기도 했고 무엇보다 옷 자체의 디자인을 훼손한다는 느낌이 들었다.

몸매가 곧 계급이라는 현실

《내 생의 마지막 다이어트》에 나오는 인물들은 나와 정반대의 고민을 하는 사람들이다. 고민이라기보다는 절박하게 살을 빼야 해서 단식원에 입소한 사람들이다. 이 소설에 등장하는 인물들은 모두 몸무게 때문에 좌절하고 인생의 쓴맛을 보았으며 몸매가 곧 계급이라는 현실에

피해를 입는다. 주인공 봉희는 친구들과 간식을 사 먹다가 모르는 사람에게 "돼지 년아, 적당히 처먹어"*라는 비웃음을 들었고 진학 대신 취업을 목적으로 선택한 여상에서 더 큰 좌절과 치욕을 겪는다. 전교 1등을 했음에도 떼놓은 당상처럼 보였던 은행 취업에 실패한다. 그러나 전교 100등 안에도 들지 못하던 예쁘고 날씬한 친구는 당당히 합격한다.

더욱 놀라운 점은 이 어이없는 상황을 누구나 예상했다는 것이다. 수십 년 전 여자상업고등학교의 상황을 조금이라도 아는 사람이라면 공부를 잘하는 지원자보다는 예쁜 지원자가 취업이 잘 되는 현실을 불변의 진리로 인정할 테다. 봉희는 억울하게 취업에 실패했지만, 동정이나 격려는커녕 진즉에 살 좀 빼지 그랬냐는 비아냥을 듣는다. 이쯤 되면 누구나 봉희가 단식원에 입소한 이유를 인정하게 된다.

봉희뿐만 아니라 다른 단식원 입소자들의 사연도 안타까울 따름이다. 부모 몰래 학교를 자퇴하고 살을 빼려고 단식원에 입소한 인물도 그렇지만, 죽기 위해 살을 빼러 단식원에 입소한 인물의 사연이 무엇보다 나를 슬프게 만들었다. 많은 사람이 생각하기에 살을 빼고자 하는 이유는 외모지상주의 사회에서 살아남고 더 당당해지고 싶어서인데 죽으려고 살을 뺀다니 무슨 말인가. 그녀는 자신이 죽었을 때 시신을 수습하는 사람들이 너무 무거운 나머지 "얼마나 처먹으면 이렇게 되냐? 무거워서 이거 어떻게 들어?"**라고 투덜거리는 모습을 상상조차

---

* 권여름, 《내 생의 마지막 다이어트》, &(앤드), 2021, 43쪽

** 권여름, 같은 책, 254쪽

하기 싫었다고 한다. 살아생전 뚱뚱하다고 온갖 서러움을 겪었는데 죽어서까지 다른 사람에게 존중받지 못하고 놀림감이 되기 싫다는 외침을 가볍게 여길 수 있을 리 없다.

《내 생의 마지막 다이어트》는 살을 빼려고 처절한 노력을 하는 사람들의 이야기이기도 하지만 한편으로는 다이어트 산업의 어두운 면을 조명한 책이기도 하다. 음식 섭취가 '사고'로 치부되는 단식원에서 원장은 입소자들에게 마약 성분이 들어간 식욕 억제제를 먹게 한다. 유튜브와 방송 활동으로 얻은 유명세를 업고 입소자를 끌어모으는 원장은 입소자들의 몸무게 감량률을 계산해서 순위를 매긴다. 그리고 매기수 1등의 영광을 차지한 입소자에게 단식원의 코치 자리를 얻을 수 있는 '면접권'을 부여하는 등 황제처럼 군림한다. 물론 원장의 성공에는 마약 성분이 들어간 식욕 억제제가 큰 역할을 했다.

단식원 원장이 입소생들에게 폭군이 된 현실은 외모지상주의 사회에서 비만한 사람이 겪을 수밖에 없는 차별과 불이익에 기인한다. 물론 체중 감량과 금연이 암을 예방하는 가장 좋은 방법은 맞지만, 반복적으로 다이어트를 하다 보면 심혈관계 질환, 당뇨병, 뇌출혈, 뇌졸중과 같은 질병의 발생 위험이 오히려 커질 수 있다. 물론 금전적인 손실도 감수해야 한다. 《내 생의 마지막 다이어트》의 무대가 되는 단식원은 비용이 밝혀지지 않았지만 누가 봐도 상당한 회비가 필요하다.

다이어트는 언제, 왜, 어떻게?

다이어트 문화가 문명의 탄생부터 인류와 함께했을 리는 없다. 다이어트는 언제, 왜 생겨나서 어떻게 이렇게 급속도로 퍼져나가게 되었을까? 운노 히로시는《다이어트의 역사》에서 다이어트 문화를 세 가지로 정리한다. 먼저, 다이어트는 원래 지극히 '서구적인 문화'였다. 뚱뚱한 몸이 바람직하지 않다는 생각이 사람들 사이에 널리 퍼져 다이어트 문화가 등장한 시기는 19세기 말쯤이다. 19세기는 체중 감량을 목적으로 음식을 조절한다는 의미의 '다이어트'라는 단어가 보편화한 시기이며, 고대 인도와 그리스에서 기원한 채식주의가 부활한 시대이자 채식주의자라는 의미의 '베저테리언'이란 단어가 처음 등장한 시기이기도 하다. 물론 이 당시 우리나라는 세 끼를 제대로 챙겨 먹는 사람이 소수였기 때문에, 필요 이상의 음식 섭취로 생기는 비만이 사회적인 문제로 떠오르지도 않았다. 오히려 다소 뚱뚱한 모습을 '풍채가 좋다'는 식으로 미화하기도 했을 정도였다. 1970년대까지만 하더라도 불룩 나온 배야말로 부의 가장 완벽한 상징이 아니었던가.

우리나라보다 일찍 풍요로운 생활을 영위한 미국은 이미 1890년대부터 1910년 사이에 중산층을 중심으로 살과의 전쟁을 개시했다. 뚱보로 지목되면 무서울 정도의 반감과 차별이 뒤따랐기 때문에 날씬한 몸매를 향한 열정은 대단할 수밖에 없었다. 다이어트는 무려 100년이 넘는 장구한 역사를 지닌 문화다. 다이어트의 기원과 관련해서, 19세기 말 유럽에는 빈을 중심으로 '장식은 죄악'이라는 신조 아래 복잡한 장식을 배제하고 단순한 디자인을 현대적이라고 여겨 주목하는 풍조가 생겨났는데, 이때 비만 또한 악으로 간주했다는 사실은 퍽 흥미롭다. 그러니까 단순한 디자인과 날씬한 몸매는 같은 시기에 현대를 상징하는 아이콘으로 부상했다. 비만은 쓸데없이 장식이 많이 들어간 디자인처럼 구시대의 산물로 여겨졌고 추방해야 할 대상이 되었다.

다이어트가 근대의 산물이라는 점이 다이어트를 규정하는 첫 번째 특징이라면, 두 번째는 다이어트가 지극히 '미국적인 문화'라는 점이다. 예나 지금이나 다이어트의 초강대국은 미국이다. 왜 하필이면 미국이 다이어트의 본산이 되었을까? 정답은 19세기 말 미국 식탁의 극적인 변화에서 찾을 수 있다. 경제 성장과 함께 식탁이 갑자기 풍요로워졌고 기름진 음식은 미국인의 입맛을 사로잡았다. 미국 사람들이 즐기는 음식이야말로 다이어트의 필요성을 탄생시킨 주범이라는 사실은 하와이의 예로 증명된다.

하와이를 여행하다 보면 유난히 풍채 당당한 원주민이 자주 보이는데 과연 하와이 주민의 60퍼센트가 비만이라는 통계가 있다. 원래 하와이 원주민은 물만 마셔도 살이 찌는 체질이라서 그런 걸까? 일본계 의사인 테리 신타니의 말에 따르면 수백 년 전 하와이 주민을 촬영한 사진에선 뚱뚱한 사람을 찾아보기 어렵다고 한다. '타로'라는 감자 비슷한 작물로 만든 '포이' (하와이 주민들의 주식이었던) 죽은 먹어도 살이 찌지 않기 때문이다. 그러나 19세기에 들어서고 햄버거, 프라이드치킨, 통조림 고기 같은 기름진 음식을 먹기 시작하면서 그렇지 않아도 살 찌기 쉬운 체질인 하와이 원주민들은 급격하게 뚱보로 변했다.

다이어트의 특징을 알려주는 마지막 키워드는 '여성'이다. 현대의 다이어트가 남녀를 가리지는 않지만 여성을 중심으로 전개되는 것도 사실이다. 19세기 말은 다이어트가 성행한 시기이기도 하지만 미국에서 여성의 사회 진출이 증가한 시기이기도 하다. 전례 없이 직장에 출근하게 된 여성은 자연스럽게 주목을 받았고 여성의 스타일과 외모가 관심의 대상이 되었다.

여성에게 날씬한 몸매와 단정한 외모를 강요하는 문화는 여성을 감상의 대상으로 취급하려는 욕망, 즉 여성을 에로틱한 시선으로 내려다보려는 남성의 이기심에서 비롯한다. 《내 생의 마지막 다이어트》의 주인공 봉희가 여상에서 전교 1등을 하고도 취업에 실패한 이유도 사회가 여성을 직장 동료가 아닌 화분의 꽃처럼 보고 감상하는 존재로 생각했기 때문이다. 또 연예계 데뷔를 앞둔 가수 지망생도 단식원에서 혹독한 다이어트를 하는데, 이는 직업 사회에 진출하는 데 요구되는 몸매가 있음을 역설한다.

남성들만의 금욕과 쾌락

이렇듯 19세기 말에 이르러 여성의 미모에 대한 기준은 다산을 상징하는 풍만한 체형에서 마른 몸매로 극적으로 변한다. 이때부터 뉴욕의 상류층 여성은 비용 체조를 하고 다이어트용 자전거를 타며 몸매 관리에 신경을 썼다. 19세기부터 영양 공급이 급속도로 좋아진 만큼 여성의 체격도 커졌기 때문에 다이어트의 필요성이 더욱 대두했다. 한 가지 흥미로운 사실은 19세기 이후의 다이어트가 여성의 문제였다면 그 전에는 남성의 문제였다는 점이다. 기독교 세계관이 지배했던 중세에는 대식을 죄악으로 취급했다. 무엇보다 금욕이 미덕이었던 시절이었다. 그러나 어디까지나 지나친 쾌락을 자제하라는 의미에 가까웠고 비만이 사회적으로 손가락질을 받는 일은 아니었다. 그러나 르네상스 시대에 들어 인간의 육체에 관심이 높아지자 사정이 달라졌다.

우선 너무 뚱뚱하면 갑옷을 제대로 입을 수 없을 뿐더러 남성으로서 위신이 떨어졌기 때문이다. 르네상스 시대 의사인 산토리오 산토리오는 의자에 앉는 즉시 몸무게를 잴 수 있는 체중계를 만들었다. 17세기에 산토리오가 만든 체중계야말로 신체의 상황을 수치로 확인한다는 점에서 다이어트의 시작을 알린 장치였다. 체중계는 그야말로 전율을 만끽하는 장치이기도 하다. 체중계에 올라가는 순간 자신의 몸무게가 적나라하게 표시되며 그 수치에 따라 희비가 엇갈린다. 자신의 몸무게를 수치로 확인하면서 스릴을 느끼는 전통은 현대 목욕탕에 고스란히 계승되었다. 목욕을 마치고 체중계에 올라 비밀을 훔쳐보기라도 하듯 수치를 확인한다. 어쨌든 19세기 말이 되기 전까지 다이어트는 남성의 전유물이었다. 경마 기수나 권투 선수처럼 다이어트가 그 누구보다 절실한 사람들 또한 남성이었다. 더구나 19세기 말이 되기 전에는 여성을 오직 수동적인 존재로, 자신의 신체를 의도적으로 변화시킬 권리가 없는 존재로 치부했다.

살진 남성은 엄청난 힘을 가진 무서운 존재로 여겨졌지만, 살진 여성은 환자로 치부되었다. 이렇게 비만한 남성과 여성의 평가가 완전히 달랐고, 비만 남성에게는 격려가 쏟아졌지만 비만 여성에겐 치료와 관찰이 뒤따랐다. 여성의 비만은 돌이킬 수도 바꿀 수도 없는 운명 같은 것으로 여겨졌다. 자신의 의지로 신체를 바꿀 특권은 오직 남성에게만 속한다는 사고가 지배하던 시절, 미국의 성직자이자 그레이엄 크래커의 발명가로 잘 알려진 실베스터 그레이엄은 감히 여성에게 다이어트를 권하는 강연을 하다가 대중의 공분을 샀고 강연장에 폭도들이 난입하는 곤욕을 치렀다. 여성이 자신의 의지대로 체형을 가꾸고 새로운 인생을 살게 된다면 그동안 남성이 독점했던 흥청망청 먹고 마시는 문화가 비판받을 우려가 있다고 생각했기 때문이다. 그래서 여성에게 다이어트를 권한 그레이엄의 생각은 대단히 위험하고 불온하게 여겨졌다. 19세기 후반이 되어서야 여성은 스스로 자신의 신체를 가꾸고 책임질 수 있는 존재가 되었다. 즉 다이어트와 여성의 권리는 동반자로 함께 성장했다.

통신 판매가 쏘아 올린 작은 공

19세기 말 기성복의 출현은 미국 여성이 마른 몸매를 선망하게 하는 데 지대한 역할을 했나. 미국은 너무 넓어서 슬리퍼를 신고 나가 편하게 옷을 고르고 살 수 없다. 특히 아직 자동차가 보급되지 않았던 시절 단지 옷을 사겠다는 이유로 여행을 갈 만한 여유가 못 됐던 사람들은 주로 통신 판매 업체에 우편으로 옷을 주문했다. 1870년, 그러니까 조선에서는 고종이 외세의 침입에 고전하던 시절 미국은 이미 통신 판매가 발달했다. 그러나 옷은 소비자의 변심이나 불만이 많은 상품이다. 특히 옷 치수가 맞지 않아서 소비자와 업체가 옥신각신하는 일이 잦았는데, 이런 문제를 해결하고자 의류 회사들은 1900년 무렵부터 사이즈 기준을 제시하고 여러 사이즈별로 옷을 준비했다.

그러니까 오늘날 우리가 흔히 말하는 44사이즈나 55사이즈가 이때부터 나타난 셈이다. 자신의 옷 사이즈를 난생처음 측정해서 주문서에 기록하는 고객이 많았으므로 당시 의류 주문서는 신체 여러 곳을 어떻게 측정해서 자신에게 알맞은 사이즈를 주문해야 하는지 상세히 설명했다. 19세기 말 미국 여성들은 자신에게 맞는 사이즈를 처음으로 인식하게 되었고 자연스럽게 몸매에 신경을 쓰게 되었다.

당시에는 요즘처럼 주문 다음 날 옷이 도착하지 않았기 때문에 기껏 신경 써서 주문한 옷이 도착하기 전에 살이 찌지 않도록 몸매 관리에 관심을 더 기울여야 했다. 고객들은 회사가 정한 사이즈라는 틀에 구속되었고, 자신의 몸에 옷을 맞추지 않고 옷에 자신의 몸을 맞추는 시대가 도래했다. "난 44사이즈를 입는 여자야"라고 공언하고자 필사적으로 다이어트를 해야 한다는 사고방식이 생겨났다. 반면 셔츠, 바지,

재킷을 기본으로 하는 남성 의류는 여성 의류보다 유행의 변화가 급격하지 않았고 남성은 새로운 유행을 좇아 몸매를 관리해야 한다는 부담이 별로 없었다.

덧붙여 가정학이라는 학문이 여성의 건강을 위한 다이어트의 발전에 끼친 영향을 빼놓을 수 없다. 1980~1990년대만 해도 웬만한 우리나라 대학에는 '가정관리학과'가 존재했다. 그러나 요즘에는 여성을 가정 안에만 가두는 구시대의 산물이라는 오명과 함께 세련된 학과명으로 바뀌거나 사라졌다. 그러나 가정관리학과는 애초에 전통적인 여성상에서 벗어나 새로운 여성과 여성 소비자를 양성하려는 목적으로 19세기에 탄생한 학문이다. 물론 여성을 가정이라는 테두리에 가둔다는 비판도 일리가 있지만, 가정학은 영양학과 소화학을 집중적으로 다루는 등 여성이 주체적으로 몸을 관리하는 방법을 알려주고, 무엇보다 비만의 부작용을 최소화하고 건강을 촉진하는 다이어트의 필요성을 권장한 학과였다.

20세기에 들어서고, 1920년대 미국의 경제 활황기와 맞물려 다이어트는 개인의 체형 변화를 넘어서 하나의 산업이 되었다. 1920년대는 건강과 아름다움이 하나의 비즈니스가 된 시대로, 《내 생의 마지막 다이어트》의 무대가 되는 고급 단식원의 모태가 발생한 시기이기도 하다. 또 거대한 의료용 체중계가 아닌 작고 앙증맞은 욕실용 체중계, 한때 마녀로 취급되었던 미용사가 차린 미용실, 그리고 성형외과가 처음으로 문을 열었다.

1980년대에 들어서 다이어트는 거대한 소비를 창출하는 방대한 산업으로 성장했다. 과거에는 의사를 비롯한 전문가만이 다이어트를 논했지만, 지금은 비전문가가 쓴 다이어트 관련 서적만으로도 서점이 꽉 찬다. 또 1991년 미국에는 대략 1만 7,000개의 다이어트법이 존재했고, 다이어트 식품 또한 거대한 산업으로 성장했다. 1980년대 미국에선 이미 다이어트 식품이 전체 식품의 70퍼센트를 차지했으며, 살을 찌우는 성분을 줄였다는 의미에서 '라이트'라는 단어가 포함된 식품이 속속 등장했다.

현대에는 다이어트가 극한까지 치달아 유아 다이어트와 태아 다이어트까지 등장했다. 날씬한 몸매를 교주로 모시는 신흥 종교가 새로 탄생했다고 해도 과언이 아니다. 인간 신체에 씐 환상이 앞으로 어떻게 변화할지 궁금할 따름이다.

신들이 머물다 간 곳, 호텔의 역사

《매스커레이드 호텔》, 히가시노 게이고

《호텔에 관한 거의 모든 것》, 한이경

《매스커레이드 호텔》은 일본 도쿄 중심가에 자리 잡은 특급 호텔에서 살인 사건이 일어나리라는 경찰의 예측으로 시작한다. 호텔 직원으로 위장한 형사 닛타 고스케와 고객에 대한 서비스 정신으로 똘똘 뭉친 호텔 직원 야마기시 나오미가 우여곡절 끝에 범인을 체포한다는 이야기다. 이 소설의 무대가 되는 매스커레이드 호텔은 실존하지 않는 가상의 호텔이지만 호텔에 엮인 다양한 이야깃거리가 담겨 있다.

우선 호텔 이름인 '매스커레이드Masquerade'는 '가면무도회'라는 뜻으로 호텔 고객이 손님이라는 가면을 쓰고 있음을 상징한다. 호텔리어들은 가면 속에 숨겨진 손님의 민얼굴을 훤히 꿰뚫어 보더라도 절대로 가면을 벗기려고 해선 안 된다. 많은 호텔 고객이 사실 가면무도회를 즐기려는 목적으로 호텔을 이용하므로 호텔 직원들은 그저 그들이 가면무도회를 즐기도록 도와주어야 한다.

《매스커레이드 호텔》에는 다양한 진상 고객이 등장한다. 이들은 하나같이 상습범인데, 가령 멀쩡한 방에 담배 냄새가 난다고 트집을 잡아 더 고급 방을 차지한다. 물론 호텔 직원 몰래 일부러 자신이 담배를 피운다. 호텔 직원도 이 사실을 눈치채지만 고객에게 따지지 않는다. 그들에게 손님은 항상 옳기 때문이다. 또 호텔 목욕 가운을 훔쳐 갔다는 의심을 하게 만들어놓고 막상 호텔 직원이 가방 검사라도 하면 자신의 결백을 증명하며 되레 호텔 측에 합의금을 요구하는 고객도 있다. 심지어는 일부러 자신의 노트북을 고장 내고 호텔 직원에게 죄를 뒤집어씌운 다음 삭제된 원고를 몇 시간에 걸쳐 타이핑하도록 시키는 고객도 등장한다.

물론 노련한 호텔 직원은 고객의 속임수와 진상을 뻔히 알지만, 결코 손님이 무안하게끔 대놓고 사실을 드러내지 않는다. 어떤 경우에도 고객에게 최선을 다하며 고객의 가면을 지켜주려는 호텔리어 야마기시 나오미와 형사 특유의 합리적인 의심과 추리력으로 무장한 닛타 고스케는 티격태격하지만 결국 서로를 존중하고 도우면서 범인을 잡고 사랑도 키워낸다.

형사만큼은 아니지만 나에게도 신기한 탐지력이 있다. 나는 잠을 자면서도 음식에 후각이 매우 예민하다. 코를 골고 자다가도 우연히 눈을 뜨면 아내가 뭘 먹고 있기 일쑤다. 오늘 아침도 그랬는데 마침 아내가 커피를 내리고 있더라. 냉큼 커피 한 잔을 얻어서 빵과 함께 맛난 아침 식사를 했다. 식사를 마치고 거실에서 어슬렁거리는데 아내가 생수 한 병을 가져오라고 명하셨다. 냉큼 달려가 생수 한 병을 아내에게 바쳤다. 행여나 아내가 마개를 따느라 손이 아플까 봐 마개를 따서 주려는 찰나. 아내가 외마디 비명을 질렀다. "아니! 왜 마개를 따는 거야?" 아내의 불호령을 듣고 이런 생각이 들었다. '아, 내가 또 무슨 잘못을 한 거야?' 그 짧은 순간에 오만가지 생각이 들더라. 아내님은 도대체 마개를 따지 않은 생수병으로 무엇을 하려던 걸까? 뭘 하려 한다 해도 마개를 다시 닫으면 물이 새지 않을 텐데 왜 저렇게 화를 내는 걸까? 내가 잘못을 하지 않았다는 생각은 추호도 들지 않았다. 나는 늘 잘못하는 사람이니까. 물병 마개를 따면서 내가 무엇을 잘못했는지, 그 의문은 아내의 이어진 말로 금방 해소되었다. "당신, 나 먼저 물 한 모금 마시려고 했지?"

《매스커레이드 호텔》은 나와 아내처럼 서로 성향이 다른 남녀가 결국 서로의 진심을 확인하고 사랑에 빠진다는 러브 스토리로도 읽힌다. 살인 사건이나 러브 스토리는 어느 장르에서나 흔한 주제이지만 이 소설은 호텔이라는 공간과 그곳에서 일하는 직원들의 실제 생활을 녹여냈다는 점에서 독특하다.

"고객이 곧 규칙"의 기원

군이 호텔이라고 할 수는 없더라도 인간이 자신의 거주지에서 멀리

떨어진 곳에서 임시로 숙식을 해결하는 풍경은 익숙하다. 얼마 전 호텔과 관련된 흥미로운 사연과 역사를 다룬 책을 발견했다. 《호텔에 관한 거의 모든 것》(한이경)에선 현대의 문물로만 생각되었던 호텔이 사실 고대부터 존재했다는 사실을 밝힌다. 기원전 9세기경에 호메로스가 쓴 장편 서사시 《일리아드》와 《오디세이》에는 신들이 여행자나 이방인으로 변장하고 인간 세상을 방문하는 장면이 종종 등장한다. 그러니까 서양인에게는 이방인이나 손님이 자신이 섬기는 신일지도 모르니 그들을 정성을 다해 환대해야 한다는 의식이 자연스러웠다. 모르는 사람일지라도 손님을 홀대하는 행위는 신을 모독하는 일과 같으므로 벌을 받게 된다는 속설이 여기에서 비롯했다.

《매스커레이드 호텔》에는 다양한 진상 고객이 등장하지만, 호텔 직원들은 언제나 "고객이 곧 규칙이다"라는 신조 아래 어떤 경우에도 반발하지 않고 고객을 신처럼 떠받든다. 그러니까, 고객에게 대놓고 불평하지 못하고 마치 하인처럼 굽신거리는 호텔 직원들의 다소 이해하기 어려운 직업 정신은 신이 사람으로 변장해 인간 세상을 방문한다는 그리스·로마 시대의 의식에서 비롯되었다.

도로와 수로 같은 사회간접자본에 열정을 쏟아부었던 로마는 호텔의 초석 또한 마련했다. 로마는 군대와 보급 물자 수송의 효율과 국토의 균일한 발전을 도모하고자 도로를 열심히 건설했고, 군대 행군이 1,000보 이동하는 지점마다 말뚝을 박아 표시했다. 로마 군대 행군 1,000보의 거리가 오늘날 거리 단위인 마일mile의 기원이다. 당시 로마는 사람이 하루에 걸을 수 있는 거리를 20마일로 계산하고 지점마 다 먹고 쉬고 잘 수 있는 시설을 지었다. 이 시설이 호텔의 기원이라고 보면 되겠다. 당시 로마가 건설한 도로가 오늘날까지 제구실을 한다는 사실은 이미 잘 알려졌다. 지금도 어느 도로든 여행자가 휴식이 간절한 지점엔 어김없이 호텔이 자리 잡고 있다고 하니 로마인의 호텔 식견은 여전하다고 볼 수 있다.

좀 더 진화된 숙박시설은 12~13세기 무렵 생겨났다. 이 당시 기독교인들 사이에서 성지 순례가 유행했다. 때마침 십자군 원정도 시작되었는데, 행군을 하는 병사는 물론이거니와 민간인 성지 순례자들에게도 여행은 목숨을 걸어야 할 만큼 매우 위험한 일이었다. 동네 단위로 똘똘 뭉쳐 살던 시대에 여행객들은 늘 경계의 대상이었고, 여행로에는 편의시설이 존재하지 않았으며, 짐승이나 강도들은 호시탐탐 여행객들을 노렸다. 이런 사정으로 수도원과 교회는 동료 교인인 순례객과 십자군들이 휴식을 취하고 여행 중 얻은 병을 치료할 수 있는 시설을 마련했다. '호스피스'라고 불린 이 시설이 오늘날 병원과 호텔의 기원이다.

오늘날 우리가 상상하는 고급 호텔은 19세기 산업 혁명을 계기로 생겨나기 시작했다. 인류는 주로 걷거나 말을 이용해서 여행하다가 마침내 철도와 자동차라는 교통수단을 갖게 되었고, 이전과는 비교할 수 없을 만큼 빠른 속도로 먼 곳을 여행하게 되었다. 그러나 기존의 수도원이나 여인숙은 폭증한 여행객을 감당할 수 없었고, 대형 호텔이 속

속 들어섰다. 1829년, 우리나라로 치면 조선 순조 시절 미국 보스턴에 설립된 '더 트레몬트 하우스The Tremont House'는 객실과 프런트 데스크를 연결하는 호출기와 코스 요리를 갖추었고, 1832년에 등장한 뉴욕의 '더 홀츠 호텔The Holt's Hotel'은 엘리베이터를 탑재했다. 1852년 뉴욕 브로드웨이 중심가에 설립된 '세인트 니콜라스 호텔The St. Nicholas Hotel'은 1,000여 명의 고객을 수용할 수 있는 800개의 객실에 가스등, 난방시설, 냉온수를 갖춘 욕실이 완비되어 있었다. 도로 건설 또한 호텔 설립 가속화에 일조했다. 광활한 미국 전역을 잇는 도로가 끊임없이 건설되면서 가족 단위 여행자들은 가도 가도 끝이 없는 여행길에서 쉬어 갈 수 있는 숙박 시설이 간절했고 이 수요에 맞춰 고속도로 주변에 호텔이 많이 들어섰다.

초창기 호텔은 여행 도중 쉬어 가는 숙박시설로 인식되었고 실제로 그렇게 이용되었지만, 산업화가 진행될수록 경제가 풍요로워지고 세상이 복잡해지면서 사람들의 과시욕이 휴식 욕구보다 더 커졌다. 이런 세태를 반영해 호텔은 도롯가를 벗어나 시내 중심가나 경치 좋은 산과 바다에도 속속 들어섰다. 아울러 최근 사람들은 호텔을 자신의 사교와 부를 과시하는 수단으로 이용한다.

《매스커레이드 호텔》에는 다양한 유형의 고객이 나오는데 이들은 대부분 일상적으로 호텔을 이용하기보다 뭔가 특별한 행사나 날을 기념하기 위해 도쿄 중심가의 호텔에서 묵는다. 고급 호텔에서 하룻밤이라도 숙박함으로써 자신이 부자라도 된 듯 느낀다. 근대적인 고급 호텔이 처음 등장했을 때부터 호텔은 신분 상승의 욕구를 표출하는 장이었다. 또 고급 호텔은 이국의 귀족들에게도 매우 유용했는데 가령 영국의 귀족들은 미국이나 아시아를 여행할 때 고급 호텔을 이용함으로써 귀족이라는 신분의 정체성을 지키려 했다. 호텔은 여행지에서도 무엇 하나 아쉬울 것 없이 자신의 사회적 신분을 과시할 수 있게 해주었다.

19세기 후반 서양과 교류가 증가하면서 일본에는 소설 속 도쿄 중심부에 자리 잡은 매스커레이드 호텔과 같은 최고급 호텔들이 생겨났다. 1889년 도쿄에 건립된 테이코쿠 호텔은 일본의 지도자와 서양 엘리트들이 만나서 교류할 수 있는 터전을 마련해주었다. 일본 국가 최고 지도층이 설립과 운영에 관여한 이 호텔은 당시 일본 상류층들에게 사교 장소로 애용되었다.

자유여행과 함께 꽃핀 호텔 문화

우리나라는 일반인의 호텔 이용 문화가 비교적 최근 활성화되었다. 일반 사람들이 언제부터 일상적으로 호텔을 이용했는지 생각해보자. 생각보다 오래되지 않았다. 불과 40년 전만 해도 호텔은 특별한 경우에 특별한 사람만 가는 곳이었다. 먼 곳에 볼일이 있을 때는 그 지역에 사는 친척이나 지인의 집에 묵는 게 상식이었다. 아는 사람이 없는 지역에 갈 때만 부득이 여관 따위의 숙박시설을 이용했다.

물론 서양처럼 우리나라에도 고대부터 집을 떠난 사람이 쉬어갈 수 있는 숙박시설이 존재했으며 《삼국사기》에도 그 흔적이 남아 있다. 서기 487년에 신라가 "비로소 사방에 우역郵驛을 두고 맡은 관청에 명하여 관도官道를 수리하게 했다"는 구절이 있는데 우역은 삼국 시대부터 조선 시대에 이르기까지 공문서를 전달하고 관청의 물건을 수송하던 관리들이 숙박할 수 있도록 국가에서 마련한 시스템이다. 흥미로운 점은 로마는 매 20마일 즉 32킬로미터 정도마다 쉬어 갈 수 있는 숙박 시설을 마련했다면 우리 조상들은 30리 즉 매 11킬로미터 정도마다 숙박 시설을 갖췄다는 사실이다. 우리 조상들은 로마 제국보다 훨씬 더 촘촘한 숙박시설을 구축했는데 이는 아무래도 시원스럽게 뻗은 도로를 보유한 로마보다 이동 환경이 더 열악했기 때문이라고 생각된다.

우리나라 최초의 현대식 호텔은 1888년 제물포 개항장에 세워진 대불 호텔이다. 일본인 호리 히사타로가 오늘날 인천 중구 중앙동 근처에 세운 호텔로 유럽 스타일의 3층 벽돌 건물이었다. 설립자가 일본인이라는 사실과 소재지가 수도 한성이 아닌 제물포라는 점이 특이한데 사실 그만한 사정이 있었다. 1883년 제물포항이 개항하면서 일본인을 비롯한 외국 외교 사절단과 여행객들이 그곳에 몰려들었다. 그들의 최종 목적지는 수도인 한성이었지만 당시는 제물포와 한성 사이를 오가는 철도가 부설되기 전이었기 때문에 일단 도착하면 하루를 묵어야 했다.

대불 호텔은 이런 사정으로 제물포에 세워졌고 호황을 누렸다. 구한말 의병들의 활약상을 그린 2018년 방영 드라마 〈미스터 선샤인〉에 나오는 '글로리 호텔'을 보고 당시 대불 호텔의 모습을 연상하는 것도 나쁜 선택은 아니다. 가상의 호텔이지만 드라마 속 글로리 호텔과 대불 호텔은 설립 시기와 규모, 분위기가 비슷하다. 대불 호텔은 숙박뿐만 아니라 커피를 즐기거나 사교를 나누는 손님으로 북적거렸다. 그러나 1899년 경인선이 개통되자 불황의 늪에 빠졌고 중국인에게 매각되었다. 더는 제물포에서 굳이 하루를 묵어야 할 이유가 없었기 때문이다.

우리나라 호텔은 서양처럼 산업화와 함께 본격적으로 번성했다. '경제 개발 5개년 계획'의 하나로 관광과 호텔 산업이 급물살을 타면서 이 시기에 워크힐 호텔, 조선 호텔이 설립되었다. 그리고 1988년 서울 올림픽 유치를 계기로 호텔 산업은 더욱 성황을 누렸다. 그러나 여전히 호텔은 일부 부유층과 고위층의 전유물이었다. 요즘 청년들에겐 믿기지 않겠지만 우리나라는 1989년 1월에 해외여행 자유화 조치가 이루어졌다. 이때부터 보통 사람들도 호텔을 본격적으로 경험하게 되었다. 많은 사람이 패키지여행을 하면서 난생처음 호텔 투숙객이 되었다. 그나마 당시 해외 패키지여행은 여행사가 정해놓은 호텔에 투숙해야 했으며 여행객들이 호텔을 선택할 수 있는 경우는 드물었다. 초반에 해외여행이 낯설었던 시절, 여행객들은 여행사가 양 떼 몰이를 해도 그러려니 하고 시키는 대로 따라갔지만 갈수록 자유여행이라는 신세계를 발견하게 된다.

곰곰이 생각해보니 나도 2000년에 결혼하면서 처음으로 호텔에 묵었다. 공항에 가기 전 내가 가장 먼저 챙긴 것은 김치였다. 해외에서 먹는 음식이 입에 맞지 않아 호텔에 돌아오면 객실에서 김치를 챙겨 먹었었다. 함께 단체 관광을 한 다른 사람들도 보아하니 나와 사정이 크게 다르지 않은 듯했다. 우리는 패키지여행이 관광의 애피타이저에 불과하며 결국 가이드는 우리를 쇼핑에 데려가려는 목적임을 차츰 실감했다. 가이드는 우리를 데리고 주석으로 만든 가공품을 파는 기념품 가게, 꿀 가게, 특산물 기념품 가게를 순례했고 우리는 순응했다. 그러나 한 시간 가까이 낡은 버스를 타고 이상한 물건을 파는 가게에 연달아 도착하자 우리는 반란(?)을 일으켰다. 아무도 물건을 사지 않기로 모의한 것이다.

그러나 우리나라 젊은이들은 이미 1994년쯤부터 외환 위기 직전인 1997년까지 배낭여행을 즐겼다. 그 당시 해외 배낭여행은 20대 사이에서 가장 흔한 이슈였다. 그들은 항공권을 직접 예약하고 호텔도 자신의 취향과 예산에 맞춰서 골랐다. 그전까지만 해도 적잖은 기성세대가 항공권이나 해외 호텔 예약을 마치 비행기 조종처럼 특별한 사람들만이 할 수 있는 특별한 기술(?)로 생각했다. 1990년대 중반 20대 배낭여행객들이 최초로 호텔을 주체적으로 이용한 고객이라고 생각해도 크게 틀리지 않다. 1990년대의 진취적이고 적극적인 20대 자유여행객들이야말로 여행사가 주도하는 해외여행에서 여행자가 주도하는 해외여행의 시대를 연 주체다. 아울러 보통 사람들이 호텔 문화를 본격적으로 누리는 시대를 연 세대이기도 하다.

첫만남부터 작별까지, 오감의 추억

우리는 호텔 로고를 발견한 순간부터 호텔을 만난다. 그만큼 호텔 로고는 호텔의 얼굴이자 첫인상이다. 일반인들은 로고가 그냥 우연히 그 자리에 있다고 생각하지만 사실 로고 위치 선정에는 전문가들의 논쟁과 고민이 총동원된다. 호텔 로고는 걸어서 호텔에 접근하는 경우, 대중교통으로 이동하는 경우, 자동차로 오는 경우 등 모든 상황을 고려해 멀리서도 쉽게 보이는 위치에 배치된다. 의식해서 본 적은 없어도, 로고는 방문객이 호텔에 접근할수록 시야에서 자연스럽게 사라지도록 설계된다.

그리고 로고의 대타로 안내판이 우리를 호텔 정문으로 인도한다. 입구 안내판은 자동차로 호텔에 진입하는 이용객의 눈에 잘 띄는 높이에 맞춘다. 입구 안내판 근처에는 조형물로 만든 안내판이 있기 마련인데 이는 걸어서 호텔을 드나드는 이용객을 위한 배려다. 즉 입구 안내판은 차 안에 앉아서 드나드는 이용객을, 조형물 안내판은 서서 이동하는 이용객을 안내하는 용도다.

입구에 들어서면 이제 정문을 통과할 차례다. 호텔 정문의 정확한 용어는 '포르트코세르Porte-cochère'다. 건물에 입장하기 전에 마차 한 대가 통과할 수 있을 정도의 지붕이 설치된 공간을 뜻하는 프랑스어다. 포르트코세르는 호텔뿐만 아니라 군부대 사령부나 오래된 관공서에도 흔히 발견된다. 비나 눈이 오는 날씨에 높으신 분들이 차에서 내려 비를 맞지 않고 선물에 들어갈 수 있도록 배려한 시설물이다. 사실 포르트코셰르는 루이 14~15세 시절 궁전에 흔히 설치되었는데 호텔이 그 전통을 이어받은 셈이다. 포르트코셰르는 고객을 황제처럼 대우하겠다는 호텔의 배려이며 고급 브랜드는 최소 2~3차선을 포르트코셰르로 배정한다. 그래야 앞 손님이 천천히 내려도 뒤 손님이 기다리는 수고를 하지 않기 때문이다. 차 안에서 오도 가도 못하는 신세를 경험하게 되면 그 호텔을 다시 찾고 싶지 않은 게 인지상정이다.

골프장의 첫인상이 입구에서 캐디백을 내려 주는 직원에게 달려 있듯이 호텔의 첫인상은 차에서 내렸을 때 처음으로 인사하는 벨맨에게 달려 있다. 그래서 벨맨은 호텔의 중심인물key man이기도 하다.

호텔 정문을 지나면 만나게 되는 로비는 마치 드레스를 입고 연회에 참석하는 기분을 느낄 수 있도록 설계된다. 고급 호텔은 천장 높이에 최소한 4.7미터를 확보함으로써 호화스러운 저택 같은 분위기를 연출한다. 또 고객들의 오감을 만족시킬 수 있도록 배경 음악에도 남다른 신경을 쓴다. 호텔 로비에 음악을 틀기 시작한 시기는 1920년대라고 한다. 음악이 없으면 자칫 너무 엄숙한 분위기가 될 수 있다는 우려 때문이다. 물론 호텔 측의 의도에 맞춰 선곡도 세밀하게 한다. 호텔이 젊은 고객을 대상으로 한다면 나이트클럽에서 나올 듯한 분위기의 노래를 튼다. 아침 점심 저녁에 따라서도 선곡이 달라진다. 비슷한 사례로, 식당은 빠른 박자의 음악을 들려줌으로써 고객이 자신도 모르는 사이에 식사를 빨리 마치도록 만들어서 회전율을 높인다.

호텔은 고객의 오감을 자극하여 호텔에 좋은 이미지를 갖도록 상상을 초월할 정도로 노력한다. 가령 서울 조선 팰리스 호텔은 '라스팅 임프레션Lasting Impression'이라는 향을 자체 개발하여 고객이 호텔에 들어서는 순간부터 떠나는 순간까지 이 향을 계속 경험하게 만든다. 호텔의 시그니처 향을 고객이 기억하고 추억하게 함으로써 호텔에 호감을 느끼게 한다. 물론 이 전략은 위험 요소를 안고 있다. 그 향을 싫어하는 고객이 있을 수 있잖는가.

이렇듯 호텔은 다양한 수익 창출 수단을 활용하지만 역시 가장 중요한 수익은 객실 판매다. 그런 의미에서 투숙객을 맞이하고 안내하는 프런트 데스크는 로비의 여왕이자 핵심이다.《매스커레이드 호텔》에서도 유능한 베테랑 직원 나오미가 프런트 데스크를 책임진다. 한편 호텔 측은 직원으로 위장한 형사가 프런트 데스크 직원으로 일하는 것을 우려한다. 형사로서는 호텔에 투숙하는 모든 고객을 감시할 수 있다는 점에서 프런트 데스크에서 일하는 게 효율적이다. 하지만 호텔 측은 고객을 직접적으로 가장 많이 마주하는 프런트 데스크에 인상 험악한 형사가 서 있는 것이 못내 걱정될 수밖에 없다. 오직 고객을 위하는 마음으로 가득 찬 호텔의 유능한 직원 나오미는 비록 호텔 직원으로 변장한 형사라도 고객들을 친절하게 맞이하도록 직접 친절 교육을 하기도 한다.

프런트 데스크는 중요한 만큼 가장 눈에 잘 띄는 위치에 자리하고 가장 화려하게 장식된다. 성인 키보다 높은 위치에 미술품이 걸려 있고,

화려한 조명이 비춘다. 이런 배치는 프런트 데스크가 군계일학처럼 다른 공간보다 돋보이도록 한다. 프런트 데스크의 컴퓨터 모니터에도 고객을 향한 배려가 숨어 있다. 모니터를 직각으로 세우면 고객은 직원의 얼굴이 아닌 모니터의 뒷면을 보게 된다. 그래서 고급 호텔은 모니터를 45도 각도로 배치한다. 그 덕분에 고객은 모니터 뒷면이 아닌 미소 짓는 직원의 얼굴을 보면서 대화를 나눌 수 있다.

객실을 결정한 호텔 이용객을 음지에서 보필하는 역할은 복도에 깔린 카펫이 맡는다. 호텔 복도에는 상당히 많은 사람이 다닌다. 1.5~2미터 정도 폭의 복도를 지나며 자신이 묵을 객실을 찾아서 또각또각, 터벅터벅 발걸음 소리를 내며 지나다닌다. 더구나 그들은 대개 바퀴 달린 여행용 가방을 끈다. 고객의 체크인/아웃 시간 사이에 객실을 청소하는 호텔 직원들은 큰 청소용 카트를 끌며 복도를 지나다닌다. 생각해보라, 객실에 있는 동안 다른 고객과 직원이 다니는 소리를 들은 적이 있는가? 거의 없을 것이다. 비밀은 카펫에 숨어 있다. 복도에 깔린 카펫이 소음을 흡수하기 때문에 사람들이 분주히 다녀도 소음이 들리지 않는다. 특급 호텔은 카펫도 기성 제품을 사용하지 않고 호텔의 이미지에 맞는 제품을 주문 제작한다. 카펫은 내구성이 좋고 늘 새것 같은 느낌을 주는 소재가 선택되며 두께 또한 고객의 편의에 맞춰 세심하게 결정된다.

어쨌든 한 번 묵은 호텔에 다시 오고 싶게 만드는 일등 공신은 역시 객실이다. 그래서 호텔은 객실을 집보다 더 편한 공간으로 만들고자 최선을 다한다. 고객들은 잘 모르지만, 육중한 문에는 삼중 잠금장치가 설치되어 있고 문을 닫는 순간 문 밑에 숨은 소음 차단 장치가 작동한다. 그래서 객실에 들어가면 다른 세상에 온 듯한 고요함이 느껴진다. 또 고객들이 쾌적하게 샤워를 할 수 있도록 수압과 온수 관리에도 신경을 쓴다. 생각해보라. 호텔에 묵는 대부분의 투숙객이 아침 6시 30분에서 8시 30분 사이에 샤워를 하는데도 수압이 낮아진다든가 온수가 갑자기 나오지 않는 경험을 한 적이 거의 없다.

호텔은 고객이 모르는 사이에도 편안함을 제공할 수 있도록 최선을 다하는 하인 같은 존재다.

참고문헌

1부 역사의 단면을 다룬 벽돌책 도전하기

표도르 도스토옙스키, 《죄와 벌》, 홍대화 역, 열린책들, 2009

표도르 도스토옙스키, 《까라마조프 씨네 형제들》, 이대우 역, 열린책들, 2009

한정숙, 《시베리아 유형의 역사》, 민음사, 2017

표도르 도스토옙스키, 《죽음의 집의 기록》, 이덕형 역, 열린책들, 2010

니콜라이 고골, 《뻬쩨르부르그 이야기》, 조주관 역, 민음사, 2002

W. 브루스 링컨, 《상트페테르부르크》, 허승철 역, 삼인, 2021

존 스타인벡, 《분노의 포도》, 김승욱 역, 민음사, 2008

F. L. Allen, 《1929, 미국대공황》, 고려원, 1992

조제 사라마구, 《수도원의 비망록》, 최인자 역, 해냄, 2008

최형걸, 《수도원의 역사》, 살림, 2004

제인 오스틴, 《맨스필드 파크》, 김영희 역, 민음사, 2020

마커스 레디커, 《노예선》, 박지순 역, 갈무리, 2018

《춘향전》, 송성욱 역, 백범영 그림, 민음사, 2004

이성무, 《한국의 과거제도》, 한국학술정보, 2004

원창애, 박현순, 송만오, 심승구, 이남희, 정해은, 《조선 시대 과거 제도 사전》, 한국학중앙연구원, 2014

아사다 지로, 《고로지 할아버지의 뒷마무리》, 홍은주 역, 문학동네, 2013

호즈미 가즈오, 《메이지의 도쿄》, 이용화 역, 논형, 2019

존 르 카레, 《추운 나라에서 돌아온 스파이》, 김석희 역, 열린책들, 2009

볼프강 크리거, 《비밀정보기관의 역사》, 이미옥 역, 에코리브르, 2021

2부 복잡한 인간 내면의 소우주 이해하기

대프니 듀 모리에, 《레베카》, 이상원 역, 현대문학, 2018

피터 투이, 《질투》, 김현희 역, 니케북스, 2017

귀스타브 플로베르, 《마담 보바리》, 김화영 역, 민음사, 2000
파트리크 랑부르, 《프랑스 미식과 요리의 역사》, 김옥진, 박유형 역, 경북대학교출판부, 2017
움베르토 에코, 《장미의 이름》, 이윤기 역, 열린책들, 2009
베르너 풀트, 《금서의 역사》, 송소민 역, 시공사, 2013
서머싯 몸, 《면도날》, 안진환 역, 민음사, 2009
무라카미 리코, 《영국 사교계 가이드》, 문성호 역, AK커뮤니케이션즈, 2019
표명희, 《황금광 시대》, 자음과모음, 2012
데이비드 G. 슈워츠, 《도박의 역사》, 홍혜미, 김용근, 이혁구 역, 글항아리, 2022

3부 알면 보이는 일상의 인문학

에드거 앨런 포, 《모르그 가의 살인》, 권진아 역, 시공사, 2018
진중권, 《고로 나는 존재하는 고양이 : 문학》, 천년의상상, 2020
진중권, 《고로 나는 존재하는 고양이 : 역사》, 천년의상상. 2020
무라카미 하루키, 《해변의 카프카》, 김춘미 역, 문학사상사, 2008
그레그 클라크, 몬티 보챔프, 《알코올과 작가들》, 이재욱 역, 을유문화사, 2020
아키야마 미쓰코, 《이별의 순간 개가 전해준 따뜻한 것》, 배성태 그림, 손지상 역, 네오픽션, 2017
콘라트 로렌츠, 《인간은 어떻게 개와 친구가 되었는가》, 이동준 역, 간디서원, 2003
미카미 엔, 《비블리아 고서당 사건 수첩》, 최고은 역, 디앤씨미디어, 2013
이중연, 《고서점의 문화사》, 혜안, 2007
김이설, 김혜나, 박생강, 박주영, 정지향, 최정화, 《세상이 멈추면 나는 요가를 한다》, 은행나무, 2021
야마시타 히로시, 《요가의 역사》, 최수련 역, 인간사랑, 2019
권여름, 《내 생의 마지막 다이어트》, &, 2021
운노 히로시, 《다이어트의 역사》, 서수지 역, 탐나는책, 2022
히가시노 게이고, 《매스커레이드 호텔》, 양윤옥 역, 현대문학, 2012
한이경, 《호텔에 관한 거의 모든 것》, 혜화1117, 2021

오십, 나는 이제 다르게 읽는다

초판 1쇄 발행 2022년 7월 25일
초판 2쇄 발행 2022년 11월 28일

지은이 • 박균호

펴낸이 • 박선경
기획/편집 • 이유나, 강민형, 오정빈, 지혜빈
마케팅 • 박언경, 황예린
디자인 제작 • 디자인원(031-941-0991)

펴낸곳 • 도서출판 갈매나무
출판등록 • 2006년 7월 27일 제395-2006-000092호
주소 • 경기도 고양시 일산동구 호수로 358-39 (백석동, 동문타워 I) 808호
전화 • 031)967-5596
팩스 • 031)967-5597
블로그 • blog.naver.com/kevinmanse
이메일 • kevinmanse@naver.com
페이스북 • www.facebook.com/galmaenamu

ISBN 979-11-91842-25-8/03810
값 16,000원